HEYNE BÜCHER

W0471829

SCIENCE FICTION

Herausgegeben
von Wolfgang Jeschke

Ein Verzeichnis der STAR TREK-Serie finden Sie im Anschluß an den Roman.

STAR TREK
DEEP SPACE NINE

ROBERT SHECKLEY

DAS SPIEL DER LAERTANER

Roman

STAR TREK®
DEEP SPACE NINE™
Band 14

Deutsche Erstausgabe

WILHELM HEYNE VERLAG
MÜNCHEN

HEYNE SCIENCE FICTION & FANTASY
Band 06/5514

Titel der Originalausgabe
THE LAERTIAN GAMBLE
Übersetzung aus dem Amerikanischen
von Bernhard Kempen

Umwelthinweis:
Dieses Buch wurde auf chlor- und säurefreiem Papier gedruckt.

Redaktion: Rainer-Michael Rahn

Printed in Germany 1997
Umschlagbild: Pocket Books/Simon & Schuster, New York
Umschlaggestaltung: Atelier Ingrid Schütz, München
Technische Betreuung: M. Spinola
Satz: Schaber Satz- und Datentechnik, Wels
Druck und Bindung: Ebner Ulm

ISBN 3-453-12645-9

Für Marvin Flynn
und seine Verdrehte Welt

Der Autor möchte sich bei Gregor,
Arnold und den jederzeit hilfsbereiten
Leuten vom AAA-Ace Planetary
Decontamination Service bedanken.

• 1 •

Dr. Julian Bashir saß allein im kleinen Salon vor Quarks Bar. Der Salon gehörte zwar nicht direkt zum Spielkasino, aber Quark servierte auch dort Getränke und betrachtete ihn als Erweiterung seines Ladens. Mit den bequemen Stühlen und kleinen Tischen war es ein ruhiges Plätzchen in der überfüllten Raumstation, wo man einfach dasitzen und nachdenken konnte.

Bashir hatte eine halb ausgetrunkene Tasse Kaffee neben sich und spielte an einer Solitärmaschine. Der Apparat schluckte die handelsüblichen bajoranischen Münzen, die Bashir vor sich zu einem kleinen Haufen gestapelt hatte. Julian rechnete nicht mit einem Gewinn, sondern wollte sich nur die Zeit vertreiben. Er spielte gelangweilt und unaufmerksam, als Chief O'Brien vorbeikam.

»Einen wunderschönen guten Morgen, Doktor«, sagte O'Brien freundlich.

»Ist es Morgen?« fragte Julian. »Wie kommen Sie darauf?«

»Durch die Uhren natürlich«, sagte O'Brien. »Außerdem ist die Beleuchtung der Station auf einen vierundzwanzigstündigen Zyklus programmiert, um unseren angeborenen Biorhythmen größere Umstellungen zu ersparen.«

»Es mag sein, daß meine Biorhythmen damit zurechtkommen«, sagte Julian, »aber ich nicht.«

»Nein? Wieso? Dazu sind Sie doch schon lange genug hier.«

»Wozu?«

»Um sich an das Leben auf der Station gewöhnt zu haben.«

»Vielleicht bin ich schon lange genug hier, um das Leben in der Station satt zu haben.«

»Das wäre die andere Möglichkeit«, sagte O'Brien. »Wo liegt das Problem? Sie sehen aus, als wären Sie gerade von Ihrer besten Freundin sitzengelassen worden.«

»Wenn es nur so wäre!« rief Julian.

»Was? Das verstehe ich nicht.«

»Wenn ich eine Freundin hätte, die mich sitzenlassen könnte«, erklärte Julian, »dann hätte ich wenigstens eine Freundin. Dann könnte ich sie vielleicht zurückgewinnen. Aber leider habe ich nicht einmal eine Freundin, die ich verlieren könnte.«

»Was ist mit der netten bajoranischen Studentin, mit der Sie sich letzte Woche getroffen haben?«

»Sie meinen Leesha, die Rothaarige, die eine Studienreise zur Station gemacht hat? Sie war wirklich sehr nett. Aber sie mußte wieder zurück an ihre Universität. Eine Beziehung wäre nicht sehr praktisch, wenn einer von uns auf Bajor und der andere auf *Deep Space Nine* lebt.«

»Sie werden eine andere finden.«

»Aber wann? Und wie? In letzter Zeit herrscht ein gewaltiger Mangel an weiblichen Wesen, die für einen männlichen Humanoiden von Interesse sein könnten.«

»Da ich verheiratet bin, achte ich natürlich überhaupt nicht auf andere Frauen«, sagte O'Brien mit einem verschmitzten Grinsen. »Aber so schlecht sind Sie ja gar nicht dran. Sie haben immer noch Ihre Angebetete.«

Bashir nickte schwermütig. »Das ist wahr. Ich habe eine Schwäche für Dax, aber allmählich sehe ich ein, daß meine Gefühle nicht erwidert werden. Vielleicht hat es etwas damit zu tun, daß sie früher einmal ein Mann war, Chief. Diese Vorstellung bereitet mir gewisse Probleme.«

»Immerhin haben Sie noch Ihre Arbeit, um sich abzulenken.«

»In letzter Zeit nicht einmal das! Alle Leute sind auf besorgniserregende Weise gesund, und wir wurden schon lange nicht mehr von unbekannten Spezies mit interessanten Problemen besucht.«

»Ja, es ist in der Tat ziemlich ruhig«, mußte O'Brien zugeben. »Aber Sie sollten dankbar dafür sein und sich etwas entspannen, solange das noch möglich ist. Früher oder später ist hier bestimmt wieder die Hölle los.«

»Ha!« sagte Bashir. »Das glaube ich erst, wenn ich es sehe.«

O'Brien klopfte ihm auf die Schulter und schlenderte pfeifend davon. Er und Keiko, die gerade einen viel zu kurzen Urlaub von ihrer botanischen Forschungsexpedition auf Bajor genoß, hatten vorhin sehr viel Spaß bei ihrem gemeinsamen Frühstück gehabt. Dann hatte er einen Anruf von einem seiner Assistenten erhalten, der ihn darum gebeten hatte, sich um einen unerklärlichen Energieausfall zu kümmern. Es klang zwar nicht sehr dramatisch, aber O'Brien war trotzdem dankbar für diese Aufgabe. So hatte er wenigstens etwas zu tun und war abgelenkt.

Er bestieg einen Turbolift, drückte auf den Knopf und dachte wieder an Bashir. Es sah dem Doktor gar nicht ähnlich, seine Ambitionen in bezug auf das andere Geschlecht für längere Zeit aufzugeben. Zweifellos würde schon bald jemand auftauchen und sein Interesse am Leben wiedererwecken. Es waren schon weitaus seltsamere Dinge geschehen.

Bashir saß immer noch vor der Solitärmaschine im Vorraum zu Quarks Bar und klopfte müßig mit einer der Münzen auf die Tischplatte. Seine Stimmung setzte sich aus Selbstmitleid und Langeweile zusammen.

Er fragte sich zum wiederholten Male, was damals in ihn gefahren war, als er Himmel und Hölle in Bewegung gesetzt hatte, um auf diesen Posten berufen zu werden. Damals war ihm *Deep Space Nine* als der Höhepunkt seiner Hoffnungen und seines Ehrgeizes erschienen. Ihn hatte nicht nur die Station selbst gereizt, die sich weit draußen an den Grenzen der Föderation befand und auf der sich zahllose Völker und Spezies ein Stelldichein gaben. Seit der Entdeckung des Wurmlochs lockten außerdem die zahllosen Welten des Gamma-Quadranten. Das bajoranische Wurmloch war das einzige stabile, das den Völkern der Föderation bekannt war. Es bot eine einmalige Gelegenheit, diese vielen Welten zu erkunden, ohne daß der Reisende die endlosen Entfernungen überbrücken mußte, die ansonsten mit Reisen durch die Galaxis verbunden waren. Damit hatte Bashir die Möglichkeit, auf Gebieten zu forschen, die für die meisten menschlichen Ärzte unzugänglich blieben, und alles über völlig neue Spezies zu lernen. Und er glaubte an seine Chance, sich in der Welt der Medizin einen großen Namen zu machen.

Doch die Wirklichkeit sah anders aus ...

• 2 •

Die Innentüren zu Quarks Spielkasino schwangen auf. Zum Vorschein kam Quark, und an seiner Seite eine junge Frau, die zwei Kopf größer als er und wesentlich attraktiver war. Und was für eine Frau! Sie mußte neu auf der Station sein, denn Dr. Bashir hatte sie noch nie gesehen. Sein Interesse war geweckt.

Die Frau war groß und schlank und hatte eine üppige Mähne aus braunem Haar, die von langen silbernen Nadeln zusammengehalten wurde. Ihre Gesichtszüge wirkten zart, doch sie zeigte einen Ausdruck der Entschlossenheit, wodurch sie keineswegs einfach nur hübsch aussah. Sie wäre überall aufgefallen, doch hier auf *DS Nine* war sie eine strahlende junge Göttin. Sie trug ein langes gefälteltes Gewand, in dem sich Violett- und Elfenbeinfarbtöne mischten. Darüber hatte sie ein Jackett mit hohen Schulterpolstern angezogen. Auf der Vorderseite befanden sich Paspelverschlüsse aus goldenem Kord, doch sie trug die Jacke offen. Bashir war völlig hingerissen von diesem Kostüm. Er fragte sich, ob es die Tracht eines Planeten war, von dem er noch nie etwas gehört hatte. Quark hielt die Frau am Ellbogen fest und führte sie zur Tür, durch die es auf die Hauptpromenade hinausging. Sie leistete ihm zwar keinen direkten Widerstand, war aber zweifelsohne nicht mit der Situation einverstanden.

Hier schien etwas Interessantes vor sich zu gehen. Bashir beschloß, sich einzumischen.

»Wo liegt das Problem?« fragte er.

»Es gibt kein Problem«, erwiderte Quark. »Die Dame wollte nur gerade gehen.«

»Die Dame«, sagte die Frau, »wird gerade von einem monströsen Wurzelzwerg aus diesem Etablissement hinausgeworfen.«

»Hinausgeworfen?« fragte Bashir. »Warum ist diese Dame in Ihrer Spielhölle unerwünscht, Quark? Befürchten Sie, Ihre Gäste könnten sich von ihrem guten Aussehen ablenken lassen?«

Bashir wurde mit einem kurzen Lächeln von der jungen Dame belohnt. Quark jedoch nahm seine Bemerkung wörtlich.

»Den Leuten, die in mein Kasino kommen, ist es völlig gleichgültig, wer oder was ihnen am Tisch gegenübersitzt. Nein, damit hat es nichts zu tun, Dr. Bashir. Die Angelegenheit hat überhaupt keine persönlichen Hintergründe. Als diese Dame hereinkam, hat sie den Telepathen-Alarm ausgelöst. Dieses Gerät reagiert schon auf minimale Psi-Fähigkeiten bei Humanoiden. Es ist eine brandneue Erfindung aus dem Rhine-Institut von Ihrer Erde. Ich habe es erst vor kurzer Zeit erworben. Und diese Dame ist die erste Person, die erwischt wurde.«

»Erwischt? Das ist ein hartes Wort, Quark.«

»Ich will damit nur sagen, daß diese Dame hier den Alarm ausgelöst hat.«

Bashir zuckte die Schultern. »Na gut, dann hat sie also gewisse Psi-Fähigkeiten. Und wo liegt nun das Problem?«

Quark schniefte überheblich. »Wie Sie sicher wissen, Doktor, ist es Personen mit telepathischen oder Psi-Fähigkeiten verboten, an meinen Tischen zu spielen. Diese Regel gilt für die meisten Glücksspielunternehmen. Jeder kann das Schild dort an der Wand sehen.«

Bashir kannte das Schild. Es hing direkt neben dem Eingang und besagte: KEINE TELEPATHEN IM UMKREIS VON DREISSIG METERN UM DIE SPIELTISCHE!

»Ich habe diesem Troll bereits erklärt«, sagte die Frau, »daß ich lediglich über geringfügige, latente telepathische Fähigkeiten ohne jede Bedeutung verfüge. Diese Art von Telepathie funktioniert nur zwischen Mitgliedern meiner Spezies und würde mir überhaupt nichts nützen, wenn ich mit Wesen anderer Völker spiele.«

»Klingt vernünftig«, sagte Bashir. »Was meinen Sie dazu, Quark?«

»Ich glaube sogar, was die Dame sagt«, erwiderte Quark und meinte es offenbar ehrlich, »aber das ändert nichts an den Tatsachen. ›Spiele niemals mit einem Telepathen‹, lautet die zweihundertsechzehnte Erwerbsregel. Ich habe keine freie Entscheidung in dieser Angelegenheit. Ich muß mich nun einmal an die Regel halten. Andernfalls würde ich sie jederzeit beim Wort nehmen, daß sie die Gedanken anderer Spieler nicht lesen kann.«

Quarks Gesicht nahm einen Ausdruck so aufrichtigen Bedauerns an, daß sogar Julian Bashir, der das gierige, zynische Wesen des kleinen Ferengi kannte, fast geneigt war, ihm Glauben zu schenken.

»Ich fürchte, in diesem Fall können wir nichts machen«, sagte Bashir zur jungen Frau. »Und ich denke, daß wir Quark glauben können, wenn er sagt, daß es keineswegs persönlich gemeint ist. Grundsätzlich ist es ihm nämlich völlig egal, wem er das Geld aus der Tasche zieht.«

»Ich bin trotzdem nicht überzeugt«, sagte die Frau. »Ich denke, daß ich das Opfer eines Vorurteils geworden bin.«

»Ich hätte da eine Idee«, sagte Bashir. »Warum setzen Sie sich nicht zu mir und trinken etwas, während Sie die Gelegenheit nutzen, sich wieder zu beruhigen.«

»Ja, das ist eine gute Idee!« sagte Quark, der die Möglichkeit erkannte, einen womöglich unangenehmen Zwischenfall zu vermeiden. »Der Doktor ist ein guter Kunde und lädt Sie ein. Ich werde Ihnen die Getränke persönlich bringen. Sie müssen unbedingt meinen Zombie-Grasshopper probieren!« Und schon eilte Quark davon, um zwei Gläser zu holen.

• 3 •

O'Brien traf sich wie verabredet am zentralen Turbolift der Promenade mit seinem Assistenten. Linc Barnoe wartete dort bereits auf ihn – ein großer, schlaksiger junger Mann, der seine beste Uniform trug, obwohl er ausdrücklich auf die bevorstehende Schmutzarbeit hingewiesen worden war.

Linc hatte an der Bajoranischen Universität für Wissenschaft und Kunst studiert. Er wollte ein Raumfahrtingenieur wie O'Brien werden, hatte einen Assistenposten unter O'Brien bekommen und schon mehr gelernt, als es ihm während eines regulären fünfjährigen Praktikums auf Bajor möglich gewesen wäre. O'Brien war sein großes Vorbild, und er versuchte ihm in jeder Hinsicht nachzueifern.

»Einen wunderschönen guten Morgen!« tönte Linc, als O'Brien sich näherte.

O'Brien nickte. Er mochte es nicht, wenn man sich über seinen irischen Akzent lustig machte, aber da Linc es eindeutig als freundliche Geste meinte, brachte O'Brien es nicht übers Herz, ihm deswegen einen Rüffel zu verpassen. »Machen sich die Anomalien immer noch bemerkbar?« fragte er.

»O ja, Sir!« sagte Linc. »Sie sind noch nicht verschwunden!«

»Haben Sie die Daten aufgezeichnet?«

»O ja, Sir, natürlich!«

O'Brien hatte fast damit gerechnet, daß die Spuren sich längst verflüchtigt hatten, wie es meistens mit vorübergehenden Störungen an Bord einer Raumstation geschah. Sobald man glaubte, einen Ansatzpunkt gefunden zu haben, verschwand das Phänomen einfach, und die Instrumente pegelten sich wieder auf Normalwerte ein.

Diesmal jedoch waren die Neutrinowerte, die Lincs Tricorder anzeigte, beunruhigend hoch. Auch im Photonenspektrum gab es beträchtliche Aktivitäten. Zumindest war es das, was der Tricorder behauptete. Die Energieniveaus deuteten auf ein bemerkenswertes Leck hin, als wäre eine Hauptleitung unterbrochen und würde nun Energie verlieren.

»Sind Sie sicher, daß das Instrument in Ordnung ist?« fragte O'Brien.

»Ich habe es persönlich erst vor zwei Tagen überprüft. Keinerlei Fehlfunktion, Sir.«

O'Brien studierte die Anzeigen des Tricorders. »Können Sie die Richtung bestimmen?«

»Ja, Sir. Der Ursprung der Störungen liegt irgendwo zwischen dem zweiten und dritten Deck. Da es Fluktuationen gibt, läßt sich die Position nicht eindeutig feststellen.«

»Dann müssen wir wohl hineingehen und nachschauen«, sagte O'Brien.

»Ja, Sir! Bereit, Sir!«

»Folgen Sie mir«, sagte O'Brien und wünschte sich, die frischgebackenen Ingenieure würden die Sache etwas lockerer angehen. Manchmal war ein simples ›Okay‹ wesentlich sinnvoller als ein noch so schneidiges »Ja, Sir!«

• 4 •

Quark brachte die Getränke und verschwand wieder mit einem Grinsen. Allura nahm einen kleinen Schluck und sagte: »Ich habe mir eigentlich nie viele Gedanken über diese telepathischen Fähigkeiten gemacht. In meinem Leben haben sie keine besondere Rolle gespielt.«

»Wollen Sie damit sagen, Sie wußten gar nicht, daß Sie Telepathin sind?«

»Natürlich wußte ich davon, schon immer. Aber auf Laertes, meinem Heimatplaneten, hat jeder leichte telepathische Fähigkeiten, so daß niemand darin einen ungerechten Vorteil hat. Und wenn wir unsere Heimat verlassen, spielt es auch keine Rolle, weil unsere Psi-Begabung bei Nicht-Laertanern nicht funktioniert. Jetzt bin ich also den ganzen weiten Weg bis zu Ihrer Raumstation gekommen, und ich habe viel Geld für die interstellaren Raumschiffpassagen ausgegeben, die mir nicht zurückerstattet werden können, ganz zu schweigen von den Hotelbuchungen, die ich bezahlen muß, ob ich sie nun in Anspruch nehme oder nicht. Und dann kommt dieser Widerling von Ferengi daher und läßt mich nicht spielen. Das ist wirklich der Gipfel!« Sie schmollte. Bashir fand, daß sie besonders reizend wirkte, wenn sie schmollte.

»Ja, ich glaube, ich verstehe, was Sie meinen«, sagte Bashir, während er dachte, daß Allura nicht nur hübsch war, sondern auch geistreich. Er spürte, daß er drauf und dran war, sich in sie zu verlieben.

Bashir mußte sich zusammenreißen, weil Allura ihn gerade gefragt hatte, was er in *Deep Space Nine* machte.

Ihre Augen weiteten sich, als er ihr erzählte, daß er zu den Offizieren der Station gehörte und Arzt war. Bashir hoffte, sie würde mit eigenen Augen erkennen, daß er außerdem attraktiv und liebenswürdig war.

Dann war sie an der Reihe. Sie erzählte von Laertes, ihrer Welt auf der anderen Seite des Wurmlochs. Ihren Ausführungen entnahm Julian, daß es sich um einen etwa erdgroßen Planeten mit normaler Sauerstoffatmosphäre handelte. Darüber hinaus gab es nicht viel Interessantes, obwohl die Tatsache, daß er von zwei unterschiedlichen humanoiden Völkern bewohnt wurde, durchaus etwas Ungewöhnliches hatte.

»Wissen Sie was«, sagte Julian zwei Getränke später, »wir sollten unser hochinteressantes Gespräch fortsetzen, während wir irgendwo etwas essen. Und vielleicht können wir anschließend eine der Unterhaltungsmöglichkeiten der Station nutzen.«

»Das ist eine hervorragende Idee«, sagte Allura. »Aber vorher gibt es noch etwas, das ich erledigen müßte.«

»Sagen Sie mir, worum es sich handelt. Vielleicht kann ich Ihnen helfen.«

»Kennen Sie die Anzeigetafel für persönliche Mitteilungen in der Ankunftshalle?«

»Natürlich«, sagte Julian. Diese Anzeigetafel konnte von jedem, der etwas suchte oder anzubieten hatte, dazu benutzt werden, Nachrichten zu hinterlassen.

»An wen muß ich mich wenden, wenn ich eine Mitteilung machen will?« fragte Allura.

»Ich bin mir nicht sicher«, sagte Bashir. »Ich glaube, Sie haben von fast jedem Terminal aus Zugang zu dieser Anzeigetafel. Aber warum wollen Sie eine Mitteilung machen?«

»Ich möchte meine Dienste anbieten«, sagte sie.

»Und was für Dienste wären das, wenn ich fragen darf?«

»Ich suche jemanden, der für mich spielt«, sagte Allura. »Und ich bin bereit, dafür zu bezahlen.«

»Daß jemand für Sie spielt?« fragte Bashir nach, der nicht sicher war, ob er sie richtig verstanden hatte.

»Da diese unmögliche Person, dieser kleine Quark, mich selbst nicht spielen lassen will, werde ich jemanden engagieren, der es für mich tut. Solange diese Person kein Telepath ist, kann Quark doch keine Einwände haben, oder?«

»Nein, ich denke nicht«, sagte Bashir. »Jeder, der Geld hat, darf bei ihm spielen – er soll es sogar, wenn es nach Quark geht.«

»Gut. Damit wäre das Problem gelöst.«

»Wirklich?« fragte Bashir. »Aber das ist doch etwas anderes, als selbst zu spielen.«

»Richtig, aber es wäre immerhin etwas.«

»Und wo liegt dabei der Reiz für Sie?«

»Es hat durchaus seinen Reiz«, sagte sie. »Ich bin davon überzeugt, daß ich großes Glück im Spiel habe, und wenn jemand für mich spielt, wird er genausoviel Glück haben. Kennen Sie zufällig jemanden, der für mich spielen würde?«

Sie beugte sich über den Tisch zu ihm. Ihre Augen waren bodenlose Teiche, die ihn bittend anschauten. Ihr Haar verströmte Parfüm. Bashir fühlte sich benommen und berauscht, so wie es angeblich manchen männlichen Spinnen erging, bevor sie von ihren Weibchen verspeist wurden. Bashir hatte in seinen Anatomieseminaren etwas darüber gelernt, aber das meiste schon wieder vergessen. Vermutlich hätte es überhaupt keinen Unterschied für ihn gemacht, wenn er sich erinnert hätte.

»Sie können sich die Anzeige sparen«, sagte Bashir großzügig. »Ich würde natürlich gerne für Sie spielen.«

Sie blickte ihn erstaunt an. »Das würden Sie für mich tun? Sie, ein Arzt?«

»Sicher. Kein Problem. Außerdem werde ich von Ihnen keine Bezahlung annehmen.«

»Sie sind wirklich sehr großzügig!«

»Ganz und gar nicht«, erwiderte Bashir grinsend. »Auch für mich springt etwas dabei heraus. Auf diese Weise können wir nämlich zusammen essen gehen und auch anschließend noch etwas unternehmen.«

»Das wäre mir ein außerordentliches Vergnügen«, sagte Allura. »Aber das Spielen – nun ja, ganz so einfach ist die Sache nicht.«

»Warum? Ich gebe zu, daß ich mich mit den meisten Glücksspielen nicht sehr gut auskenne, obwohl ich auf der Universität gelegentlich gepokert habe.«

»Es hat nichts damit zu tun, die Spielregeln zu kennen«, sagte Allura. »Wenn Sie als mein Vertreter für mich spielen sollen, müssen wir beide zunächst eine Übereinkunft treffen.«

»Ich würde liebend gerne mit Ihnen zu einer Übereinkunft kommen«, sagte Bashir lächelnd. »Aber woran denken Sie?«

»Bitte, das ist eine ernste Angelegenheit! Zuerst muß klargestellt werden, daß ich Ihnen das Geld gebe, mit dem Sie spielen. Sie werden auf keinen Fall Ihr eigenes Geld benutzen. Alles, was Sie verlieren, geht auf mein Konto, und alles, was Sie gewinnen, gehört mir.«

»Daran ist nichts auszusetzen«, sagte Bashir.

Sie beugte sich vor. Ihre Lippen waren feucht und ihr Dekolleté nicht zu übersehen. »Der nächste Punkt ist äußerst wichtig. Wenn Sie für mich spielen, müssen Sie mir versprechen, daß Sie nicht aufhören, bevor entweder Sie oder Ihr Gegenspieler bankrott ist.«

»Sie spielen auf Teufel komm raus, wie?« sagte Bashir amüsiert.

»Nur so kann man wirklich spielen. Möchten Sie Ihr Angebot zurücknehmen?«

»Auf keinen Fall«, sagte Bashir. »Bitte erzählen Sie weiter.«

»Ich sagte gerade, daß das Spiel so lange dauert, bis ich erledigt bin – oder bis ich alles gewonnen habe, was es zu gewinnen gibt.«

»Ein ungewöhnlicher Grundsatz«, sagte Bashir.

»Ich glaube, daß die Sache dadurch wesentlich reizvoller wird«, sagte Allura zu ihm. »Ich halte diesen Punkt für äußerst wichtig.«

»Ja, zweifellos. Also gut, ich habe keinerlei Einwände. Allerdings möchte ich Sie warnen, denn nach allem, was ich über Quarks Spielkasino weiß, werde ich mich vermutlich nicht lange halten, ganz gleich, wieviel Sie mir als Einsatz mitgeben.«

»Darum mache ich mir keine Sorgen. Ich glaube an mein Glück und an das lang ersehnte Glück des lampusanischen Volkes – und an den mathematischen Beweis, daß Glück sich auf einen Stellvertreter übertragen läßt.«

Später würde Dr. Bashir sich wieder an ihre Redewendung ›das lang ersehnte Glück des lampusanischen Volkes‹ erinnern. Und er sollte auch noch einmal an den ›mathematischen Beweis, daß Glück sich auf einen Stellvertreter übertragen läßt‹, denken. Doch da ihm im Augenblick nur daran lag, den Rest des Abends mit Allura zu verbringen, kam ihm nicht einmal die Idee, danach zu fragen, was sie damit meinte.

»Ich denke«, sagte er, »wir sind zu einer Übereinkunft gekommen. Wollen wir jetzt einen Happen essen gehen?«

»Ja, sehr gerne«, sagte Allura. »Aber zuerst sollten wir unsere Vereinbarung noch schriftlich festhalten.«

»Schriftlich?« fragte Bashir.

»Natürlich«, sagte Allura. »Ich ziehe es vor, eindeutig festzulegen, was vereinbart wurde. Aber wenn Sie in diesem Fall lieber nicht...«

»Kein Problem«, sagte Bashir großzügig. »Für mich ist das alles eher ein Jux.«

Später würde er rote Ohren bekommen, wenn er sich daran erinnerte, daß er diese Sache als ›Jux‹ bezeichnet hatte. Dabei handelte es sich weniger um einen Jux, sondern eher um etwas, das zum Himmel stank. Doch das sollte ihm erst später klarwerden. Jetzt war es für ihn noch ein Jux. Er stand am Anfang eines höchst vergnüglichen Abenteuers, nachdem es in seinem Leben viel zu lange überhaupt keinen Spaß gegeben hatte.

• 5 •

Es klopfte an der Tür zu Quarks Büro. »Herein!« sagte er. Die Tür öffnete sich, und Quarks Bruder Rom steckte seinen Kopf durch den Spalt.

»Ich dachte, es könnte dich vielleicht interessieren«, sagte Rom, »daß gerade Dr. Bashir eingetroffen ist und spielen will.«

Quark richtete sich kerzengerade auf. »Ja, das interessiert mich sehr. Danke, Rom. Kümmere dich um ihn. Ich komme gleich nach.«

Quark rückte seine Kleidung zurecht und trat in das Spielkasino hinaus, das seinen Namen trug.

»Dr. Bashir! Welch ein Vergnügen! Was hat Sie hierher verschlagen?« fragte Quark. »Sie wollen sich doch hoffentlich nicht noch einmal wegen der Frau mit mir streiten!«

»Es gibt nichts, worüber ich mich mit Ihnen streiten möchte«, sagte Bashir. »Ich bin gekommen, um zu spielen.«

Quark warf ihm einen mißtrauischen Blick zu. »Und womit wollen Sie spielen?«

Bashir hob eine Tasche an, in der es klimperte, als er sie schüttelte. Er reichte sie an Quark weiter.

»Laertanische Dinare!« rief Quark. »Das ist das erste Mal, daß ich sie in solcher Menge zu Gesicht bekomme!«

»Sie können das Geld gerne überprüfen, falls sie Zweifel an seiner Echtheit haben.«

Quark schüttelte den Kopf, während er einige Münzen gegen das Licht hielt. »Sie sind echt, kein Zweifel. Nur die Laertaner kriegen diesen leichten blaugrauen Schatten hin.«

Bashir nahm die Tasche wieder an sich. »Die Laertaner beteiligen sich noch nicht lange am interstellaren Handel. Wie kommt es, daß Sie sich bereits mit ihrer Währung auskennen?«

»Ach, Herr Doktor! Sobald eine neue Währung ins Spiel kommt, werden alle interessierten Parteien natürlich sofort aufmerksam. Die Nachricht von einer neuen Währung verbreitet sich schneller als die Entdeckung eines neuen Sterns, und wesentlich mehr Leute sind an ihrer Kaufkraft interessiert. Darf ich Sie fragen, woher Sie diese Devisen haben?«

»Das ist kein Geheimnis«, sagte Bashir. »Da Sie

nicht wollen, daß Allura selbst spielt, hat sie mich gebeten, an ihrer Stelle zu spielen.«

»Tatsächlich?« sagte Quark mit einem leichten Kichern.

»Ich vermute doch, daß Sie nichts dagegen einzuwenden haben.«

»Überhaupt nichts. Sie können spielen, Doktor, so lange es Ihnen beliebt. Natürlich nur, wenn die Dame sich nicht mit Ihnen im selben Raum aufhält.«

»Da wäre noch etwas, was ich Sie fragen wollte«, sagte Bashir. »Allura hat mich darum gebeten, das Spiel nicht eher zu beenden, bis eine der Parteien kein Geld mehr hat. Sind Sie damit einverstanden?«

Quark starrte ihn einen Moment lang an und brach dann in lautes Gelächter aus.

»Bis einer von uns bankrott ist? Ich wüßte nichts, was mir lieber wäre! Das heißt, solange Sie gegen das Haus spielen.«

»Kein Problem«, sagte Bashir. »Darf ich davon ausgehen, daß der laertanische Dinar eine harte Währung ist?«

Quark nickte. »Der L-Dinar, wie man auch sagt. So hart wie in Gold gepreßtes Latinum. Sogar noch besser. Ich möchte Ihnen die Berechnungen ersparen, wie wir den Gegenwert in Latinum ermitteln, aber ich werde ihnen 7,3442 Barren für einen L-Dinar geben. Ich werde mich später noch einmal nach dem genauen Wert erkundigen, aber ich denke, er stimmt.«

Bashir blickte auf seinen kleinen Datenblock, stellte ein paar Berechnungen an und nickte dann.

»Einverstanden, der Kurs ist akzeptabel.«

»Dann wäre ja alles geklärt, Doktor. Ich habe keine weiteren Einwände, da ich weiß, daß Sie kein Telepath sind. Im Gegenteil, Sie können ja nicht einmal Ihre eigenen Gedanken lesen.«

»Wie bitte?« fragte Bashir.

»Schon gut. Sie sind genauso wie jeder andere herzlich willkommen, hier Ihr Geld zu verlieren. Und es ist mir gleichgültig, mit wessen Geld Sie spielen.«

»Zufällig handelt es sich um die gesamten Ersparnisse einer jungen Dame.«

»Wohl eher um die eines ganzen jungen Planeten. Ist Ihnen nicht klar, wieviel Geld sie Ihnen gegeben hat?«

»Helfen Sie mir bitte, alles in Chips umzutauschen«, sagte Dr. Bashir.

»Rom!« Quark rief seinen Bruder, der Bashirs Geld mit flinken und geschickten Händen umgehend in blaue, rote und weiße Chips umtauschte.

• 6 •

Draußen im All war gerade der Passagierfrachter *Stern von Buuler* aus dem Wurmloch hervorgekommen und manövrierte sich nun an einen der Andockmasten von *DS Nine* heran. Die *Stern von Buuler*, die auf Srinagar XII registriert war, hatte im Gamma-Quadranten viele Planeten angeflogen, Fracht ausgeladen und Passagiere aufgenommen. Nachdem die Passagiere abgesetzt waren, würde das Schiff auf Bajor neuen Treibstoff aufnehmen und dann seine Fahrt fortsetzen.

An Bord befand sich eine bunt gemischte Gesellschaft. Es gab großköpfige Calydonier von Lesurgis 32, kleine, schnell sprechende Yentis von Alamenta II und sogar einen cardassianischen Jugendlichen, der sich auf einer Kreuzfahrt durch die Galaxis befand und dabei nicht viel fand, was einem Vergleich mit seinem Heimatplaneten standhielt.

Und es gab drei Kendos von Laertes. Zwei von ihnen waren kleine Männer mit entschlossenem Blick, die weite Kleidung in Lavendel und Schwarz trugen, bei denen es sich offenbar um die Nationalfarben ihres Heimatplaneten handelte. Der dritte, der alle drei in die Passagierliste des Schiffes eingetragen hatte, und zwar als ›Anatol Alleuvial und Freunde‹, war etwas größer als die anderen, hatte helle Augen und lockiges blondes Haar und trug prächtige, vielfarbige Kleidung, auch wenn Lavendel und Schwarz dominierten. Er schien der Anführer und Sprecher der Gruppe zu sein. Die anderen waren ihm respektvoll ergeben. Sie blieben meistens unter sich und wirkten sehr ernst – überhaupt nicht wie typische Vergnügungsreisende.

Es war auch ein Ferengi an Bord, ein Priester in langem, blau und gelb gestreiftem Gewand. Das war ungewöhnlich, denn Ferengi reisten nicht viel, und bisher hatte noch niemand einen Ferengi-Priester zu Gesicht bekommen.

• 7 •

»Mit welchem Spiel möchten Sie Ihr Glück versuchen?« fragte Quark.

Bashir zuckte die Schultern. »Für mich macht es keinen Unterschied.«

Quark hatte beschlossen, Bashir während seines ersten Spiels an diesem Abend persönlich zur Seite zu stehen und ihm als Croupier und Kassierer zu dienen sowie mit Informationen und allem, was sonst nötig war, auszuhelfen. Alles in einer Person zu sein, war eins von Quarks größten Talenten. Es war außerdem der Grundsatz des Kraggnish, der Kunst der Ferengi, seinen Feind davon zu überzeugen, man sei sein Freund und würde alles daransetzen, ihm einen Gefallen tun zu können, während man in Wirklichkeit alles daransetzte, ihm das Latinum aus den Taschen zu ziehen. Bashir war eigentlich gar nicht sein Feind, Quark mochte den Doktor sogar recht gern. Aber es konnte nie schaden, sich ein wenig in der Kunst des Kraggnish zu üben, um vorbereitet zu sein, wenn es einmal ernst wurde.

Quark hatte das Spielkasino vor kurzem neu eingerichtet und aneurianische Stimmungsgemälde an allen Wänden aufgehängt. Es waren holographische Darstellungen von nichtgegenständlichen Dingen, die sich ständig veränderten und von leiser, kaum hörbarer Musik begleitet wurden. Diese Kombination sollte nach zuverlässigen Aussagen angenehme und zuversichtliche Gefühle bei allen Geschöpfen mit einem Nervensystem vom Typ B1 hervorrufen. Darin waren alle Humanoiden eingeschlossen, wenn auch nicht alle intelligenten Spezies. Auf einige Völker wie zum Beispiel die Vagrii von Solotex V wirkten die aneurianischen Stimmungsbilder äußerst störend. Solche Spezies mußten sich mit aneurianischen Dämpfschleiern abschirmen, von denen Quark einige auf Lager hatte und die er gegen eine symbolische Gebühr auslieh.

»Sie müssen sich irgendein Spiel aussuchen«, sagte Quark.

»Ich weiß nicht recht«, sagte Bashir. »Ich habe gesehen, wie einige Ihrer Gäste etwas spielten, bei dem verschiedenfarbige Bälle durch die Luft schwebten. Was für ein Spiel ist das?«

»Es heißt Andralor«, sagte Quark. »Ich zeige Ihnen, wie es geht.«

Der Bereich für die Andralor-Spieler war mit Zebramustern und Leuchtfeldern in Grün, Blau und Gelb dekoriert. Als sie sich näherten, zeigte Quark auf eine noch freie Spielposition. Bashir trat hinein, schloß, wie angewiesen, die halbhohe Tür und baute seine Chips in ordentlichen Stapeln vor sich auf. Quark erklärte ihm schnell die Spielregeln. Lichter flammten auf. »Alles ist bereit für Ihren ersten Einsatz«, sagte Quark.

»Wieviel soll ich setzen?« fragte Bashir.

Quark zuckte die Schultern. »Da ich das Haus vertrete, bin ich Ihr Spielgegner. Aus diesem Grund kann ich Ihnen keinen Rat bezüglich der Höhe des Einsatzes geben. Setzen Sie, was Sie für richtig halten.«

Julian antwortete seinerseits mit einem Schulterzucken und nahm sich aufs Geratewohl einen Stapel Chips, um ihn auf das Feld zu schieben. Ein Raunen kam von den anderen Spielern. Eine alte Frau, die wie eine Gräfin aus einem historischen Musical aufgemacht war, murmelte: »So viel? Dabei hat die hohe Sequenz des Spiels gerade erst begonnen!« Und als Bashir dann gewann, sagte der große, weichlich wirkende Mann – ein Lunarier seiner Blässe nach zu urteilen – neben ihr: »Was meinen Sie? Kennt er sich aus, oder hat er einfach nur Anfängerglück?«

Bashir hörte nicht, was die Gräfin darauf antwortete. Er war viel zu sehr damit beschäftigt, die Chips zu stapeln, die der Croupier mit dem orangefarbenen Haar ihm zugeschoben hatte, der in der Aussparung in der Mitte des Andralor-Spiels saß und die Einsätze verwaltete. Bashir war angenehm überrascht, daß er gewonnen hatte, und zwar einen beträchtlichen Batzen. Und das schon bei seinem allerersten Versuch mit diesem Spiel.

Alle Augen waren auf ihn gerichtet. Bashir erwiderte das Stirnrunzeln der Gesichter mit einem Lächeln. Er schob einen neuen Stapel Chips auf die Spielfläche. »Andralor gefällt mir«, sagte er. Und das Spiel ging weiter.

• 8 •

Chief O'Brien lugte in den finsteren Kriechgang zwischen den Decks. Er konnte überhaupt nichts sehen, aber das spielte keine Rolle. Manchmal reichte es, wenn man etwas hören oder riechen konnte – zum Beispiel eine brennende Isolierung. Doch er bezweifelte, daß etwas Derartiges für die Störungen verantwortlich war, nach denen er suchte.

Trotzdem – irgend etwas hatte unzweifelhaft den Alarm ausgelöst. Die Instrumente hatten einen plötzlichen schweren Energieverlust in mehreren Versorgungssystemen von *DS Nine* registriert. Es war, als wären diese Systeme gleichzeitig an tausend Stellen angezapft worden, und das war unmöglich, weil niemand die so gewonnene Energie sinnvoll einsetzen konnte. Oder vielleicht doch?

Parallel dazu gab es unerwartet hohe Photonenaktivitäten und periodische Eruptionen von Neutrinos. Es war, als würde etwas auf die Energieströme einwirken und ihre Zusammensetzung verändern.

Was immer es war, O'Brien mußte der Sache auf den Grund gehen. Wahrscheinlich stellte sich das Ganze schließlich als völlig banale und problemlose Störung heraus, aber man konnte sich niemals sicher sein. Hinter ihm wurde Linc Barnoe unruhig und fragte: »Möchten Sie eine Lichtsonde, Chief?«

»Noch nicht.« Linc würde vermutlich nicht begreifen, daß es darauf ankam, sich auf alle seine Sinne zu verlassen, selbst wenn man wie in diesem Fall versuchte, eine Energiestörung aufzuspüren, die scheinbar aus dem Nichts aufgetaucht war und sogar jetzt, wo sie sich dem Ausgangspunkt näherten, immer noch keinen Sinn ergab.

Zu allem Überfluß wußte O'Brien nicht einmal, wonach er eigentlich suchte. Nach einer Anomalie. Aber nach der Definition war eine Anomalie manchmal nur schwer zu beschreiben oder gar zu erklären. O'Brien schnupperte an der Wand und richtete dann einen schwachen Lichtstrahl darauf. »Sieht aus, als wäre es hier durchgekommen, was immer es war«, bemerkte er. »Dann gab es eine Richtungsänderung im Energiefluß um neunzig Grad. Ich schätze, wir müssen nach oben gehen und nachsehen, ob wir dort etwas finden.« Er verzog das Gesicht.

»Nach oben? Was meinen Sie damit, Sir?« fragte Linc. Da er immer noch neu in der Station war, kannte er noch nicht wie O'Brien den Bauplan von *DS Nine* aus allen Perspektiven.

»Nach oben aufs Promenadendeck. Wir befinden uns genau darunter. Ich glaube sogar, daß wir uns in unmittelbarer Nähe dieses neuen Restaurants befinden, diesem *Bal Cabarin.*«

• 9 •

Benjamin Sisko und sein Offizierspersonal hatten sich im *Bal Cabarin* versammelt, einem gepflegten Unterhaltungsrestaurant, das erst vor kurzem auf der Promenade eröffnet hatte. Eigentlich fühlte Sisko sich hier überhaupt nicht wohl. Die Vorstellung, während des Essens abgelenkt zu werden, war seinem Wesen fremd. Als Sohn eines Feinschmeckerkochs zog er es vor, seine Mahlzeiten zu genießen. Doch diesmal gab es einen besonderen Anlaß. Der Botschafter von Entan V wollte sich verabschieden. Er war erst vor ein paar Stunden eingetroffen, als erster Vertreter seiner Heimatwelt, der *DS Nine* einen Besuch abstattete. Entan V war ein kleiner Planet der M-Klasse im Gamma-Quadranten auf der anderen Seite des bajoranischen Wurmlochs. Die Entaner waren eine intelligente, hart arbeitende Spezies und mochten sich als gute Nachbarn und interessante Handelspartner erweisen. Daher war es wichtig, den Besucher gut zu unterhalten, solange er zu Gast auf *DS Nine* war.

Solche Gesten gehörten zu Siskos Aufgaben als Commander der Station, und man erwartete von ihm, daß er sie zur Zufriedenheit seiner Gäste erfüllte. Er hoffte sehr, daß er seine Sache gut machte. Ein Blick auf seine zwei Offiziere, Major Kira und Lieutenant Dax, gab ihm jedoch keinen Hinweis darauf, ob er mit sich zufrieden sein konnte.

Der entanische Botschafter schien auf jeden Fall sehr zufrieden zu sein. Eigentlich war er gar kein richtiger Botschafter, sondern nur der erste Tourist, der von Entan V nach *DS Nine* gekommen war. Sisko hatte sich jedoch entschieden, dem Wesen einen ehrenvollen Empfang zu bereiten, um seine Artgenossen zu ermuntern, ebenfalls nach *DS Nine* zu kommen.

Der Botschafter sah aus wie ein Wiesel mit großem Kopf, das eine Brille trug. Er war in einen kunstvoll bestickten orangefarbenen Kimono gekleidet und trug verschiedene silberne Schmuckstücke am Hals: Insignien seiner Stellung und seines Einflusses innerhalb seines Volkes.

Sisko hatte trotz seiner Bedenken den Eindruck, daß das Essen ein voller Erfolg war. Er konnte sich nicht erinnern, wann seine zwei Mitarbeiterinnen sich das letzte Mal so charmant verhalten hatten. Dann trat das erste von zwei ungewöhnlichen Ereignissen ein.

Dax sagte zu ihm: »Ist das nicht Julian dort drüben?«

Sisko blickte quer durch das schwach beleuchtete Restaurant und entdeckte Dr. Bashir in einer gemütlichen Nische, wo er sich angeregt mit einer schönen dunkelhaarigen Frau unterhielt, die Sisko unbekannt war.

Die zweite Überraschung bestand darin, daß sich

der Boden fast genau unter Siskos Tisch öffnete, worauf Chief O'Brien und einer seiner Assistenten aus dem Kriechgang kletterten.

• 10 •

Entschuldigen Sie bitte, Commander!« sagte Chief O'Brien, als er sich mit seinen Sensoren und seinem Assistenten Linc im Schlepptau in das Restaurant auf dem Promenadendeck drängte, während er nach der Quelle der Energiefluktuationen suchte. »Irgendwo müssen wir die falsche Abzweigung genommen haben.«

»Was haben Sie vor, Chief?« fragte Sisko.

»Nichts Großartiges. Wir versuchen nur, einer rätselhaften Energiefluktuation auf die Spur zu kommen...«

»Hatten Sie schon Erfolg damit?«

»Noch nicht. Die Spur hat uns hierher geführt. Jetzt muß ich erst feststellen, wie es weitergeht.«

»Ist es eine Angelegenheit, wegen der ich mir Sorgen machen sollte, Chief?«

O'Brien überlegte, wie er antworten sollte. »Es handelt sich um ein unbekanntes Phänomen, Sir, und solange es unbekannt ist, könnte es alles mögliche sein. Aber für solche Probleme gibt es nach meiner Erfahrung am Schluß meistens eine ganz einfache Erklärung. Ich werde Ihnen berichten, sobald ich Näheres herausgefunden habe.«

O'Brien und sein Assistent stiegen wieder in den Kriechgang. Als Sisko anschließend noch einmal zu Bashirs Tisch hinüberblickte, war der Doktor nicht mehr da. Schade, dachte Sisko. Er mochte den Arzt, und er hatte die Absicht gehabt, ihn zum Empfang einzuladen. Doch anscheinend hatte Bashir bereits angenehme Gesellschaft gefunden.

Er wandte seine Aufmerksamkeit wieder dem entanischen Botschafter zu. Auch dieser starrte durch das Restaurant auf den Tisch, an dem Bashir und die Frau gesessen hatten.

»Wer war das?« fragte der Botschafter.

»Der Mann war mein Medo-Offizier. Er scheint gegangen zu sein, bevor ich die Gelegenheit erhielt, Sie miteinander bekannt zu machen.«

»Ich meinte nicht den Mann, sondern die Frau. Die den jungen Mann begleitete, bei dem es sich um ihren Medo-Offizier handelt, wie Sie sagten.«

»Ich habe sie noch nie zuvor gesehen. Warum fragen Sie?«

»Weil sie eine Lampusanerin von Laertes ist. Ich kenne ihr Volk. Sie sind sozusagen unsere Nachbarn.«

»Gute Nachbarn, wie ich hoffe«, sagte Sisko.

»In der Regel, ja«, sagte der Botschafter, »zumindest solange die Lampusaner sich nicht von ihren seltsamen Vorstellungen mitreißen lassen.«

Das war eine sehr rätselhafte Bemerkung, und Sisko hätte sie gerne hinterfragt. Doch die Mahlzeit war vorbei, und für den entanischen Botschafter war es Zeit zum Aufbruch. Außerdem gab es einen weiteren Vertreter eines Planeten, der darauf wartete, vom Commander begrüßt zu werden.

• 11 •

»Schön, daß Sie wieder da sind, Doktor«, sagte Quark. Ein Student der außerirdischen Anatomie und Physiognomie hätte vermutlich sofort erkannt, daß der Ferengi sich gar nicht freute, obwohl er sich alle Mühe gab, freundlich zu wirken. »Ich befürchtete schon, Ihnen wäre bei unserem kleinen Spiel langweilig geworden, da Ihre Fähigkeiten davon kaum in Anspruch genommen wurden.«

»Mir war gar nicht bewußt, daß ich dabei irgendwelche Fähigkeiten eingesetzt habe«, sagte Julian. »Aber es hat mir Spaß gemacht zu gewinnen, und ich bin zurückgekommen, um zu versuchen, ob ich noch mehr gewinnen kann.«

»Das habe ich mir bereits gedacht«, sagte Quark. »Aber ich sollte Sie wohl besser warnen, daß niemand Quarks Spielkasino als dauerhafter Sieger verläßt. Die meisten setzen ihren Gewinn immer wieder, bis irgendwann alles verloren ist.«

»Zugegeben, das sind keine sehr angenehmen Aussichten«, sagte Julian. »Aber warum erzählen Sie mir das? Wenn ich an Ihrem Tisch verliere, werden Sie dadurch reicher!«

»Das weiß ich natürlich«, sagte Quark, »aber aufgrund unserer langen Freundschaft drängt es mich, Ihnen zu sagen, daß Sie nicht zu wagemutig sein sollten, denn alles, was Sie gewinnen, kann im nächsten Augenblick wieder futsch sein.«

»Ich denke, diese Erfahrung muß ich wohl selber machen«, sagte Bashir. »Außerdem ist es mir gleichgültig. Es ist ja nicht mein Geld. Darf ich vielleicht wieder meinen alten Platz am Andralor-Tisch einnehmen? Ich glaube, er hat mir Glück gebracht.«

»Diesen Gedanken hatte ich ebenfalls«, sagte Quark. »Ich habe Ihren Stuhl vorübergehend aus dem Spiel genommen, damit meine Techniker ihn untersuchen, ob er auf irgendeine Weise manipuliert wurde.«

»Nun, eigentlich ist es mir egal, wo ich sitze«, sagte Bashir. »Was ist mit diesem Platz hier?«

Quark winkte gelassen mit der Hand. »Wie Sie wünschen. Spielen Sie nur weiter, Doktor!«

Julian holte seine Chips hervor und spielte weiter.

Und wieder gewann er.

Und gewann.

Und gewann noch mehr.

• 12 •

Nach seiner Andralor-Spielrunde ging Bashir zur *Starlight Lounge,* einer neuen Bar auf der Promenade. Allura wartete dort auf ihn, während sie von einem nichtalkoholischen Getränk nippte und besonders reizend aussah.

»Wie ist es gelaufen?« fragte sie.

»Phantastisch!« sagte Bashir. Er schüttete seine Gewinne auf den Tisch. Es waren sämtliche L-Dinare, die sie ihm zuvor gegeben hatte, und obendrein beeindruckende Bündel aus Neugulden, ICU und Bazmeeli. Insgesamt ergab sich ein hübscher kleiner Haufen von beachtlichem Wert. Quark hatte die hintersten Winkel seines Tresors auskratzen müssen, um Bashirs Chips einlösen zu können.

Allura wirkte überhaupt nicht überrascht. »Sehr gut, Julian. Jetzt packen Sie alles noch einmal zusammen. Sie werden es für die nächste Runde brauchen.«

»Aber ich habe bereits ein Vermögen gewonnen«, sagte Julian. »Damit hat sich Ihre Reise von Laertes bis hierher mehr als rentiert. Sie haben einen erheblichen Profit gemacht. Sind Sie sicher, daß ich weiterspielen soll?«

»Natürlich bin ich mir sicher! Außerdem haben Sie es versprochen!«

»Oh, ich will mich keineswegs aus der Verantwortung ziehen«, sagte Bashir. »Ich rate nur zur Vorsicht. Ich könnte das alles genauso schnell wieder verlieren, wie ich es gewonnen habe.«

»Dessen bin ich mir bewußt«, sagte Allura. »Aber Sie sollten sich klarmachen, daß wir gerade erst angefangen haben. Warum trinken Sie nicht eine Tasse Raktajino und essen ein schnelles Sandwich, bevor Sie wieder zurückgehen?«

»Also gut, einverstanden«, sagte Bashir. »Ich hatte nur gedacht, wir könnten vielleicht etwas tanzen gehen, um unseren Sieg zu feiern.«

»Später«, sagte Allura. »Im Augenblick möchte ich, daß Sie weiterspielen.«

»In Ordnung«, gab Bashir nach. »Ich werde mir nur einen kleinen Imbiß bestellen.«

»Ich habe mir bereits die Freiheit genommen, etwas für Sie zu bestellen«, sagte Allura. »Ein köstliches Protosojabrot mit Käse. Da kommt es schon.«

Ein Kellner trat an ihren Tisch und servierte mit einer schwungvollen Bewegung ein Sandwich und eine Tasse Kaffee für Bashir.

»Ausgezeichnet«, sagte Bashir. »Sie sind ja überhaupt nicht zu bremsen!«

»Warten Sie erst einmal ab, bis ich richtig loslege«, sagte Allura.

• 13 •

Rom spähte durch das Guckloch und meldete: »Er ist wieder da.«

»Darauf habe ich nur gewartet«, sagte Quark.

Rom sah auf seinen Taschenrechner. »Er ist vorhin mit mehr als fünfzig Barren in Gold gepreßtem Latinum gegangen.«

»Das ist mir bekannt«, sagte Quark. »Ich habe sein Spiel genau verfolgt.«

»Er hat alle Barren aus der Tageskasse gewonnen.«

»Auch das ist mir bekannt. Hol Nachschub aus dem Safe.«

Rom wirkte unglücklich. »Bisher hat es noch niemand geschafft, die Tageskasse zu plündern.«

»Nur keine Sorge«, sagte Quark. »Das war reines Anfängerglück. Wir werden alles zurückbekommen – und noch viel mehr.«

»Ja, Bruder. Wenn du dir sicher bist…«

»Natürlich bin ich mir sicher! Weißt du nicht, daß die Chancen gegen ihn stehen?«

»Ich weiß nur, daß das Haus einen Vorteil von fünfzehn Prozent hat.«

»Exakt«, sagte Quark. »Hol das Geld und laß ihn weiterspielen. Das unveränderliche Gesetz des Vorteils wird auch hier funktionieren, wie es schon immer funktioniert hat.«

Rom tat wie befohlen. Obwohl er Quarks Bruder war, hatte er niemals dessen ausgezeichneten Spürsinn für einen Profit gehabt. Er machte sich große Sorgen. Er hatte noch nie jemanden so viel gewinnen gesehen wie Bashir. Aber wenn Quark meinte, es wäre alles in Ordnung, dann mußte alles in Ordnung sein.

Quark war mit seiner Buchhaltung beschäftigt. Er machte sich zwar keine unmittelbaren Sorgen, aber er würde sich etwas besser fühlen, wenn das Gesetz der ausgleichenden Wahrscheinlichkeit allmählich Wirkung zeigen würde.

• 14 •

Wie ist es Ihrer Meinung nach gelaufen?« wollte Sisko von Major Kira wissen, die neben ihm stand, während sie den Aufbruch des Botschafters beobachteten.

»Sehr gut«, sagte Kira. »Sie haben wirklich ein Talent für die Diplomatie.«

Sisko blickte sie stirnrunzelnd an. Das war es nicht, was er eigentlich hatte hören wollen. Er war eher der Ansicht, daß es kein guter Charakterzug sein konnte, wenn jemand die Diplomatie beherrschte, weil es zuviel mit Hinterlist und Betrug zu tun hatte. Doch als er dann das leichte Lächeln bemerkte, das um Kiras Mundwinkel spielte, wurde ihm klar, daß ihre Bemerkung ironisch gemeint war.

»Ihr Tagespensum an Schmeicheleien ist noch nicht geschafft«, rief Kira ihm ins Gedächtnis. »Die Leute von Laertes docken gerade an. Es wäre gut, Commander, wenn Sie sie an Bord der Station begrüßen würden.«

»Das denke ich auch«, sagte Sisko.

»Und mit demselben Raumschiff trifft ein Ferengi-Priester ein.«

Sisko hob eine Augenbraue. »Das ist etwas ganz Neues. Muß ich auch ihn begrüßen?«

»Ich denke, diese Aufgabe könnten Sie an Quark delegieren«, sagte Major Kira.

Sisko und Major Kira gingen zum Andockplatz sieben, der hauptsächlich von Billigfluggesellschaften genutzt wurde. Ihre Raumschiffe durchflogen nur dann das Wurmloch, wenn sich die notwendige Anzahl von Passagieren angemeldet hatte, um die Kosten für Treibstoff und Landung zu decken. Es war eine recht unsichere Methode, seinen Lebensunterhalt zu verdienen, aber für die Passagiere wesentlich preisgünstiger als ein reguläres Linienraumschiff.

Die Kendos stiegen zusammen mit einem halben Dutzend anderer Passagiere aus.

Sisko runzelte verwundert die Stirn. *Botschafter?* dachte er. *Nein. Unser Protokollchef muß irgend etwas verwechselt haben.* Trotzdem ging er zu ihnen und stellte sich vor.

»Ich bin Commander Sisko. Herzlich willkommen auf *Deep Space Nine.*«

Die Neuankömmlinge blickten sich verblüfft an. Damit schienen sie nicht gerechnet zu haben. Es waren Humanoide, ungefähr 1,80 Meter groß, gutaussehende Männer mit einem kupferfarbenen Hautton.

Der Mittlere sagte: »Es ist sehr freundlich von Ihnen, daß Sie uns begrüßen, Captain. Aber ich muß Ihnen sagen, daß wir eigentlich gar keine Botschafter sind. Lediglich einfache Bürger auf einer Vergnügungsreise. Wir wollten uns nur einmal Ihre Station ansehen.«

»Dessen bin ich mir bewußt«, sagte Sisko. »Ich bin übrigens *Commander* Sisko. Erlauben Sie mir, daß ich Ihnen trotzdem einen angenehmen Aufenthalt wünsche. Wir hoffen, daß wir Ihnen eines Tages einen Gegenbesuch auf Ihrem Planeten abstatten können.«

»Sie sind dort jederzeit willkommen«, sagte der Kendo. »Mein Name ist Alleuvial.«

Nachdem sie ein paar weitere Nettigkeiten ausgetauscht hatten, sahen Sisko und Major Kira zu, wie die drei in Richtung Promenade davonschlenderten.

Nach einer Weile sagte Kira: »Diese drei haben sich irgendwie merkwürdig verhalten.«

»Den Eindruck hatte ich auch«, entgegnete Sisko. »Haben Sie eine Idee, was dahinterstecken könnte?«

»Nein«, sagte Major Kira. »Sie waren äußerst zurückhaltend, und wenn sich ihre Psychologie mit der von anderen Humanoiden vergleichen läßt, würde ich sagen, daß sie etwas zu verbergen haben.«

• 15 •

Der Sicherheitsoffizier Odo begann sich schon bald für die drei Kendos zu interessieren. Er hatte gerade seine Ruhephase im gallertartigen Zustand beendet, in den er alle sechzehn Stunden zurückkehren mußte, bevor er wieder die feste humanoide Gestalt annehmen konnte, in der er seinen Dienst versah.

Als er die drei zurückhaltenden Kendos bemerkte, mußte Odo wieder einmal daran denken, daß jeder Besucher der Raumstation seine eigenen Geheimnisse mitbrachte. Niemand war in sämtliche Vorgänge und Verwicklungen eingeweiht, die sich zwischen den verschiedenen Intelligenzwesen an Bord von *DS Nine* abspielten. Meistens war es auch unwichtig. Aber diesmal? Odo hätte zu gerne gewußt, was diese drei Leute im Schilde führten.

An ihren Bewegungen war etwas, das Odo nicht gefiel. Er fragte sich immer wieder, was sie wohl vorhaben mochten. Er war überzeugt, daß etwas nicht stimmte. Man konnte sich nicht jahrelang als Sicherheitsoffizier von *DS Nine* behaupten, wenn man nicht von Zeit zu Zeit Vorahnungen hatte. Odo besaß ein empfindliches Gespür für Probleme. Und er hätte seine Hand dafür ins Feuer gelegt, daß diese drei Probleme machen würden.

Er begann ihnen fast automatisch zu folgen, wobei er sich unauffällig im Hintergrund hielt. Dann bemerkte er etwas und ging sofort schneller. Allura, die lampusanische Frau, war soeben aufgetaucht und wurde nun von den drei Kendos verfolgt.

• 16 •

Allura hatte sich vorgenommen, ihr Zimmer im Habitatring aufzusuchen. Sie gestattete sich ein Lächeln, als sie daran dachte, wie gut bislang alles für sie verlaufen war. Dann bemerkte sie die drei Männer, die hinter ihr gingen.

Es waren Kendos von Laertes. Der richtige Planet, aber die falschen Leute. Sie lief schneller und bog mehrmals in Seitengänge ab. Die drei taten dasselbe. Ja, es gab keinen Zweifel, daß sie ihr folgten. Und jetzt hatte sie einen verlassenen Teil der Station erreicht.

Sie war sich nicht sicher, wer sie waren – außer daß es sich um drei männliche Bewohner ihres Heimatplaneten handelte. Sie mußten von der Opposition sein. Aber welcher Opposition? Der aus ihrer eigenen oder aus der anderen Partei? Wie waren sie ihr so schnell auf die Spur gekommen? Und wie konnte sie so dumm sein, sich an diesen einsamen Ort weitab von den Menschenmengen der Promenade zu verirren?

Die Männer näherten sich immer schneller, worauf Allura ihre Schritte beschleunigte. Sie mußte den Rückweg in einen belebteren Teil der Station finden. Aber sie hatte nicht die geringste Ahnung, wo sie sich befand.

• 17 •

Allura lief den langen, düsteren Korridor hinunter, bog um eine Ecke und blieb abrupt stehen. Vor ihr wurde die gesamte Breite des Korridors von einer Tür eingenommen. Sie war verriegelt, und die Riegel waren verschweißt worden. Ein Schild an der Tür besagte: DIESER DURCHGANG IST BIS AUF WEITERES GESPERRT.

Allura drehte sich um und lief in die andere Richtung. Sie wußte, daß ihre Verfolger dadurch einen Vorteil gewannen. Sie kam durch eine verlassene Baustelle, wo Bündel aus verstärkten Eisenstangen bis über ihren Kopf gestapelt waren und verschiedene Maschinenteile herumlagen. Normalerweise wäre dieser Bereich voller Arbeiter gewesen, doch jetzt erinnerte sie sich, daß in der Station irgendein Feiertag war. Hinter sich hörte sie Schritte, die immer näher kamen.

Vor sich sah sie eine Stelle, an der sich der Korridor verzweigte. Dort bot sich ihr vielleicht die Chance, ihre Verfolger abzuschütteln. Sie beschleunigte noch einmal ihre Schritte, näherte sich der Verzweigung ...

Und blieb stehen. Zwei Männer traten aus den zwei Gängen. Der dritte näherte sich von hinten. Sie war gefangen.

Jetzt konnte sie die Situation nur noch durch Geistesgegenwart retten. »Hallo!« rief sie. »Sie sind Kendos, nicht wahr?«

Dadurch waren die drei für einen Moment verblüfft. »Ja und?« fragte einer der Männer.

»Ich bin ebenfalls von Laertes. Ich bin zwar eine Lampusanerin, aber was soll's? Wir alle sind weit von zu Hause weg. Was halten Sie davon, wenn wir gemeinsam irgendwo etwas trinken?«

Sie blickten sich gegenseitig mit verbissener Belustigung an. »Etwas trinken? Das ist es nicht, wozu wir gekommen sind.«

»Nein? Wozu dann?«

»Das wissen Sie selbst am besten. Genauso wie wir wissen, daß Sie Allura sind, eine Lampusanerin, die vergessen hat, sich ihrer Stellung gemäß zu verhalten.«

Sie holten lange, schwarze, peitschenähnliche Gegenstände unter ihrer Kleidung hervor. Es waren die gefürchteten Zuchtgerten mit den messerscharfen Schneiden, die aus einer laertanischen Bergpflanze hergestellt wurden und seit Jahrhunderten von den höheren Kasten der Kendos benutzt wurden.

»Was haben Sie vor?« fragte Allura.

Plötzlich fragte die tiefe Stimme eines Mannes irgendwo in der Nähe: »Das würde ich auch gerne wissen!«

Alle blickten sich um. Sie sahen einen großen Mann in brauner Kleidung. Die Augen in seinem unfertig wirkenden Gesicht blickten streng auf sie herab.

• 18 •

»Mein Name ist Odo«, sagte Odo. »Ich bin der Sicherheitsoffizier. Ich denke, Sie drei sollten lieber mit mir kommen.«

Die Kendos zögerten, betrachteten Odo von oben

bis unten und unterhielten sich kurz in einer Sprache, die Odo nicht verstand. Dann nickten sie.

»Wir haben nichts zu verbergen«, sagte einer von ihnen, der ihr Anführer zu sein schien, in völlig unschuldigem Tonfall. »Hier scheint ein Mißverständnis vorzuliegen. Wir haben nichts Unrechtes getan.«

»Wohl nur, weil ich ein wenig zu früh aufgetaucht bin«, sagte Odo.

»Wie kommen Sie darauf? Wir wollten nur ein wenig mit dieser Dame plaudern. Warum sollten wir Ihr etwas Böses wollen?«

»Das weiß ich nicht. Und darüber möchte ich mir auch kein Urteil erlauben. Aber es ist verboten, Waffen auf der Promenade zu tragen, also möchte ich Sie bitten, mir vorläufig diese Peitschen auszuhändigen. Jetzt kommen Sie bitte mit …«

• 19 •

Sisko befragte die Kendos, während Odo stirnrunzelnd und mit verschränkten Armen im Hintergrund des Raumes stand. Alleuvial, der Sprecher der drei, beharrte auf der Meinung, daß es sich nur um ein Mißverständnis handelte. »Dürfen wir jetzt auf die Promenade zurückkehren, Commander?« fragte er.

»Ich fürchte, das kann ich nicht gestatten«, sagte Sisko. »Sie haben einen Besucher dieser Station bedroht und konnten keine Erklärung für diesen Vorfall abgeben. Ich beabsichtige, Sie so lange festzuhalten, bis ich erfahren habe, was Sie vorhaben.«

Odo brummte zustimmend und sagte: »Eine ausgezeichnete Idee, Commander! Soll ich diese Kerle in einer Zelle unterbringen? Dort ist es zwar nicht sehr bequem, aber wir stellen Nahrung, Wasser und Luft zur Verfügung. Das ist im Vergleich zu einigen anderen Orten noch sehr großzügig.«

Er näherte sich den Kendos, die vor ihm bis zur Wand zurückwichen.

»Commander Sisko!« rief Alleuvial. »Wollen Sie wirklich solche barbarischen Methoden anwenden?«

»Das liegt ganz bei Ihnen«, sagte Sisko. »Was hatten Sie mit Allura vor?«

»Wir wollten sie nur ein wenig einschüchtern, mehr nicht«, sagte Alleuvial. »Glauben Sie, wir wären so verrückt, unmittelbar nach unserer Ankunft auf der Station einen Mord zu begehen?«

»Ich habe schon von seltsameren Dingen gehört«, sagte Sisko. »Warum wollten Sie Allura einschüchtern?«

»Commander«, sagte Alleuvial, »ich habe doch schon alles erklärt. Wenn es ein Verbrechen ist, jemandem, der von unserem Heimatplaneten stammt, einen Streich zu spielen, dann sind wir schuldig und erwarten Ihre Bestrafung. Wenn nicht, dann werden wir versprechen, es nicht wieder zu tun, und dann können Sie uns unbesorgt gehen lassen.«

»Aber ich möchte trotzdem den Grund dafür wissen«, sagte Sisko.

»Bedauerlicherweise kann ich Ihre Neugier nicht befriedigen. Es wäre mir einfach unmöglich, da Sie zunächst genauestens über die Sitten und Traditionen unserer Zivilisation informiert sein müßten.«

»Ich bin bereit, Ihnen zuzuhören.«

»Aber wir sind nicht zu einer Erklärung bereit. Es würde viel zu lange dauern.«

»Was immer es ist«, warf Odo sarkastisch ein, »es muß eine äußerst wichtige Angelegenheit sein.«

Alleuvial nickte. »Es ist nicht nur wichtig für uns«, sagte er, »sondern auch für Sie. An Ihrer Stelle würde ich jeden Schritt dieser Frau genau verfolgen.«

»Und warum?«

»Weil es für Sie und Ihre Station von großer Bedeutung ist«, sagte Alleuvial, »genauso wie für uns auf Laertes. Was diese Frau in dem Spielkasino hier tut, könnte die Geschichte unseres Planeten sowie Ihrer Föderation verändern.«

»Bitte erklären Sie sich genauer«, forderte Sisko ihn auf.

»Es tut mir leid, aber das kann ich nicht«, sagte Alleuvial. »Ich habe schon zuviel verraten. Wie soll ich Ihnen die Komplexitätstheorie erklären? Aber ich dachte, ich sollte Ihnen die Chance geben, etwas zu Ihrem eigenen Schutz zu unternehmen.«

»Aber wovor?«

Alleuvial schwieg hartnäckig.

»Sie lassen mir keine andere Wahl«, sagte Sisko. »Obwohl Sie sich offenbar keiner Straftat schuldig gemacht haben, sind Ihre Handlungen in höchstem Grade verdächtig, und Ihre Weigerung, eine zufriedenstellende Erklärung abzugeben, kann nicht toleriert werden. Odo, sorgen Sie dafür, daß diese Leute wieder an Bord der *Stern von Buuler* gehen und das Schiff nicht mehr verlassen, bis es abfliegt.«

»Mit Vergnügen«, sagte Odo. »Kommen Sie!«

• 20 •

Sisko kehrte in sein Quartier zurück. Doch kurz darauf wurde er erneut angerufen. Diesmal war es Dax.

»Ein Schiff kommt durch das Wurmloch, Commander.«

»Seit wann muß ich über jede Ankunft informiert werden?«

»Ich dachte, dieses hier könnte Sie interessieren«, sagte Dax.

»Bin schon unterwegs«, sagte Sisko.

Als Sisko in der Zentrale eintraf, hatte sich der Punkt auf Dax Bildschirm zu einer fünf Zentimeter langen Darstellung vergrößert und wuchs weiter. Dax vergrößerte das Bild und studierte es.

»Allerhand«, sagte Sisko. »Diese Einheit ist vermutlich das leistungsfähigste Kampfschiff in diesem Sektor. Ich würde gerne wissen, was sie von uns wollen.«

»Ich denke, wir werden es bald herausfinden«, sagte Dax. »Dieser Superschlachtkreuzer hält direkten Kurs auf unsere Station, und zwar mit beachtlicher Geschwindigkeit.«

Das Schiff wurde immer größer. Ein Stern nach dem anderen auf dem Bildschirm wurde verdunkelt, während der Schlachtkreuzer sie verdeckte. Als Sisko diese unaufhaltsame Annäherung beobachtete, machte er sich einen Augenblick lang Sorgen. Was hatte der Captain des Schiffes vor? Sisko überlegte, ob er Alarmstufe Rot anordnen sollte – aber es gab nicht viel, was *DS Nine* gegen ein solches Schiff unternehmen konnte, falls es sich auf einer Kampfmission befand. Kurz bevor er einen Befehl geben konnte, veränderte sich die Anzeige des Bildschirms.

»Das Schiff verzögert seine Geschwindigkeit«, gab Major Kira bekannt.

»Die Schilde sind nicht aktiviert«, sagte Dax. »Kein Anzeichen für feindliche Absichten, zumindest gegenwärtig nicht.«

Sisko stellte fest, daß das Schiff inzwischen gestoppt hatte.

»Sie sind uns recht nahe«, sagte Major Kira. »Und das ohne vorherige Ankündigung. Der Captain dieses Schlachtkreuzers wird uns einige Fragen beantworten müssen.«

»Vielleicht denkt er, daß er über zuviel Durchschlagkraft verfügt, um irgend jemandem Fragen beantworten zu müssen«, sagte Sisko. »Aber ich denke, daß wir schon bald erfahren werden, was er uns zu sagen hat.«

• 21 •

Der Bildschirm veränderte sich. Jetzt blickten sie auf den Kontrollraum des Schlachtkreuzers. Dann wurde das Bild des Kommandanten sichtbar. Es war ein großer, ernst dreinblickender Mann, der eine dunkelgrüne Uniform trug. Er hatte kurzgeschorenes Haar und harte Augen.

»Ich bin Soldan Nephta«, gab er bekannt, »der Kommandant der *Burg Laertes*, des Flaggschiffs der laertanischen Flotte.«

Siskos Antwort fiel genauso formell aus. »Commander Benjamin Sisko. Mir untersteht diese Raumstation. Darf ich mich nach dem Zweck Ihres Besuches erkundigen, Captain?«

»Ich handle auf Befehl. Ich möchte Ihnen Heimach Schin vorstellen, den staatlich anerkannten Meister des Spiels.«

Der Bildschirm zeigte nun einen großen, schlanken Mann in einem grünen Gewand, das mit Rangabzeichen verziert war.

Der Mann trat aus der Gruppe der Adligen und Schiffsoffiziere hervor, die ihren Kommandanten nach *DS Nine* begleitet hatten.

• 22 •

Guten Tag, Commander Sisko. Ich bin Heimach Schin, Meister des Spiels, nach Entscheidung des Obersten Rates von Laertes für außerlaertanische Aufgaben zuständig.«

»Ich freue mich, Ihre Bekanntschaft zu machen«, sagte Sisko. »Wie kann ich Ihnen behilflich sein?«

»Ich bin gekommen, um in strittigen Fragen des Glücksspiels als Schiedsrichter zu fungieren, Commander.«

»Tatsächlich? Aber es gibt keine strittigen Fragen.«

»Es freut mich, das zu hören. Dann werde ich mich bereithalten, falls es zu welchen kommt.«

Sisko war entschlossen, geduldig und sogar fügsam zu bleiben, um keinerlei Ärger zu provozieren. Aber er wurde das dumme Gefühl nicht los, daß irgend etwas Unangenehmes bevorstand. Wenn er an solche Dinge glauben würde, hätte er sein Gefühl als Vorahnung bezeichnet.

Später sollte er erfahren, daß sich all dies mit der Komplexitätstheorie erklären ließ, in der es unter anderem um Epiphänomene wie Besorgnis und Vorahnungen ging, die gemeinsam mit Ereignissen auftraten, die gerade erst begonnen hatten, Form anzunehmen, aber tatsächlich noch gar nicht eingetreten waren.

Natürlich wußte Sisko zu diesem Zeitpunkt noch nichts über die Komplexitätstheorie.

Jetzt mußte er sich mit diesem Meister des Spiels auseinandersetzen, dessen Standpunkt von einem äußerst furchteinflößenden Kampfschiff unterstrichen wurde.

»Das Glücksspiel, Commander«, sagte der Meister des Spiels zu ihm, »ist eine der am höchsten geschätzten Aktivitäten auf Laertes, hinter der geradezu eine religiöse Verpflichtung steht. Jene, die um die höchsten Einsätze spielen, wurden vom Höchsten Spieler berührt, wie wir glauben. Das ist unsere Bezeichnung für die Gottheit, die uns alle lenkt. Obwohl wir Glücksspielangelegenheiten normalerweise dem Gewissen jedes Individuums überlassen, können sich von Zeit zu Zeit Fragen ergeben, die das ganze Volk etwas angehen.«

»Ich verstehe«, sagte Sisko, obwohl er eigentlich gar nichts verstanden hatte. »Und warum sind Sie gekommen, um uns dies mitzuteilen?«

»Weil eine Bürgerin unseres Planeten, eine Frau namens Allura, sich gegenwärtig in Ihrer Raumstation aufhält und beabsichtigt, um den höchsten Einsatz zu spielen. Oder wollen Sie dies abstreiten, Commander?«

»Das ist kein Geheimnis«, sagte Sisko. »Sie ist hier und nutzt die Gelegenheiten zum Glücksspiel auf unserer Promenade.«

»Hat es bislang irgendwelche Schwierigkeiten zwischen den beteiligten Spielparteien gegeben?«

Sisko vermutete, daß der Meister des Spiels Quark mit der anderen beteiligten Spielpartei meinte. »Nicht daß ich wüßte.«

»Ausgezeichnet. Dann halte ich mich bereit, um sicherzustellen, daß es auch weiterhin keine geben wird.«

• 23 •

Ich grüße Sie, meine Herren«, sagte der Ferengi-Priester. »Wissen Sie zufällig, wo ich den ehrenwerten Quark finde?«

Die zwei Männer, groß gewachsene Händler von Rexion II, blickten auf den Ferengi herab. Einer von ihnen schien die Gewänder wiederzuerkennen, die er trug. »Sind Sie Priester, Sir?«

»Ja, sicher, das bin ich«, sagte der kleine Ferengi. »Olix ist mein Name. Ich gehöre dem Orden der Charismatischen Väter des Profites und Verlustes an.«

Er schenkte ihnen ein strahlendes Lächeln. Obwohl seine Gesichtszüge denen eines typischen Ferengi entsprachen, hatte er nichts von der durchtriebenen Aura an sich, die Quark und seine Artgenossen auf *DS Nine* auszeichnete. Dieser Ferengi mit seinem bestickten roten Umhang und dem Dreispitz-Kopfschmuck wirkte vielmehr wie die Verkörperung der unschuldigen Gutmütigkeit.

Einer der Händler antwortete: »Sie dürften Quark vermutlich oben auf der Promenade antreffen.« Er zögerte. »Vater, kennen Sie Quark persönlich?«

»Das Vergnügen hatte ich leider noch nicht«, sagte Olix. »Mein Orden hat mich ausgesandt, um die vielen Ferengi aufzusuchen, die weit verstreut und fern von ihrem heimatlichen Planeten leben, um ihnen den Trost der Religion zu spenden.«

»Quark? Religion?« sagte der erste Mann, bevor er hüstelte, als sein Kollege ihm einen leichten Rippenstoß versetzte.

»Immer geradeaus bis zur Promenade«, sagte der zweite Mann. »Aber Sie sollten sich vor Quark in acht nehmen, Vater. Er ist äußerst gerissen – sogar für einen Ferengi.«

»Ach, ich werde mich vor ihm in acht nehmen«, sagte Olix. »Ich selbst bin ziemlich gerissen.«

Mit einem freundlichen Nicken machte sich der Ferengi auf den Weg zur Promenade.

• 24 •

Okay, ich setze auf eine Doppelschleife«, sagte Julian. Inzwischen konnte er einige Spielbegriffe benutzen, obwohl er sie gar nicht richtig verstand. Aber er dachte, daß er damit sehr versiert und intelligent klingen mußte.

»Sie schaffen niemals eine Doppelschleife auf Blau«, sagte Quark.

»Ich werde es auf Blau schaffen«, sagte Julian, »und einen Querrückschlag dazu!«

»Das will ich sehen«, sagte Quark.

Julian Bashir hielt sich mittlerweile für einen Experten des uralten und ehrwürdigen Andralor-Spiels. Auf jeden Fall hatte er sich den Spieljargon sehr schnell angeeignet. Er amüsierte sich prächtig. Julian hatte zuvor noch nie die Steigerung des Selbstbewußtseins erlebt, die sich mit dem Spielerfolg einstellte. Jetzt kannte er das angenehme Gefühl der Allmacht, die gottähnliche Gewalt, die den erfolgreichen Spieler irgendwann in den Ruin treibt. Nur in Bashirs Fall gab es bislang keinerlei Anzeichen für einen Ruin.

»Sie schaffen niemals einen Querrückschlag«, sagte Quark.

»Warten Sie's ab.«

Es war merkwürdig, wie leicht er mit dem Andralor-Spiel vertraut geworden war. Noch vor wenigen Stunden hatte er das Spiel selbst kaum gekannt und hätte sich höchstens unter Schwierigkeiten an die grundlegendsten Regeln erinnern können. Er wußte immer noch nichts über die Gewinnchancen der verschiedenen Spielmethoden. Aber das war ihm völlig gleichgültig. Wenn man ein Naturtalent war, brauchte man keine Auflistungen über prozentuale Wahrscheinlichkeiten. Und Bashir wußte, daß er bei diesem Spiel ein Naturtalent war. Zumindest war das die einzige vernünftige Erklärung dafür, daß er ständig gewann – gleichgültig, was er tat.

»Los geht's!«

Dann warf er seinen Ball, ohne darauf zu achten, wohin er flog, und überließ Geschwindigkeit und Rotation völlig dem Zufall. Was immer er tat, brachte ihm ohnehin unweigerlich den Sieg. Und während die anderen Spieler ihm mit unverhohlenem Neid zusahen und Quarks mißmutiger Ausdruck immer düsterer und betrübter wurde, als das Haus immer und immer wieder verlor, strich Bashir ungerührt einen Gewinn nach dem anderen ein.

Er registrierte nur am Rande, daß er Tausende und sogar Millionen gewann, aber ihm wurde das Ausmaß seiner Gewinnsträhne erst klar, als Quark plötzlich seine wenigen noch übrigen Kreditchips weglegte und sagte: »Es tut mir leid, Doktor, aber ich kann nicht mehr mithalten. Ich muß Ihnen leider mitteilen, daß das Haus bankrott und das Spiel daher vorbei ist.«

»Ach, wirklich?« sagte Julian mit leichter Verwirrung. »Darf ich fragen, warum?«

»Das dürfen Sie«, antwortete Quark, während seine Stimme immer lauter wurde. »Weil Sie mich ruiniert haben, weil Sie mein ganzes Geld eingesackt, die Bank gesprengt, meine Rücklagen vernichtet und gewonnen haben!«

»Oh! Das tut mir leid«, sagte Julian. Dann überlegte er kurz und sagte: »Aber das war doch genau das, was ich tun sollte, nicht wahr?«

»Ja«, erwiderte Quark säuerlich. »In meinem ganzen Leben habe ich noch niemanden mit einer solchen Glückssträhne gesehen.«

»Ich dachte eigentlich, ich hätte ganz gut gespielt«, sagte Julian. »Nun, wenn das so ist, sollten Sie mich jetzt wohl auszahlen. Dann gehe ich zu Allura, um ihr von der Neuigkeit zu erzählen.«

• 25 •

Julian summte vor sich hin, während er die Promenade entlangging. Er war in ausgezeichneter Stimmung. Er hatte gewonnen! Er hatte das Unmögliche geschafft – er hatte Quark vernichtend geschlagen! Anders konnte man es kaum bezeichnen. Julian überlegte, daß aus ihm ein erstklassiger professioneller Spieler hätte werden können, wenn er sich nicht der Medizin verschrieben hätte.

Und noch besser war die Tatsache, daß er genau

das getan hatte, was Allura von ihm erwartet hatte, und zwar auf höchst erfolgreiche Weise. Also war er jetzt bereit, seine Belohnung einzufordern. Er wagte nicht, sich in allen Einzelheiten auszumalen, worin diese Belohnung bestehen könnte. Gemeinsam essen gehen, tanzen – und wer wußte, was sonst noch geschehen mochte? Sie würde sehr mit ihm zufrieden sein, dessen war er sich sicher.

Er entdeckte Allura vor einem kleinen Café. Sie saß an einem Tisch, auf dem ein Erfrischungsgetränk und ein halb aufgegessenes Sandwich standen. Sie hielt einen kleinen Datenblock in der Hand und tippte eifrig Zahlen hinein, als er zu ihr kam.

»Nun, meine Liebe«, sagte Bashir. »Wir haben gewonnen!«

Sie blickte von ihrem Computer auf. »So schnell?«

»Ich brauche nicht lange, wenn ich einmal in Fahrt komme«, sagte Julian.

»Aber warum haben Sie aufgehört?«

»Quark hat aufgegeben!« sagte Julian mit einem breiten Grinsen. »Er sagte, ich hätte seine Bank gesprengt. Kennen Sie diesen Ausdruck?«

»Natürlich«, sagte sie. »Aber Sie können unmöglich seine Bank gesprengt haben! Wieviel haben Sie gewonnen?«

»Das hier«, sagte Bashir und leerte seine Taschen aus. Die verschiedenen Banknoten, Münzen und Kreditchips ergaben einen ansehnlichen Haufen auf dem kleinen Tisch. »Das ist ein richtiges kleines Vermögen«, setzte er hinzu.

Allura stöberte geistesabwesend im Geldhaufen. Sie wirkte überhaupt nicht zufrieden. Sie war eher entrüstet.

»Quark kann doch nicht einfach so aufgeben und das Spiel beenden!« sagte sie. »Die Übereinkunft lautete, daß wir solange weiterspielen, bis der eine oder der andere vollständig bankrott ist.«

»Genau das hat er behauptet«, sagte Julian.
»Ich glaube ihm nicht. Niemals!«
»Aber sehen Sie doch nur, wieviel Geld wir gewonnen haben!«
Allura stieß achtlos mit den Fingern in den Haufen. »Das nennen Sie ein Vermögen? Das sind Peanuts! Das ist bestimmt nicht mehr als das, was er jeden Tag für den Spielbetrieb bereithält.«
»Klar. Und das habe ich gewonnen.«
»Aber er hat bestimmt noch mehr Geld im Safe, oder?«
»Ich vermute, ja«, sagte Julian. »Aber ich weiß es nicht.«
»Er muß noch mehr haben! Er hat kein Recht, das Spiel einfach abzubrechen! Gibt es denn hier nirgendwo einen Meister des Spiels?«
»Ich glaube, vor kurzem ist einer eingetroffen«, sagte Julian. Er hatte vor einer Weile von der Ankunft des Superschlachtkreuzers gehört, als er sich eine kurze Spielpause gegönnt hatte.
»Ich muß sofort mit ihm reden«, sagte Allura.
»Allura, ich denke ...«
Sie warf ihm einen wütenden Blick zu. »Was denken Sie?«
»Nun, genug ist genug, meinen Sie nicht auch?«
»Sie haben mir etwas versprochen«, sagte sie, »und Quark hat dem Abkommen zugestimmt. Ich will, daß er sich an sein Versprechen hält.« An der Wand hinter ihrem Tisch hing eine Kommunikatoreinheit. Allura stand auf und stellte sich davor. »Hallo! Hallo? Das Ding funktioniert nicht!«
»Sie müssen nur den Computer bitten, für Sie eine Verbindung herzustellen«, schlug Julian vor.
Der Computer war sofort bereit, eine Verbindung zum laertanischen Schiff zu schalten. Soldan Nephtas kantiges und ernstes Gesicht erschien kurz darauf auf dem winzigen Bildschirm. »Ja? Was gibt es?«

»Soldan? Ich bin es, Allura Sagnoth.«

»Entschuldigung, ich habe Sie nicht sofort erkannt, Allura. Diese kleinen Bildschirme sind Gift für meine Augen. Kann ich etwas für Sie tun?«

»In der Tat. Ich muß unbedingt mit Heimach Schin sprechen.«

»Der Meister des Spiels hat sich zur Ruhe begeben. Kann ich Ihnen vielleicht weiterhelfen?«

»Es geht um ein Glücksspielproblem«, sagte Allura.

»Ah«, sagte Nephta. »Glücksspiel? Das ist etwas anderes. Ich werde ihn sofort herbeirufen lassen.«

Eine Weile später erschien der Meister des Spiels auf dem Bildschirm und rieb sich den Schlaf aus den Augen.

»Ein Spielproblem, sagen Sie? Welch ein Glück, daß ich zur Stelle bin! Ich werde sofort ein Treffen aller beteiligten Parteien anberaumen. Wir setzen das Gespräch in Commander Siskos Büro fort.«

• 26 •

Bashir, Allura und Quark trafen fast gleichzeitig vor Siskos Büro ein. Allura und Quark blickten sich nicht an. Sisko öffnete die Tür und trat in die Zentrale hinaus, während er sie fragend ansah. Bashir wartete darauf, daß die anderen sprachen, doch als sich niemand zu Wort meldete, ergriff er die Initiative.

»Commander!« sagte Bashir. »Wir haben einen Streitfall, der geklärt werden muß.«

»Das habe ich bereits vom Meister des Spiels erfahren«, sagte Sisko.

»Er ist hier?« fragte Allura.

Sisko schüttelte den Kopf. »Er ist auf dem Bildschirm. Wir warten schon auf Sie. Bitte kommen Sie herein.«

Sie traten ein und bauten sich vor dem großen Bildschirm auf, den man zu diesem Zweck an der Wand des Büros installiert hatte. Quark hielt sich ein Stück von Allura und Bashir entfernt.

Der Meister des Spiels, dessen Kopf in Überlebensgröße auf dem Schirm zu sehen war, nickte. »Sind alle beteiligten Parteien anwesend?«

»Ja, wir sind alle hier«, sagte Allura.

»Worum geht es?« wollte Sisko wissen.

Quark antwortete. »Bashir hat alles gewonnen, was es zu gewinnen gibt. Er hat meine Bank gesprengt, was noch nie zuvor geschehen ist. Ich habe ihn zum Gewinner erklärt und den Andralor-Tisch geschlossen. Doch weder er noch diese Dame, für die er spielt, wollen sich damit zufriedengeben.«

»Doktor«, sagte Sisko, »Sie haben gespielt und gewonnen. Wo liegt das Problem?«

»Ich persönlich habe kein Problem«, sagte Bashir. »Es betrifft die Dame. Sie möchte weiterspielen.«

»Obwohl die Bank gesprengt worden ist?« fragte Sisko.

»Genau«, sagte Allura.

Sisko wandte sich ihr zu und erklärte freundlich: »Sie müssen ein beträchtliches Vermögen gewonnen haben, wenn Sie Quarks Bank sprengen konnten. Warum nehmen Sie nicht Ihren Gewinn und lassen es dabei bewenden?«

»Genau das werde ich nicht tun«, sagte Allura. »Ich bin gekommen, um zu spielen, und ich werde spielen.«

»Aber Sie haben sein ganzes Geld gewonnen!«

»Daran glaube ich nicht eine Sekunde lang. Ich weiß, daß Quark das behauptet, aber ich glaube es nicht. Kein professioneller Spieler wie Quark hätte so wenig Rücklagen, daß er nach nur zwei Spielrunden pleite ist. Er hat nur Angst davor, womöglich noch mehr Geld an mich zu verlieren, obwohl er zu Anfang jeden Einsatz akzeptiert hat, als er noch nichts von meinem Spielerglück ahnte!«

»Was sagen Sie dazu, Quark?« fragte Sisko. »Haben Sie noch Geld übrig?«

»Natürlich habe ich das«, sagte Quark. »Na und? Es gibt kein Gesetz, das mich dazu zwingt, alles zu verspielen.«

»Sie haben eine Übereinkunft getroffen!« sagte Allura. »Sie waren einverstanden, so lange weiterzuspielen, bis einer von uns beiden völlig bankrott ist!«

»Nun, das ist doch nur eine Redensart«, sagte Quark mit einem verlegenen Lachen.

»Von wegen!« sagte Allura. »Meister des Spiels, was sagen Sie dazu?«

»Es war ein klares Abkommen«, sagte der Meister des Spiels. »Es gibt Zeugen für die Vereinbarung. Mir scheint, Quark konnte sich nicht vorstellen, daß es wirklich soweit kommen würde. Aber jetzt ist es soweit, und nun ist er an sein Wort gebunden.«

»Aber wenn ihre angebliche Glückssträhne kein Ende nimmt«, sagte Quark, »wird sie mich in den Bankrott treiben!«

»So lautete die Vereinbarung, die wir zu Anfang getroffen haben«, sagte Allura.

»Einen Augenblick«, sagte Sisko. »Ich möchte etwas klarstellen. Wollen Sie wirklich so lange spielen, bis Quark völlig pleite ist?«

»Er hätte auch nicht aufgehört, wenn ich kurz vor dem Bankrott gestanden wäre«, sagte Allura. »Abgemacht ist abgemacht. Nicht wahr, Meister des Spiels?«

Der Meister des Spiels nickte auf dem Bildschirm. »Abgemacht ist abgemacht. Jeder muß sich an Vereinbarungen halten, die bezüglich eines Glücksspiels getroffen werden. Das ist das Gesetz des Spiels.«

Sisko versuchte, vernünftig zu bleiben. »Aber Quark hat nichts mehr, was er einsetzen könnte.«

»Da irren Sie sich«, sagte der Meister des Spiels.

»Woher wollen Sie das wissen?« fragte Quark.

»Sie verfügen doch noch über persönliches Eigentum«, sagte der Meister des Spiels.

»Natürlich«, erwiderte Quark. »Wofür halten Sie mich? Für einen Armenhäusler?«

»Sind Sie nicht bereit, dieses Eigentum einzusetzen?« fragte der Meister des Spiels.

»Natürlich«, sagte Quark. »Wenn Allura und Bashir bereit sind, um antike Ferengi-Wandteppiche und das Mobiliar meines Privatquartiers zu spielen.«

»Es wird nicht nötig sein, um Mobiliar zu spielen«, sagte der Meister des Spiels. »Meine Mitarbeiter werden Ihnen gerne behilflich sein, Möbelstücke oder sonstige Gegenstände in akzeptable Währungen zu konvertieren. Diese Vorgehensweise ist durchaus üblich.« Er drehte sich um. »Alf Laffer? Sind Sie bereit?«

»Selbstverständlich«, sagte eine Stimme, und dann erschien ein Mann auf dem Bildschirm, der kaum größer als Quark, aber wesentlich kräftiger gebaut war und ein breites Lächeln in einem rosigen Gesicht zeigte. »Bitte um Erlaubnis, an Bord Ihrer Station kommen zu dürfen, Commander!«

»Einen Augenblick noch«, sagte Sisko und drehte sich dann zu Quark um. »Sind Sie sicher, daß Sie sich darauf einlassen wollen?«

»Natürlich bin ich sicher«, sagte Quark. »Diese Dame hatte eine Glückssträhne. Auf so einen Fall bin ich natürlich vorbereitet. Aber wenn sie das Spiel unbedingt fortsetzen will, und zwar nach meinen Regeln, wird es mir ein Vergnügen sein, ihr einen Denkzettel zu verpassen.«

»In Ordnung«, sagte Sisko und wandte sich wieder dem Bildschirm zu. »Erlaubnis erteilt.« Er tippte auf seinen Kommunikator. »Dax, eine Person von der *Burg Laertes* direkt in mein Büro beamen!«

Dax bestätigte; kurz darauf gab es ein flimmerndes

Leuchten und ein leises Summen, als Alf Laffer in Siskos Büro materialisiert war.

»Also gut«, sagte Laffer, »dann wollen wir uns mal Ihre Familienerbstücke ansehen.«

»Ich werde Sie Ihnen zeigen«, sagte Quark. »Aber ich hoffe, daß Sie mir einen vernünftigen Preis machen!«

»Sie werden mit meinem Preis sehr zufrieden sein«, sagte Laffer. »Schließlich ist das Geld für den Spieltisch bestimmt, nicht wahr?«

»Darauf können Sie Gift nehmen!«

Quark und Alf Laffer hatten sich bald auf einen großzügigen Preis für Quarks sogenannte antike Stücke geeinigt.

Mit dem Geld in der Tasche kehrte Quark in sein Spielkasino zurück.

»Ich bin bereit für das nächste Spiel«, sagte er zu Bashir.

Sie spielten eine neue Runde. Diesmal war Quark sich völlig sicher, daß das Glück nun auf seiner Seite sein würde. Eine Stunde später mußte er von dieser Illusion Abschied nehmen.

• 27 •

Das war's«, sagte Quark schließlich mürrisch. »Es gefällt mir nicht, was hier vor sich geht. Sie haben mich schon wieder in den Ruin getrieben. Diesmal jedoch bin ich restlos erledigt.«

»Das tut mir furchtbar leid, alter Freund«, sagte Bashir.

»Ach, verschwinden Sie endlich!« sagte Quark.

Nachdem Bashir gegangen war, hängte Quark ein Schild an die Tür seiner Bar: BIS AUF WEITERES GESCHLOSSEN. Einige Ferengi hatten sich vor mehreren

Jahren den Jux gemacht, ihm das Schild bei einer Feier zu schenken. Quark hatte niemals damit gerechnet, daß er es irgendwann einmal gebrauchen könnte. Ferengi-Geschäfte wurden niemals geschlossen.

Als Allura von der Schließung hörte, ging sie zu Quarks Quartier und trommelte gegen die Tür, bis er öffnete.

»Sie sind nicht bankrott«, warf sie ihm vor.

»Halten Sie mich für einen Vollidioten?«

»Nach unserer Vereinbarung müssen wir weiterspielen.«

»Nein! Niemals! Die Sache ist für mich gelaufen! Aus und vorbei!«

»Wir werden ja sehen, was der Meister des Spiels dazu sagt.«

»Quark muß weiterspielen«, sagte der Meister des Spiels zu Sisko, als ihm die Angelegenheit vorgetragen wurde.

Sisko zuckte die Schultern. »Ich denke eigentlich, daß er lange genug gespielt hat. Er hat sein gesamtes Geld und seinen privaten Besitz verloren. Was erwarten Sie jetzt noch von ihm?«

»Ferengi sind dafür bekannt, daß sie immer über versteckte Reserven verfügen. Er soll sie anzapfen.«

»Das kann er natürlich tun. Aber wenn er nicht dazu bereit ist, können weder Sie noch ich ihn dazu zwingen.«

»Ganz im Gegenteil, Commander. Durch die Übereinkunft ist er dazu verpflichtet, so lange Geld für das Spiel zur Verfügung zu stellen, wie es ihm möglich ist. Sie sind der Meister dieser Station. Sie müssen ihn anweisen, alles Notwendige zu unternehmen, damit er an den Spieltisch zurückkehren kann.«

»Dazu bin ich nicht in der Lage«, sagte Sisko.

»Inzwischen dürfte Ihnen das Schiff vertraut sein, mit dem ich gekommen bin, Commander Sisko. Es ist ein Superschlachtkreuzer in voller Kampfausrüstung. Ich habe ein Kontingent kampferprobter Soldaten der Laertes-Armee an Bord, die jederzeit bereit sind, Ihre Station zu stürmen. Der Rat von Laertes hat das Schiff und jedes Mitglied der Besatzung unter meinen Befehl gestellt. Wenn Sie Quark nicht zum Weiterspielen bringen können, werden wir Ihre Station besetzen.«

»Ich kann nicht glauben, daß ich Sie richtig verstanden habe, Meister des Spiels.«

»Sie haben mich sehr gut verstanden, und ich stehe zu meinem Wort.«

»Sie sind nicht befugt, hier Ihren Willen durchzusetzen. *DS Nine* unterliegt nicht Ihrer Gerichtsbarkeit.«

»Das sehen wir auf Laertes anders«, sagte der Meister des Spiels. »Durch die Gesetze von Laertes bin ich dazu ermächtigt, dafür zu sorgen, daß die Spielregeln eingehalten werden, wenn ein Bürger von Laertes an einem Glücksspiel beteiligt ist, ganz gleich wo.«

»Wenn Sie versuchen, die Station zu besetzen, werden wir Widerstand leisten.«

»Wenn Sie das tun, werden wir entweder durch unsere Übermacht Ihren Widerstand brechen; falls sich das als zu schwierig erweisen sollte, werden wir uns ein wenig zurückziehen und *DS Nine* mit unseren Waffen zerstören.«

»Ist Ihnen bekannt, daß die Station sowohl von der Föderation als auch von Bajor verwaltet wird?« fragte Sisko.

Der Meister des Spiels zuckte mit den Schultern. »Diese Institutionen können ihre Rechtsauffassung durchsetzen. Aber ich bin hier und kann unserem Recht Geltung verschaffen.«

»Und was ist, wenn Sie Allura dabei töten, eine Bürgerin Ihres Staates?«

»Sie kann jederzeit die Station verlassen«, sagte der

Meister des Spiels. »Und wenn sie freiwillig bleiben will, geschieht es auf ihre eigene Gefahr.«

»Und Sie haben wirklich die Absicht, Ihre Forderungen durchzusetzen?«

»Wenn es nötig wird, ja. Meine Aufgabe besteht darin, für die Einhaltung der Gesetze des Spiels zu sorgen. Sie besteht nicht darin, Leben zu schonen, nicht einmal das meiner eigenen Leute.«

»Und was ist, wenn Sie dadurch eine direkte Konfrontation mit der Föderation provozieren?«

»Das wäre sehr bedauerlich für mich«, sagte Heimach Schin, »aber dann würde ich zumindest in dem Bewußtsein sterben, daß ich meine Pflicht getan habe.«

»Ich werde Quark mitteilen, was Sie gesagt haben«, erwiderte Sisko. »Aber die Entscheidung liegt ganz allein bei ihm.«

»Er hat zwei Stunden, um seine Entscheidung zu treffen«, sagte der Meister des Spiels. »Danach werden wir Maßnahmen ergreifen.« Unmittelbar darauf erlosch sein Bild auf dem Schirm.

• 28 •

Ultab scheint von dir Besitz ergriffen zu haben«, sagte Rom und beschwor den Namen der uralten Ferengi-Gottheit des Selbstzweifels herauf.

»Das ist purer Aberglaube«, sagte Quark.

»Wie sonst willst du dir erklären, daß du bankrott bist?« fragte Rom.

Die Ferengi waren eigentlich nicht als besonders religiöses Volk bekannt. Sie waren ganz anders als die Bajoraner, bei denen Visionen und religiöse Besinnung eine lange Tradition hatten. Die Ferengi setzten ihre Spiritualität nicht in Szene. Aber das bedeutete nicht, daß sie keine hatten. Für Ferengi war der Profit eine heilige Angelegenheit und der Verlust ein Werk des Teufels. Schon der Begriff des Verlustes war unausweichlich mit der Vorstellung einer übernatürlichen Strafe verbunden, woran nur noch wenige Ferengi glaubten, wovor sich jedoch alle fürchteten.

»Wenn Ultab nicht dafür verantwortlich ist«, fragte Rom, »wie willst du dann dein Pech erklären?«

Genau das war das Problem. Quark konnte sich überhaupt nicht erklären, was geschehen war. Er wußte nur, daß es nicht seine Schuld sein konnte. Da kein Ferengi jemals zugeben würde, daß es seine eigene Schuld war, wenn er bankrott ging, mußte der Grund für dieses Unglück – das einem Ferengi genauso oft widerfuhr wie jedem anderen – irgendwo anders liegen. Ferengi glaubten an verschiedene böse Geister. Doch keiner wurde mehr gefürchtet als Ultab, der Dämon des Selbstzweifels und dessen dunklen Schattens, des geschäftlichen Versagens. Wenn das Geschäft eines Ferengi pleite ging, sagten seine Nachbarn: »Anscheinend hat Ultab von ihm Besitz ergriffen.« Dann spuckten sie sich zwischen die Finger. Das bedeutete soviel wie: »Der Gottheit sei Dank, daß er nicht von mir Besitz ergriffen hat!«

Der Bankrott war für einen Ferengi eine Sünde, allerdings eine Sünde, für die er sich nicht selbst verantwortlich machte. Es verstand sich von selbst, daß kein Ferengi bankrott gehen wollte. Aber wenn es doch geschah, dann mußte er irgend etwas falsch gemacht haben. Warum hätte Ultab sonst von ihm Besitz ergriffen?

Natürlich glaubten die Ferengi eigentlich gar nicht mehr an diese Dinge. Solche Gedanken waren ein Rückfall in die alten Zeiten des Aberglaubens. Aber dennoch fürchteten sie sich davor.

»Vielleicht sollten wir ein Sühneopfer leisten«, sagte Rom.

Quark wachte aus seiner Lethargie auf. Wenn man nicht mehr weiterwußte, konnte man immer noch wütend werden, vor allem gegen einen Bruder, der von einem abhängig war und daher wissen sollte, daß er nicht leichtfertig die Wahrheit aussprechen durfte.

»Rom, verschwinde und laß mich mit deinem defätistischen Gerede in Ruhe! Ich muß nachdenken.«

Rom ging, und Quark saß allein in seinem Quartier. Er trank aus einer Flasche mit elcanischem Bitterbier. Der Geschmack war ihm zuwider, aber der Effekt war recht angenehm. Es stellte gleichzeitig eine Bestrafung dar und eine Methode, um betrunken zu werden.

Während er nachdachte, klopfte es an der Tür.

»Rom«, rief Quark, »ich habe dir gesagt, du sollst mich in Ruhe lassen!«

Eine unbekannte Stimme antwortete: »Hier ist nicht Rom, mein Sohn.«

»Nicht Rom?« Quark erhob sich und öffnete die Tür. Draußen stand ein Ferengi-Priester.

»Ich bin Olix«, sagte der Priester. »Ich bin von unserem Heimatplaneten gekommen, um den Ferengi Trost zu spenden, die über die ganze Galaxis verstreut sind.«

Quark blickte ihn von oben bis unten an. Olix war sogar für einen Ferengi recht klein. Fast schon zwergenhaft. Er trug die weiße Halskrause seines Ordens – der Charismatischen Väter des Profites und Verlustes. Quark hatte schon von ihnen gehört. Sie wichen leicht vom Hauptstrom der religiösen Überzeugungen der Ferengi ab, indem sie die Hoffnung auf das Wunder eines grenzenlosen Profits predigten, ohne daß dazu entsprechende Arbeit nötig war.

Quark war nicht sehr religiös veranlagt, nicht einmal für einen Ferengi. Aber es war nett, sich mit jemandem von der Heimatwelt zu unterhalten. Und es konnte nie schaden, wenn der Priester ihm seinen Segen spendete.

»Treten Sie ein, Vater«, sagte Quark.

Der Priester betrat zögernd den Raum und blickte voller Erstaunen auf die kostbare Einrichtung, den dicken Wollteppich, die hohen roten Samtvorhänge. Das Holo auf der einen Seite zeigte den leeren Weltraum, ein für Ferengi besonders beruhigender Anblick, da es im leeren All nichts zu kaufen oder verkaufen gab und ihr profitorientierter Geist sich entspannen konnte.

»Wie wunderbar Sie Ihre Klause eingerichtet haben!« rief Olix. »Mit welchen Reichtümern Sie hier leben!«

Quark lachte zynisch. »Sie hätten mein Quartier gestern sehen sollen, bevor ich etliche meiner besseren Stücke verkaufen mußte.«

»Verkaufen? Warum, mein Sohn?«

Quark hatte eigentlich nicht beabsichtigt, über seine Probleme zu reden. Doch die freundliche Art und das fromme Auftreten des Priesters gaben Quark das Gefühl, es mit jemandem zu tun zu haben, der ihn verstehen und Mitleid haben würde.

»Ich wurde gezwungen, sie zu verkaufen«, sagte Quark.

»Das verstehe ich nicht.«

»Vater, Sie werden mir keinen Trost spenden können«, sagte Quark. »Ich habe die schwerste Sünde begangen, der sich ein Ferengi schuldig machen kann.«

»Und welche ist das, mein Sohn?«

»Ich bin bankrott.«

Olix atmete erschrocken ein. »Durch eigene Schuld?«

Einen kurzen Augenblick lang war Quark wild entschlossen, alle Schuld auf sich zu nehmen. Doch dann setzte sich seine Vernunft wieder durch.

»Nein, nicht durch eigene Schuld! Ich bin gewiß nicht verantwortlich für das, was geschehen ist! Ich bin das Opfer einer Intrige! Mächte, die mir unbekannt sind und außerhalb meines Einflusses liegen, haben sich verbündet, um mir mein Vermögen zu rauben. Wie sonst wäre so etwas möglich?«

»Man sagt, daß du ein Glücksspielunternehmen leitest, mein Sohn«, sagte Olix.

»So ist es, Vater. Das heißt, so war es.« Quark lachte verbittert.

»Das Glücksspiel ist ein höchst profitables Geschäft und ein sehr spirituelles dazu, da es sich um keine nützliche, weltliche Tätigkeit handelt, sondern dem reinen Erwerb von Vermögen dient. Ist es nicht so?«

»Völlig richtig.«

»Trotzdem mußtest du deine Spieltische schließen?«

»So ist es.«

»Aber das wäre genauso, als wollte man einen Tempel schließen, der dem Profit geweiht ist! Warum nur, mein Sohn? Welche schrecklichen Umstände haben dich vom geraden und schmalen Weg des reinen Profits abgebracht?«

Quarks Antwort war denkbar einfach. »Ich habe mein gesamtes Geld verloren, Vater.«

»Was hat das mit dem Reispreis in der Jenshu-Provinz zu tun, um ein altes Sprichwort zu bemühen? Kannst du dir nichts mehr nach altehrwürdiger Ferengi-Tradition borgen?«

»Das könnte ich sicherlich tun. Aber ich möchte lieber darauf verzichten, Vater, weil ich damit mein Geld zum Schleusentor hinauswerfen würde.«

»Wie kommst du auf diese Idee, mein Sohn?«

»Vater, dieses Spiel wird zu meinen Ungunsten manipuliert, obwohl ich keine Ahnung habe, wie das möglich sein soll.«

»Wie kann das sein, mein Sohn? Sind es nicht deine eigenen Spieltische?«

»Natürlich.«

»Und liegen die Gewinnchancen nicht deutlich auf deiner Seite?«

»Natürlich, Vater. Sie wissen, daß ich das Kasino niemals betreiben würde, wenn es nicht so wäre!«

»Wo liegt dann das Problem?«

»Die Person, gegen die ich spiele, scheint unter dem Einfluß einer teuflischen Glückssträhne zu stehen.«

»Hüte dich vor solchen ketzerischen Gedanken! Wie kommst du dazu, an etwas Unmögliches wie eine Glückssträhne zu glauben?«

»Weil ich mir nur auf diese Weise meinen Verlust erklären kann«, sagte Quark. »Hier scheint irgendein Faktor die Gesetze der Wahrscheinlichkeit aufzuheben, so daß der Vorteil des Hauses nicht mehr zum Tragen kommt.«

»Willst du damit sagen, daß du nicht mehr an den Vorteil des Hauses und das Gesetz der ausgleichenden Wahrscheinlichkeit glaubst?«

»Offen gesagt, Vater, die Ereignisse haben mein Vertrauen in diese ewigen Wahrheiten erschüttert.«

»Quark, mein Sohn, du darfst auf keinen Fall deinen Glauben verlieren! Hast du unsere uralte Lehre des Kraggnish vergessen?«

»Ich nehme mir das Kraggnish jederzeit zu Herzen, Vater. Aber ich frage Sie, was kann ich tun, wenn ich vom Pech verfolgt bin?«

Der kleine Priester antwortete ihm mit einer Gegenfrage. »Was sagen unsere Ahnen über das Pech?«

»Das es nur scheinbar ist.«

»Richtig. Und was noch?«

»Das es sich irgendwann wieder in Glück verwandelt.«

»Und was sagen sie über den Vorteil des Hauses?«

»Daß es ein beständiges Gesetz ist.«

»Und zweifelst du an diesen Wahrheiten?«

»Gewiß nicht, Vater!«

»Dann will ich dir eine direkte Frage stellen. Ist dein Spiel ordentlich manipuliert?«

»Glauben Sie, ich hätte völlig den Verstand verloren? Natürlich ist es manipuliert!«

»Dann sei zuversichtlich, mein Sohn, und laß dich durch einen vorübergehenden Verlust in einem ordentlich manipulierten Spiel nicht vom Pfad der profitablen Tugend abbringen. Hab Vertrauen in das Gesetz der ausgleichenden Wahrscheinlichkeit. Fasse neuen Mut und kratze alles zusammen, womit du noch spielen kannst, und stehle den Rest! Das Glück ist immer auf der Seite dessen, der die größten Gewinnchancen hat. Das ist eine ewige Wahrheit. Vergiß nicht, was die Ahnen uns versprochen haben: Der Vorteil des Hauses ist ein ewiges Gesetz und wird dir schließlich Profit bringen!«

»Ich höre, was Sie sagen, Vater Olix«, erwiderte Quark. »Aber ich glaube, Sie verstehen die Situation nicht. Hier geht irgend etwas Unheimliches vor sich.«

»Ich verstehe die ewige Situation«, sagte Olix. »Hab Vertrauen in die Chancen, und du wirst den Profit ernten.« Er kramte in einer kleinen Börse, die er an einer Kette um den Hals trug. Dann nahm er etwas heraus und reichte es Quark.

»Hundert Einheiten in Gold gepreßtes Latinum«, sagte Quark unbeeindruckt. »Was soll ich damit?«

»Ich möchte, daß du es für mich im Spiel einsetzt«, sagte Olix. »Das sind meine gesamten Ersparnisse. Vergrößere sie für mich, mein Sohn!«

Quark blickte ihn nur an, während er das Geld in der Hand hielt. Dieser gute Mann war bereit, sein eigenes Geld in ihn zu investieren, und verlangte nicht einmal einen Schuldschein. Quark spürte, wie sich eine religiöse Erleuchtung ankündigte. Er starrte den Priester mit staunenden Augen an.

»Sie wollen, daß ich das Glücksspiel wieder eröffne?« flüsterte er.

»Die Entscheidung liegt bei dir, mein Sohn. Ich hoffe nur, daß du die richtige triffst«, sagte Olix und ging.

• 29 •

Irgendwo im All saß Allard Diceman in seinem gut gepolsterten Kontrollsessel im Raummodul 25 der Föderation und spielte Schach gegen den Computer, während er von Zeit zu Zeit aus dem Panoramafenster blickte. Sein Partner Dane Whittier ruhte auf der Beschleunigungscouch und aß aus einer Dose mit Fleischprodukt 62 – Sojaproteine mit Burritogeschmack – und wünschte sich, Raummodule wären mit Replikatoren ausgestattet. Alles war in Ordnung, und alles war ruhig, bis auf das gelegentliche Zischen, wenn sich der Luftdruck regulierte.

Da das Panoramafenster auf Vergrößerung eingestellt war, konnte Diceman den Erztransport verfolgen, der die Asteroiden vor zwei Stunden mit einer Ladung Erzen verlassen hatte, die reich an seltenen Mineralien und Metallen waren. Der Erztransport bestand aus siebenundneunzig einzelnen Modulen, die durch Duraplast-Kupplungen verbunden waren. Das vordere Steuermodul arbeitete mit Maser-Energie und war auf einen festen Kurs programmiert. Der Erztransport bewegte sich langsam, aber sicher durch das Weltall, während seine Spiegelsysteme sich drehten, um die Sonnenstrahlung aufzufangen, sie in Elektrizität zu transformieren und an die Batterien weiterzuleiten. Diesen Vorgang zu beobachten, war einer der am wenigsten aufregenden Jobs, den man sich vorstellen konnte. Doch die Vorschriften der Regierung verlangten eine ständige Überwachung, auch wenn niemals ein Zwischenfall eintrat.

Bis auf dieses Mal.

Ein rotes Lämpchen blinkte auf der Kontrollkonsole. Diceman sah, daß die Bewegungssensoren der Ortungssysteme etwas registriert hatten. Mit einem Tastendruck aktivierte er das Diagnoseprogramm des Computers. Es dauerte einen kurzen Moment, bis dieser seine Antwort ausspuckte: BEWEGUNG AM ERZTRANSPORT REGISTRIERT. UNERKLÄRLICHE ENERGIEERSCHEINUNG REGISTRIERT.

»Das ist seltsam«, sagte Diceman und startete einen weiteren Suchlauf, um die Bewegung aufzuspüren.

»Was ist seltsam?« fragte Whittier.

»Es gibt Anzeichen, daß sich ein Energiefeld um den Erztransport aufbaut.«

Whittier stellte sein Dosen-Burrito ab und ließ sich neben Diceman in seinen Kontrollsessel sinken. Er rief die Daten noch einmal auf, las die Anzeigen und schüttelte den Kopf. »Eine Fehlfunktion der Instrumente.«

»Wie kommst du darauf?« fragte Diceman.

»Erstens sind unsere Instrumente völlig veraltet. Und zweitens kann der Maser unmöglich solche Effekte verursachen.«

Diceman mochte Whittier nicht, weder seine Besserwisserei noch seine laute, bellende Stimme. »Ich wäre mir da nicht so sicher«, sagte er. »Da ist es wieder.«

Whittier nickte. »Ja, ich habe es gesehen. Was willst du jetzt machen? Die Zentrale anrufen?«

Diceman schüttelte den Kopf. »Ein Eintrag ins Logbuch dürfte ausreichen. Es gibt keine visuellen Anzeichen, daß ...«

Er brach mitten im Satz ab. Whittier starrte ihn an. »Was ist los?«

»Hast du den Blitz bemerkt?«

»Ich habe gerade nicht hingesehen. Wovon redest du?«

»Da war ein violettes Blitzen. Dreimal hintereinander.«

»Aha ... Na und?«

Diceman zeigte auf das Panoramafenster.

»Verdammt!« rief Whittier, als er ins All blickte. »Wo ist der Erztransport? Hast du unsere Position verändert?«

Diceman schüttelte den Kopf. »Wir haben uns keinen Millimeter bewegt.« Er startete einen 360-Grad-Suchlauf. Überall starrte ihnen leerer Raum entgegen.

Whittier blickte mit offenem Mund auf den Schirm. »Mach noch einen Suchlauf!«

Diceman hatte bereits eine volle Rundumerfassung eingegeben. Dann beschleunigte er die Bildbewegung. Etwas so Großes wie ein Erztransport würde sich kaum übersehen lassen, selbst bei einem Hochgeschwindigkeitssuchlauf. Er und Whittier starrten auf den Bildschirm, während die Kamerasysteme drei vollständige Rundumschwenks vollführten. Die Anzeigen der Bewegungssensoren gaben keinen Mucks von sich.

Diceman schaltete die Kommunikation ein. »Ich brauche eine Verbindung mit der Firmenzentrale, und zwar schnell. Wir haben einen Erztransport verloren!«

• 30 •

Sisko streckte sich auf seinem Bett aus. Es war ein anstrengender Tag gewesen, und die Sache war noch lange nicht vorbei. Dieser Dummkopf Quark hatte jetzt nicht nur sein Geld verloren, sondern bereits einen Teil seines Spielkasinos. Quark verlor! Wie war das möglich?

Je mehr Sisko darüber nachdachte, desto weniger gefiel ihm die Angelegenheit. Irgend etwas stimmte hier nicht, aber er konnte nicht mit dem Finger darauf zeigen. Er hätte diesen Meister des Spiels vermutlich auffordern sollen, das System zu verlassen, bevor die Schwierigkeiten eingetreten waren. Aber wie hätte er die Forderung durchsetzen sollen? Der Superschlachtkreuzer Heimach Schins war *DS Nine* waffenmäßig vielleicht um den Faktor zehn oder gar hundert überlegen. In jedem Fall war *DS Nine* einfach nicht dazu ausgerüstet, gegen ein Kampfschiff zu bestehen.

Sisko hatte getan, was getan werden mußte. Er bezweifelte nicht, daß der Meister des Spiels keinesfalls geblufft hatte, als er damit drohte, *DS Nine* anzugreifen, wenn seine Befehle nicht befolgt wurden. Und selbst wenn Bluff im Spiel war, hätte Sisko niemals die Konsequenzen riskieren können, die ihn erwarteten, wenn er sich irrte. Die Laertaner würden diese Angelegenheit nach ihren Spielregeln durchziehen, andernfalls würde jemand den Preis dafür bezahlen.

Es gab unschuldige Zivilisten in der Station, an deren Sicherheit Sisko zuerst denken mußte. Zum Glück machte Jake gerade Ferien auf Bajor, so daß sein Sohn wenigstens vorläufig außer Gefahr war. Also konnte er sich ganz auf seine wichtigste Direktive konzentrieren, die darin bestand, das Leben der Personen zu schützen, für die er verantwortlich war. Und in dieser Hinsicht hatte er völlig richtig gehandelt …

Trotzdem war es eine unangenehme Situation. Er wäre froh, wenn Quark sein Geld zurückgewinnen würde. Sisko war überzeugt, daß es schon bald geschah. Wenn es eine Sache gab, von der Quark etwas verstand, dann war es Geld. Warum sollte ihm ausgerechnet jetzt ein schwerer Fehler unterlaufen? Diese Frau, diese Allura, konnte den verschlagenen und erfahrenen Quark doch nicht in seinem eigenen Metier schlagen, in seinem eigenen Spielkasino … oder?

Der Interkom meldete sich mit einem Summen. Sisko schlug auf die Antworttaste.

»Sisko hier.«

»Commander, hier spricht Dax. Ich habe einen Anruf für Sie. Es ist Captain Adams von der *Bellerophon*. Soll ich ihn zu Ihnen durchschalten?«

»Nein, ich komme in die OPS. Ich will mir Adams auf dem großen Bildschirm ansehen, um mich zu überzeugen, ob er bei seiner neuen Arbeit im Föderationskommando Falten bekommen hat.«

Sisko sprang aus dem Bett, wusch sich das Gesicht, rückte seine Uniform zurecht und machte sich auf den Weg zur Zentrale. Plötzlich fühlte er sich blendend. Ein Gespräch mit Adams brachte seine Stimmung meistens wieder in Bestform.

Adams war jedoch nicht so fröhlich und lebhaft wie gewöhnlich. Er schien sich wegen irgend etwas große Sorgen zu machen. Er verlor keine Zeit, sondern kam sofort zur Sache.

»Ben, führt irgend jemand von Ihren Leuten auf *DS Nine* irgendwelche ungewöhnlichen Experimente durch, bei denen viel Energie im Spiel ist?«

»Nein, Sir, nichts dergleichen. Was ist das Problem?«

»Es gab einen Zwischenfall im Asteroidenfeld G-12-P. Dort werden Mineralien und seltene Erze abgebaut. Die reguläre Förderung hatte gerade begonnen, als Sie damals *DS Nine* übernommen haben.«

»Ja, ich erinnere mich.«

»Nun, für den Transport werden Module benutzt, die von einer Steuereinheit mit Maser-Energieversorgung betrieben werden. Sie bewegt sich langsam, aber problemlos, und es werden sehr große Mengen an Erz zu Fabriken transportiert, in denen wir es weiterverarbeiten können.«

»Ja, Sir.«

»Ben, vor etwa sechs Stunden ist der gesamte Transport samt siebenundneunzig Erzmodulen verschwunden.«

»Verschwunden, Sir? Meinen Sie, es gab eine Explosion?«

»Es gibt keinen Hinweis auf eine Explosion an der letzten Position oder irgendwo in der Nähe. Ich weiß nur, daß der Erztransport von einem Moment auf den anderen nicht mehr da war.«

»Das ist äußerst seltsam, Sir«, sagte Sisko.

»Das finden wir auch«, sagte Adams.

»Und Sie haben keine Erklärung für den Vorfall?«

»Wir hatten gehofft, Sie könnten uns vielleicht eine liefern.«

»Aber wieso sollte ich etwas damit zu tun haben, Sir?«

»Ich meine nicht Sie persönlich, Ben. Aber vielleicht jemand oder etwas in Ihrer Umgebung. Ich frage aus dem Grund, weil die Suche nach Energiespuren im Asteroidenfeld kurz nach dem Eintreten der Anomalie ergab, daß das Verschwinden des Erztransports von einem gewaltigen Energieausbruch mit seltsamen Mustern begleitet war. Wir wissen nicht, was es war, aber wir konnten eine genaue Abfolge der Energieverteilung während dieses Ausbruchs rekonstruieren. Kurz vorher gab es einen dreifachen violetten Blitz. Fällt Ihnen dazu etwas ein?«

»Ich fürchte, nein, Sir.«

»Unsere Leute konnten den Ursprungsort dieser Energie durch die Anwendung von Initiationsdifferentialen zurückverfolgen. Die Spur verlief quer durch die Galaxis bis in Ihre unmittelbare Nähe.«

Sisko dachte sofort an Chief O'Briens Suche nach einer anomalen elektrischen Aktivität in der Station. Er war drauf und dran, Adams davon zu erzählen, doch dann entschied er sich dagegen. Er brauchte zunächst weitere Hinweise, um eine Verbindung zwischen diesen zwei Phänomenen herstellen zu können. Und es klang sehr weit hergeholt, daran zu glauben, daß ein unerklärlicher Energieausstoß auf *DS Nine* das Verschwinden eines Erztransports am anderen Ende der Galaxis verursacht haben könnte.

»Ich werde mich darum kümmern«, sagte Sisko. »Und ich werde mich bei Ihnen melden, wenn ich irgend etwas Neues erfahre.«

• 31 •

Sisko kehrte in sein Quartier zurück und beschäftigte sich mit dem Computer. In den letzten Tagen hatte er sehr viel Zeit damit verbracht. Zuerst hatte er verschiedene Datenbanken aufgerufen und eine Menge an Informationen über Laertes gefunden. Jetzt suchte er nach einer Erklärung für das Phänomen, von dem Adams ihm berichtet hatte. Der Computer deutete an, daß es nicht den leisesten Hinweis gab. Dann engte Sisko die Suche auf die violetten Blitze ein. Auch dabei konnte der Computer ihm nicht weiterhelfen. Sisko versuchte gerade, einen anderen Zusammenhang zu finden, über den er dem Computer vielleicht die gewünschten Informationen entlocken konnte, als sein Türmelder ihm signalisierte, daß jemand ihn aufzusuchen wünschte.

»Herein«, sagte Sisko.

Die Tür öffnete sich, und Major Kira trat ein. Sie wirkte besorgt.

»Was gibt es?« fragte Sisko.

»Es gibt Probleme im Replimat«, antwortete Kira.

Sisko starrte sie zunächst nur an, dann lachte er. Irgendwie kam es ihm komisch vor, daß Kira inmitten all seiner Probleme ausgerechnet mit einer Beschwerde über das Replimat zu ihm kam.

»Was ist passiert?« fragte Sisko. »Sind die Steckrüben wieder mal zerkocht?«

»Diese Sache ist nicht zum Lachen«, sagte Major

Kira. »Sie sollten es sich lieber persönlich ansehen, Commander.«

»Ich mag sowieso keine Steckrüben«, sagte Sisko. »Chief O'Brien soll sich darum kümmern, okay?«

»Es geht überhaupt nicht um Steckrüben«, sagte Kira. »Commander, ich denke wirklich, daß Sie sich die Sache persönlich ansehen sollten. Es würde zu lange dauern, wenn ich es Ihnen erklären wollte, und eigentlich weiß ich selbst nicht genau, was los ist.«

»In Ordnung«, gab Sisko sich geschlagen. »Ich hoffe nur, es lohnt sich, daß ich dafür meine Freizeit opfere.«

»O ja, bestimmt«, sagte Kira. »Sie werden begeistert sein.«

Sisko lief mit langen, energischen Schritten den Korridor entlang. Kira mußte sich beeilen, um mithalten zu können. Die Passanten blickten sich verwundert um, während sie vorbeiliefen. Auf dem Promenadendeck hielten sich mehr Leute auf, als Sisko jemals zuvor bemerkt hatte. Vor ihnen lag ein Freizeitbereich, der von einer niedrigen Wand umgeben war. Sisko ging an der Wand vorbei und sah dann, daß sich ein großer Auflauf vor dem Replimat gebildet hatte. Darunter befanden sich einige Vertragsarbeiter, die erst vor kurzem von Laertes eingetroffen und sofort in ihren orange-grünen Anzügen mit schwarzem Besatz aufgefallen waren. Sie waren eingeschüchtert, schienen jedoch bereit, sich zu verteidigen, während die Menge ein bedrohliches Raunen von sich gab und anscheinend wütend auf die Leute war. Irgend etwas Unangenehmes mußte vorgefallen sein. Sisko wollte Kira danach fragen, doch jetzt war das Replimat nur noch ein paar Dutzend Schritte entfernt.

Als erstes bemerkte er die laertanischen Arbeiter, die bewegliche Absperrungen vor dem Replimat aufstellten. Daneben standen ein Mann und eine Frau, beide mit dunklen Haaren, die Sisko unbekannt waren. Außerdem hielten sich dort fünf Kinder in verschiedenen Altersstufen auf, vom Säugling bis zu einem dunkeläugigen Mädchen, das etwa in Jakes Alter zu sein schien.

»Wer sind diese Leute?« flüsterte er Kira zu.

»Der Mann heißt Nick Sardopoulos«, flüsterte Kira zurück. »Er ist der neue Besitzer des Replimats. Er und seine Familie sind vor etwa einer Woche von der Erde eingetroffen. Seine Tochter Zoe war zusammen mit Jake in einer Klasse, bevor die Schule geschlossen wurde. Jetzt haben die Laertaner sein Geschäft enteignet.«

»Ich werde später mit ihm reden«, sagte Sisko.

Er kämpfte sich durch die Menge vor, bis er vor der Absperrung von einem kleinen, rundlichen Lampusaner aufgehalten wurde, der eine Art offizielles Abzeichen trug.

»Zutritt verboten, Sir«, sagte der Mann durchaus höflich, »außer für interessierte Parteien.«

Sisko zwang sich dazu, nicht die Ruhe zu verlieren. »Major Kira und ich sind eine sehr interessierte Partei«, sagte er.

»Dann dürfen Sie natürlich eintreten, Sir«, sagte der Lampusaner. »Wir müssen die unbeteiligten Schaulustigen zurückhalten, sonst wäre nicht genügend Platz für die wirklich interessierten Parteien.«

»Auf wessen Befehl?« fragte Sisko.

»Auf Befehl von Heimach Schin, dem Meister des Spiels. Es versteht sich von selbst, daß ich persönlich nicht dazu befugt bin. Nicht einmal der ehrenwerte Alf Laffer hätte die Befugnis dazu.«

»Und was hat Alf Laffer damit zu tun?« fragte Sisko.

»Er ist der Auktionator«, sagte der Lampusaner.

Sisko schob sich nach vorne. Im abgesperrten Bereich vor dem Replimat hatten sich vielleicht zwanzig Leute versammelt. Vor ihnen stand Alf Laffer auf einer Plastikkiste, damit sein Kopf über die Menge hinausragte.

»Das Replimat, meine Damen und Herren«, rief Laffer mit lauter Stimme, »ist die einzige Gaststätte für preiswerte Mahlzeiten in dieser Raumstation, und das macht es zu einem äußert wertvollen Objekt. Es ist komplett mit Replikatoren und vielen Produkten der Föderationstechnik ausgestattet.«

Ein Mann aus der Menge – ein Bajoraner – hob die Hand, und als Laffer ihm das Wort erteilte, fragte er: »Wie viele Mahlzeiten serviert das Replimat pro Jahr, und wie hoch ist der durchschnittliche Preis für ein Menü?«

»Ich fürchte, mit diesen Informationen kann ich nicht dienen«, sagte Laffer. »Dieses Objekt wurde erst vor einer knappen Stunde zum Verkauf freigegeben. Es wird so verkauft, wie es ist, komplett mit der gesamten Einrichtung. Wer eröffnet das Gebot mit einer Million?«

Sisko meldete sich zu Wort. »Entschuldigen Sie bitte…«

»Ja?« sagte Laffer. »Höre ich das erste Gebot?«

»Nein, das werden Sie nicht hören«, sagte Sisko. »Sie begehen einen sehr schweren Fehler. Dieses Objekt ist nicht verkäuflich.«

»Und woher wollen Sie das wissen?«

»Weil ich der Commander dieser Station bin«, sagte Sisko.

Laffer blickte ihn irritiert an und sah dann auf ein Stück Papier, das er in der Hand hielt. Er zeigte es Sisko. »Ist das hier keine korrekte Information?«

Sisko warf einen Blick auf das Papier. Es handelte sich um eine Verkaufsanweisung, die vom Meister des Spiels unterzeichnet war.

»Der Meister des Spiels hat nicht die Befugnis, Sie

mit der Versteigerung dieses Objektes zu beauftragen.«

»Aber sicher doch«, sagte Laffer. »Schauen Sie auf die Rückseite. Einer Ihrer Leute von *DS Nine* hat den Auftrag gegengezeichnet.«

Sisko drehte das Blatt um und erkannte Quarks große, geschwungene Unterschrift.

»Er hat kein Recht dazu!« sagte Sisko. »Er kann das Replimat nicht verkaufen!«

»Das müßten Sie bitte mit dem Meister des Spiels klären«, sagte Laffer. »Ich habe den Auftrag erhalten, dieses Objekt zu versteigern, also werde ich es tun. Wenn der Meister des Spiels mir sagt, ich soll damit aufhören, dann werde ich aufhören.«

»Ich bin hier der Commander!« sagte Sisko. »Ich befehle Ihnen, damit aufzuhören!«

»Ich unterstehe nicht Ihrer Befehlsgewalt«, sagte Laffer. »Bitte seien Sie so freundlich und wenden sich an Schin. Also, höre ich ein höheres Gebot als eine Million?«

In diesem Augenblick trat Odo mit drei bewaffneten Sicherheitswächtern im Gefolge auf.

»Sofort aufhören!« rief Odo. »Ich weiß nicht, was hier vor sich geht, aber es muß sofort aufhören. Verschwinden Sie von hier, Mr. Laffer, oder ich lasse Sie mit Gewalt entfernen.«

»Ich bin auf Anweisung von Heimach Schin hier«, sagte Laffer. »Wenn Sie mich daran hindern wollen, diesen ordnungsgemäßen Verkauf durchzuführen, werden Sie sich vor ihm dafür verantworten müssen. Darf ich Sie daran erinnern, daß die Waffensysteme unseres Schiffs auf Ihre Station gerichtet sind und ein bewaffneter Trupp der Laertes-Armee einsatzbereit ist? Heimach Schin wird nicht zögern, seine Anweisungen mit Gewalt durchzusetzen.«

»Dann soll er es tun«, erwiderte Odo gelassen. »Und jetzt verschwinden Sie von hier!«

»Ohne Befehl vom Meister des Spiels rühre ich mich nicht von der Stelle«, sagte Laffer. »Auch wenn ich dadurch getötet werde!«

»Dann machen Sie sich bereit!« sagte Odo. Er wußte genau, was ein guter Bluff manchmal bewirken konnte.

Doch als Sisko zusah, wie seine Leute ihre Phaser zogen, erkannte er, daß die Laertaner nicht wußten, was ein Bluff war. »Nicht schießen!« rief er.

Die Männer zögerten kurz, dann ließen sie ihre Waffen sinken.

Odo wandte sich an Sisko. »Aber, Sir, man kann doch nicht einfach zulassen, daß diese Leute ...«

Sisko schnitt ihm das Wort ab. »Ich werde mich darum kümmern, Constable. Bitte überlassen Sie alles weitere mir.«

Odo machte einen Moment lang den Eindruck, als wollte er widersprechen. Doch dann winkte er seinen Männern und zog sich mit ihnen zurück.

»Danke, Sir«, sagte Laffer, nachdem sie gegangen waren.

»Ihr Mitarbeiter ist ein recht unangenehmer Kerl, Commander!«

»Mit gutem Grund«, sagte Sisko. »Hier scheint ein schweres Mißverständnis vorzuliegen. Ich muß sofort mit dem Meister des Spiels reden.«

»Ja, Sir, tun Sie das. Inzwischen werde ich mit der Auktion weitermachen.«

Ben Sisko staunte über seine eigene Selbstbeherrschung, als er sagte: »Mr. Laffer, Sie könnten sowohl mir als auch sich selbst einen großen Gefallen tun.«

»Und der wäre, Sir?«

»Warten Sie noch ein wenig mit der Auktion.«

»Aber Commander! Sie wissen doch, daß ich das nicht tun kann! Auch wenn Sie sich davon einen Vorteil versprechen, sehe ich nicht, wo darin für mich ein Vorteil liegen sollte.«

Major Kira, in deren Augen ein teuflisches Glitzern getreten war, sagte: »Commander, warum erklären Sie Mr. Laffer nicht, welchen Vorteil eine Verschiebung für ihn hätte?«

Sisko hatte noch gar keinen richtigen Plan entwikkelt, doch dann hörte er sich selbst sagen: »Mr. Laffer, Sie haben noch kein einziges Gebot erhalten.«

»Das ist richtig, Sir. Aber wir haben auch gerade erst begonnen.«

»Das hier ist ein recht kleines Publikum für eine so bedeutende Auktion«, sagte Sisko.

»Richtig, Sir. Das liegt nur in Quarks Interesse. Er wollte, daß es möglichst schnell geschieht.«

»Das mag in Quarks Interesse liegen«, sagte Sisko, »aber nicht in Ihrem eigenen. Warum warten Sie nicht ein paar Tage ab, während Sie die interessierten Parteien benachrichtigen, so daß alle genügend Zeit haben hierherzukommen, damit Sie eine richtige Auktion veranstalten können?«

»Aber ich habe Quark bereits das Geld für diese Transaktion vorgestreckt«, warf Laffer ein.

»Na und? Sie werden es mit einer beträchtlichen Gewinnspanne zurückerhalten. Sie arbeiten doch sicher auf Kommissionsbasis?«

Laffer nickte.

»Dann überlegen Sie doch nur, wieviel mehr Sie und Ihre Geldgeber gewinnen werden, wenn Sie ein wenig abwarten. Vielleicht werde ich sogar selbst für dieses Objekt bieten.«

»Wirklich, Sir?«

»Natürlich. Ich wollte schon immer ein Replimat besitzen.«

»Nun, das bringt einen völlig neuen Aspekt in die Angelegenheit«, sagte Laffer. »Wenn Sie selbst ein persönliches Interesse daran haben, meine ich. Ich stelle erfreut fest, daß man vernünftig mit Ihnen reden kann, Commander. Ich werde die Auktion um ein paar Tage verschieben, bis sich eine genügend große Anzahl Interessenten eingefunden hat. Außerdem werde ich dafür sorgen, daß Sie früh genug benachrichtigt werden, wenn ich die Auktion erneut eröffne, Sir!«

»Das ist sehr freundlich von Ihnen«, sagte Sisko. »Kommen Sie, Kira, wir haben noch Arbeit zu erledigen.«

Sie liefen den Korridor zurück, Sisko in schnellem Tempo und Kira wieder darum bemüht, nicht den Anschluß zu verlieren.

»Wohin ist unser vernünftiger Commander so eilig unterwegs?« fragte sie.

»Zur Zentrale. Ich muß sofort mit dem Meister des Spiels sprechen. Und dann mit Quark. Und dann werden wir ja sehen, wie vernünftig man mit mir reden kann!«

Doch zuvor wurde Sisko noch von einem mittelgroßen, gewichtigen Mann mit schwarzem Lockenhaar und traurigen schwarzen Augen aufgehalten. Sisko sah, daß es sich um Nicolas Sardopoulos handelte, den Besitzer des Replimat. Der Mann war am Boden zerstört. Sein Replimat, das er mit den Ersparnissen seiner Eltern erworben hatte, die ihr Leben lang Weinblätter in Mazedonien verkauft hatten, sein Lokal, das nicht nur ihn selbst, seine Eltern, seine Frau und vier Kinder, sondern auch mehrere Cousins am Leben erhielt, wurde ihm von Aliens weggenommen. Und jeder sagte ihm nur, daß er nichts dagegen tun konnte.

»Mr. Sardopoulos«, sagte Sisko, »bitte reißen Sie sich zusammen. Sie werden keinen persönlichen Verlust erleiden. Jeder Verlust wird Ihnen von der Föderation ersetzt werden – falls es nach der Bereinigung dieser Angelegenheit überhaupt zu Verlusten gekommen ist.«

»Wirklich, Sir? Ich werde nicht alles verlieren?«

»Ich gebe Ihnen persönlich mein Wort, daß Sie keinen geschäftlichen Verlust erleiden werden«, sagte Sisko.

»Mann!« Sardopoulos war einen Augenblick lang fassungslos. Dann sagte er: »Vielen, vielen Dank, Commander!«

»Sie hätten in mein Büro kommen und mich fragen können«, sagte Sisko, »statt diese Demonstration anzuzetteln.«

»In meiner Heimat«, erwiderte Sardopoulos, »demonstrieren wir lieber, statt den bürokratischen Weg zu gehen. Aber jetzt wird es keine Demonstration mehr geben. Sie können sich auf mich verlassen, Commander.«

»Gut. Jetzt etwas anderes. Sie kennen doch sicher den Bereich auf dem C-Deck der Promenade, wo die Umbauten durchgeführt werden?«

»Ja, natürlich, Sir. Warum?«

»Ich möchte Ihnen vorschlagen, daß Sie dort Ihre Zelte aufschlagen. Wir werden ein Arbeitsteam zusammenstellen, das Ihre Sachen hinüberbringt. Sie können Ihr Geschäft bald wieder eröffnen, Sardopoulos!«

»Wirklich, Sir? Aber wie soll das gehen? Ich habe doch überhaupt kein Anrecht auf diesen neuen Abschnitt der Promenade.«

»Sie haben meine Erlaubnis«, antwortete Sisko, »sich dort einzuquartieren, bis wir dieses Problem hier gelöst haben und Sie wieder Ihr Replimat übernehmen können.«

»Commander, mir liegt nur etwas daran, mein Geschäft weiterführen zu können, damit meine Familie zu essen hat! Vielen Dank, Sir!«

Sardopoulos eilte sofort los, um ein paar Leute zusammenzutrommeln, die ihm beim Umzug halfen. »Alle mal herhören! Ich brauche Helfer! Ich werde heute abend wieder eröffnen! Das heutige Abendessen geht aufs Haus! Pasticcio und griechischen Salat, das Beste von Mutter Erde!«

Die Leute jubelten. Bald hatte sich eine Gruppe Helfer versammelt.

Chief O'Brien trat von hinten an Sisko heran. »Dieses Problem haben Sie ja ganz gut gelöst, Sir«, sagte er.

»Danke, Chief. Aber wenn es so weitergeht, weiß ich nicht, wie ich es beim nächsten Mal machen soll.«

»Ihnen wird schon etwas einfallen, Sir.«

»Ich hoffe es. Was haben Sie vor?«

»Ich muß mal kurz mit Dr. Bashir reden«, sagte O'Brien. »Danach werde ich weitersehen.«

»Gut, Chief.« Dann machte Sisko sich erschöpft auf den Rückweg zu seinem Quartier.

• 32 •

Das Gesicht des Meisters des Spiels erschien auf dem Bildschirm. »Ja, Commander? Was kann ich für Sie tun?«

»Ich möchte von Ihnen wissen«, sagte Sisko, »ob Sie tatsächlich das Replimat von Quark gekauft haben, oder ob es sich dabei um ein bedauernswertes Mißverständnis handelt.«

»Es handelt sich keineswegs um ein Mißverständnis«, erwiderte der Meister des Spiels. »Nachdem er sein Privateigentum verloren hatte, fragte Mr. Quark, ob es noch weitere Möglichkeiten für ihn gäbe. Ich sagte ihm, daß ihm als einem der ersten Bewohner von *DS Nine* ein Teil der Station als Eigentum zusteht.«

»Quark als Miteigentümer von *DS Nine*? Das ist unmöglich!«

»Ganz im Gegenteil, Commander. Das Gesetz von Laertes besagt, daß jemand, der ein Anwesen bewohnt, als Teileigentümer betrachtet werden muß. Und als solcher hat er das Recht, einen Teil oder das Ganze im Spiel einzusetzen oder seinen Anteil zu verkaufen, wenn er damit seine Spielschulden bezahlen kann.«

»Quark ist in keiner Weise an der Station beteiligt!«

»Wirklich? Haben Sie Dokumente, die ihn ausdrücklich als Eigentümer ausschließen?«

»Nein, natürlich nicht. Für ein solches Dokument besteht keine Notwendigkeit.«

»Ich fürchte, nach dem laertanischen Gesetz schon.«

»Ich sage Ihnen, so geht das nicht!«

»Und ich sage Ihnen, daß es keine andere Möglichkeit für Quark gibt, Commander. Vor dem Spiel wurde vereinbart, daß beide Parteien so lange weiterspielen, bis eine Seite alle finanziellen Reserven ausgeschöpft hat. Wenn Quark nicht das Replimat verpfändet hätte, wären wir gezwungen gewesen, Ihre gesamte Station in Besitz zu nehmen.«

»Das wäre nach dem Recht von Bajor und der Föderation illegal.«

»Aber nicht nach dem Recht von Laertes. Und nur diesem Gesetz bin ich verpflichtet.«

»Wir sind noch nicht miteinander fertig«, sagte Sisko. »Ich werde mich wieder bei Ihnen melden. Vorher muß ich noch mit Quark reden.«

• 33 •

Sisko fand Quark in seiner Bar, wo er gerade eine komplexe Kombinationswette gegen Bashir abschloß. Es gab eine kleine Menge aus interessierten Zuschauern, die ehrfürchtig schwiegen. Außer Quark und Bashir spielte niemand.

Als Sisko hereinkam, sagte Quark: »Hat Ihr Anliegen vielleicht bis später Zeit, Commander? Ich stehe hier im Augenblick vor einer schwierigen Situation.«

Sisko staunte über die Seelenruhe des Ferengi. »Wenn Sie nicht sofort mit mir reden, werde ich Ihnen zeigen, was wirklich eine schwierige Situation ist!«

»O ja, natürlich«, sagte Quark. »Lassen Sie uns in mein Büro gehen.«

Quark vertraute seinen Einsatz Rom an und führte Sisko dann in sein Quartier. »Darf ich Ihnen etwas zu trinken anbieten, Commander?« fragte er, nachdem sie eingetreten waren. »Auf meine Kosten, versteht sich.«

»Das einzige, was Sie mir anbieten dürfen«, erwiderte Sisko, »ist eine Erklärung. Haben Sie wirklich das Replimat eingesetzt und verspielt?«

»Ja, das habe ich«, sagte Quark. »Aber ich habe es zum Wohl von uns allen getan.«

»Jetzt sind Sie zu weit gegangen«, sagte Sisko.

»Aber so ist es!« sagte Quark. »Ich verstehe nicht, wieso Sie es nicht selbst erkannt haben. Es war eine der wenigen selbstlosen Taten, die ich in meinem Leben vollbracht habe!«

»Sie wollen behaupten, es sei selbstlos von Ihnen, das Replimat zu verkaufen?«

»Der Meister des Spiels hätte es sich sowieso unter den Nagel gerissen. Er hat bestimmt, daß ich Teileigentümer der Station bin, und solange ich noch irgend etwas zu verkaufen habe, muß ich vereinbarungsgemäß weiterspielen.«

»Wenn Sie nicht so voreilig gewesen wären und vorher mit mir gesprochen hätten«, sagte Sisko, »hätten wir wenigstens die Rechtmäßigkeit in Frage stellen können. Doch als Sie sich mit seiner Auslegung der Gesetze einverstanden erklärten, haben Sie uns in eine ziemlich schlimme Situation gebracht.«

»Ich habe überlegt, ob ich mit Ihnen sprechen

sollte«, sagte Quark, »doch dann kam ich zum Entschluß, daß Sie niemals mitmachen würden.«

»Damit hatten Sie völlig recht.«

»Lassen Sie uns etwas trinken, Commander, und dann werde ich es Ihnen erklären.«

»Ich will nichts trinken. Aber ich bitte um eine Erklärung.«

Quark schenkte sich ein Glas Senlis ein, den kräftigen grünlich-gelben Likör von Carioca II. Er kippte ihn herunter, hustete und setzte sich dann Sisko gegenüber in einen Sessel.

»Commander Sisko, wir stehen vor der größten Chance unseres Lebens. Wir sind alle Partner bei diesem Spiel, und wir werden alle unermeßlich reich! Ich habe eine schriftliche Erklärung abgegeben, damit es keinen Zweifel daran gibt. Wenn wir Allura schlagen, wird unser Reichtum die kühnsten Träume der Habgier übertreffen. Verstehen Sie denn nicht, Commander, sie ist an ihre eigenen Regeln gebunden! Sie muß genauso wie ich weiterspielen, sie muß ihr gesamtes Vermögen einbringen und sich noch mehr leihen, bis wir sie besiegt haben!«

»Das wäre großartig«, sagte Sisko. »Aber bislang hat sie alles gewonnen.«

»Genau das ist das Reizvolle daran. Ihre Gewinne geben ihr ein falsches Gefühl der Sicherheit.«

»Ich erkenne daran nichts Falsches«, sagte Sisko.

»Es muß aber falsch sein! Am Ende setzt sich immer der Vorteil des Hauses durch. Wir müssen nur lange genug durchhalten, bis die Wahrscheinlichkeit wieder zu unseren Gunsten arbeitet.«

»Und was ist, wenn sie länger durchhält?«

»Das ist unmöglich!« sagte Quark.

»Ich gelange allmählich zu der Überzeugung, daß sie Geldgeber im Hintergrund hat.«

»Je mehr, desto besser für uns! Dann werden wir um so mehr Geld gewinnen!«

»Ich habe einige Nachforschungen angestellt«, sagte Sisko. »Es könnte sein, daß ihr das gesamte Vermögen des lampusanischen Volkes zur Verfügung steht.«

»Und wieviel wäre das?« fragte Quark.

»Das Vermögen von ein- oder zweihundert Millionen Bürgern. Und wenn die Lampusaner die anstehenden Wahlen gewinnen, können sie die gesamten Ressourcen ihres Planeten in die Waagschale werfen.«

»Sie sind zu pessimistisch, Commander. Wir werden sie übertrumpfen. Sie muß verlieren.«

»Aber wann?«

»Das weiß ich nicht genau.«

»Wird dieser Fall eintreten, bevor Sie die gesamte Station verhökert haben?«

»Commander, das ist ungerecht! Dieses Spiel wird sich zu unseren Gunsten wenden. Außerdem haben wir zum gegenwärtigen Zeitpunkt ohnehin keine andere Wahl. Was ich nicht verspiele, wird Schin einfach in Besitz nehmen.«

»Und weiter nichts?« erwiderte Sisko. »Wir werden ja sehen.« Er verließ Quarks Büro und tippte auf den Kommunikator an seiner Brust. »Kira, Dax, bitte melden Sie sich sofort in meinem Quartier. Odo, Sie ebenfalls.«

Er trat wieder in das Spielkasino hinaus und sah Bashir, der mit einem idiotischen Grinsen auf dem Gesicht darauf wartete, daß das Spiel weiterging.

»Bashir, ich will auch mit Ihnen reden. Sofort.«

• 34 •

Es gibt einen bestimmten Gesichtsausdruck, den Menschen annehmen, wenn alles, was sie tun, sich als völlig richtig erweist. Es ist schwierig, diesen Gesichtsausdruck zu beschreiben, da es im Leben der meisten Humanoiden nur äußerst selten zu einer großen und anhaltenden Glückssträhne kommt. Wie auch immer, jedenfalls hatte Dr. Bashir im Augenblick genau diesen Ausdruck auf dem Gesicht. Er wirkte so sehr von sich selbst überzeugt, daß Sisko, der ihn zu sich gerufen hatte, ihn am liebsten mit einem Fußtritt sofort wieder nach draußen befördert hätte, wenn er ihn nicht um einen Gefallen hätte bitten müssen.

»Nun...«, sagte Sisko. »Es läuft ganz gut, wie?«

»Ja, es ist unglaublich«, sagte Bashir. »Ich denke, daß ich offenbar ein natürliches Talent zum Spielen habe. Als wäre es mir in die Wiege gelegt worden. Anders kann ich mir meine ständigen Gewinne nicht erklären.«

»Über diese Gewinne möchte ich mit Ihnen reden«, sagte Sisko.

»Ja, Sir«, sagte Julian. »Ich schätze, es ist ein schwerer Schlag für Quark, Sir.«

»So ist es. Aber genau das macht mir Sorge. Ich befürchte nämlich, Dr. Bashir, daß Ihre Glückssträhne unsere Präsenz auf *Deep Space Nine* gefährdet.«

»Sir?«

»Wußten Sie nichts davon?«

»Nein, Sir. Ich war ... ziemlich beschäftigt.«

»Wir haben Besuch von einem Meister des Spiels von Laertes erhalten. Er ist mit einem Superschlachtkreuzer gekommen.«

»Warum?«

»Damit er die Station zusammenschießen oder besetzen kann, wenn wir uns nicht an seine Spielregeln halten.«

»Und was sind das für Regeln, Commander?«

»Quark muß so lange weiterspielen, wie er kann. Der Meister des Spiels hat verfügt, daß Quark Teile der Station verpfänden kann, um Ihre Einsätze halten zu können, Dr. Bashir.«

»Aber das kann er doch nicht tun!« sagte Bashir verwirrt. »Die Station ist doch nicht Quarks Eigentum.«

»Das habe ich ihm auch gesagt. Aber meine Meinung zählte nichts. Quark darf die Station verspielen.«

»Nun, das ist eine Überraschung«, sagte Julian. »Ich hatte keine Ahnung, daß Allura und ihre Leute so weit gehen würden.«

»Ich fürchte, die Dame kennt keinerlei Skrupel«, sagte Sisko.

»Ich wünsche mir, ich hätte nicht mein Versprechen gegeben, so lange weiterzuspielen, bis eine Seite völlig bankrott ist«, sagte Bashir. »Aber was Sie mir gerade erzählt haben, ändert natürlich einiges. Ich werde sofort zu diesem Meister des Spiels gehen und ihm sagen, daß ich nicht mehr weiterspiele. Damit werden wir dieser Sache sofort ein Ende machen.«

»Das wäre ausgezeichnet«, sagte Sisko. »Ich hoffe nur, er nimmt Ihre Weigerung an.«

»Das wollen wir doch mal sehen!« sagte Julian.

»Ich bin gespannt, wie er sich dazu äußert«, sagte Sisko. »Halten Sie mich bitte auf dem laufenden, ja?«

Bashir verabschiedete sich und verließ eilig Siskos Quartier.

• 35 •

Um ehrlich zu sein«, sagte Sisko, »ich gebe mir selbst die Schuld an allem.«

Dax und Kira, die wie befohlen in sein Quartier gekommen waren, warfen sich einen Blick zu.

»Ich verstehe nicht, wie Sie auf diese Idee kommen, Commander«, sagte Kira.

»Ich dachte an die vielen Notfälle, mit denen ich mich im Verlauf meiner Dienstjahre auseinandersetzen mußte. Man sollte meinen, daß jemand wie ich die Fähigkeit erwirbt, im voraus zu ahnen, wie sich eine Situation entwickeln könnte. Daß man intuitiv fühlt, wenn etwas zum Problem wird, noch bevor es richtig begonnen hat. Ich hätte wissen sollen, daß Bashir niemals die Finger von einer Frau lassen würde, die wie Allura aussieht. Doch ehrlich gesagt hatte ich nicht den Eindruck, daß sie einen schädlichen Einfluß ausüben könnte. Und niemand kann dem Doktor einen Vorwurf machen, daß er sich nach Gesellschaft sehnt.«

»Und nach seinem Kummer in der letzten Zeit hatten wir alle gehofft, er hätte endlich die Frau seiner Träume gefunden«, sagte Kira. »Er ist schon seit langem auf der Suche nach jemandem, der seine Gefühle erwidert. Und jetzt hat er jemanden gefunden, wie ich befürchte. Aber es war unmöglich, diesen Gang der Dinge vorauszusehen.«

»Ich glaube nicht, daß ich irgendwelche düsteren Vorahnungen hatte«, sagte Dax. »Sie etwa, Commander?«

»Ich hatte tatsächlich ein ungutes Gefühl«, sagte Sisko. »Aber ich rechne meistens mit dem Schlimmsten. Mein Sohn weist mich gelegentlich auf diese Angewohnheit hin.« Und früher hatte es seine Frau getan, dachte er.

»Also, ich habe nicht damit gerechnet«, sagte Dax. »Aber vielleicht ist es gut, daß die Sache so plötzlich über uns hereingebrochen ist. Zumindest sind wir noch handlungsfähig.«

»Sie glauben, wir können es in den Griff bekommen?« fragte Sisko.

»Niemand von uns ist in seiner Handlungsfreiheit beeinträchtigt«, meinte Dax dazu.

»Am meisten würde mich interessieren«, sagte Sisko, »wie Allura es schafft, ständig zu gewinnen.«

Dax nickte. »Das ist ein Ansatzpunkt. Solange wir

darüber nichts wissen, sind uns die Hände gebunden.«

Sisko nickte ebenfalls. »Wir wissen sehr wenig über Laertes. Ich kann nur sagen, daß es sich offenbar um eine komplexe Zivilisation handelt, in der zwei Völker in starker Konkurrenz zueinander stehen.«

»Ich habe das Gefühl«, sagte Dax, »daß die Ereignisse hier in *DS Nine* auf irgendeine Weise, die wir nicht verstehen, mit den Ereignissen auf Laertes verknüpft sind.«

In diesem Augenblick summte es an der Tür, und O'Brien trat ein.

»Was gibt es, Chief?« fragte Sisko.

O'Brien wirkte sehr zufrieden mit sich selbst. Auf seiner Nasenspitze war ein Schmierfleck, der von seinen Ausflügen in die düsteren Kriechgänge der Station zeugte. Sein Assistent Linc war nicht bei ihm. O'Brien hatte ihm erlaubt, etwas zu essen und ein paar Stunden zu schlafen, während er Sisko Bericht erstattete.

»Es geht um diese Anomalie. Ich habe sie aufgespürt. Ich kenne jetzt den Zeitpunkt und die Dauer der Störung.«

»Aha. Und?«

»Die Sache ist die«, sagte O'Brien. »Soweit ich feststellen konnte, begann die Störung in dem Augenblick, als Allura die Station betrat, und verstärkt sich immer dann, wenn Dr. Bashir seinen Einsatz macht.«

»Und was hat das zu bedeuten?« fragte Sisko.

»Ich habe keine Ahnung, Sir«, sagte O'Brien.

Sisko dachte einen Moment lang nach. »Könnte die zeitliche Übereinstimmung zufällig sein?«

»Ich glaube nicht, Commander. Ich habe sie mehrere Male hintereinander festgestellt.«

»Wollen Sie damit behaupten, daß Julian Bashir dafür verantwortlich ist?«

»Nein, Sir. Ich glaube eher, daß die Ursache irgendwie bei dieser Frau liegt, dieser Allura. Sie hält sich immer in der Nähe von Quarks Bar auf, wenn die Anomalie auftritt. Und die Probleme begannen mit ihrem Eintreffen.«

Sisko schüttelte den Kopf. »Das ist nicht genug, Chief. Ich brauche Antworten, keine neuen Rätsel.«

»Ich weiß, Sir. Aber so ist es nun einmal.«

»Was immer es ist«, sagte Dax, »die Lösung dieses Rätsels muß auf Laertes liegen.«

»Zu dieser Schlußfolgerung bin ich auch schon gelangt«, sagte Sisko. »Wir müssen herausfinden, was auf Laertes vor sich geht, welchen Einfluß das auf Alluras Spielglück hat und wie es mit diesen Anomalien zusammenhängt.«

»Das sehe ich genauso«, sagte Dax.

»Ich möchte, daß Sie und Major Kira es herausfinden«, sagte Sisko.

»Sie meinen, wir sollen uns auf Laertes umsehen?«

»Genau.«

»Eine hervorragende Idee, Benjamin«, sagte Dax.

»Vergessen Sie nicht, daß Sie ein Problem lösen sollen. Es wird keine Besichtigungstour«, warnte Sisko.

»Es könnte auf dasselbe hinauslaufen«, sagte Kira. »Schließlich wissen wir nicht einmal, wonach wir suchen sollen. Unsere beste Strategie ist, die Augen offenzuhalten und darauf zu hoffen, daß wir etwas entdecken.«

Sisko runzelte die Stirn. »Vielleicht sollten Sie sich vorher über diesen Laertaner namens Alleuvial sachkundig machen. Ich bin sicher, daß sein voller Name samt Adresse im Logbuch steht. Er hat irgendeine Andeutung gemacht, aber ich weiß nicht, was er damit meinte.« Sisko dachte kurz nach und sprach dann weiter. »Ich hätte ihm die Chance geben sollen, die Frau einzuschüchtern – oder was er möglicherweise sonst mit ihr vorgehabt hat.«

»Keine Panik, Benjamin«, sagte Dax. »Wir werden

herausfinden, was los ist, sofern es überhaupt möglich ist. Wir wissen nicht, wonach wir eigentlich suchen, also können wir nur hoffen, daß der Zufall uns weiterhilft.«

»Was Sie auch immer suchen mögen«, sagte Sisko, »ich hoffe nur, Sie finden es schnell.«

• 36 •

Odo gefiel es überhaupt nicht, seinen gewohnten Rundgang zu absolvieren, weil er zur Zeit keine Ahnung hatte, was normal war und was nicht. Erst vor ein paar Stunden hatte er einen kleinen Dalmasianer entdeckt, ein Wesen von Dalmas II, das sich mit dem Gewicht eines riesigen Pakets abrackerte. Das Paket war mit durchsichtiger Folie verpackt gewesen, so daß Odo darin die afrikanischen Masken sehen konnte, die Commander Sisko gehörten. Er wußte nicht, woher Sisko sie bekommen hatte, aber es waren alte und wertvolle Stücke und, soweit Odo wußte, die einzigen Wertgegenstände, die Sisko besaß. Odo wollte auf keinen Fall tatenlos zusehen, wie irgendein Dieb sie in Sicherheit brachte. »Halt, Sie Dieb!« rief er und nahm die Verfolgung auf.

Der Dalmasianer hielt beim ersten Ruf an. Er wartete ab, bis Odo ihn eingeholt hatte. »Gibt es ein Problem, Constable?« fragte er dann.

»Worauf Sie sich verlassen können«, sagte Odo. »Was haben Sie sich dabei gedacht, einfach mit dem Eigentum des Commanders durch die Gegend zu spazieren?«

»Ich bringe sie zu einem Auktionator, um sie schätzen zu lassen. Dann werde ich sie mit nach Dalmas nehmen. Ich habe dort ein Antiquitätengeschäft in der Stadt Urgine. Für solche seltenen und ungewöhnlichen Stücke finden sich immer Abnehmer.«

»Zweifellos«, sagte Odo. »Aber Sie können sie nicht einfach stehlen. Bringen Sie sie sofort wieder zurück!«

»Stehlen? Sie beschuldigen mich des Diebstahls? Mein guter Freund, für diese Behauptung könnte ich Sie zur Rechenschaft ziehen lassen.«

»Soll das heißen, der Commander hat Ihnen diese Dinge freiwillig ausgehändigt?« fragte Odo.

»Keineswegs. Sisko muß sie Quark gegeben haben, denn der Meister des Spiels hat Quark dafür Geld vorgestreckt, und zwar in Gold gepreßtes Latinum, die beste Währung, die es gibt. Und Quark hat schon wieder gegen die göttliche Allura und ihren Vertreter, den jungen Dr. Bashir, verloren.«

»Sie hat ein göttliches Glück, das kann man wohl sagen«, erwiderte Odo. »Dann würde ich gerne den Kaufvertrag sehen. Oder haben Sie keinen?«

»Natürlich habe ich einen«, sagte der Dalmasianer und griff in seinen Bauchbeutel. »Da ist er.«

Odo überflog ihn. Sogar für sein geübtes Auge schien alles damit in Ordnung zu sein. Odo reichte das Dokument zurück, machte kehrt und entfernte sich.

»Das nächste Mal sollten Sie es sich gut überlegen, bevor sie einen ehrenvollen Dalmasianer als Dieb bezeichnen!« rief der Dalmasianer ihm hinterher.

Odo knirschte mit den Zähnen und ging weiter.

Er befand sich jetzt im Habitatring und lief an den Wohnquartieren vorbei. Sämtliche verfügbaren Räumlichkeiten waren belegt. Besucher waren in Scharen nach *DS Nine* geströmt, nachdem sich die Neuigkeiten offenbar mit Überlichtgeschwindigkeit verbreitet hatten. Es gab Dirsinianer von Ambrosia, kleine Kerle, die viel Geld sparten, indem sie zu zwölft in einem Zimmer schliefen. Es gab die großen Grummler von den Satellitenfabriken in der Nähe von Barnards Stern, die pro Person eine ganze Kabine benötigten, und selbst die war kaum groß genug für sie. Die meisten anderen interessierten Parteien, deren Größe in etwa der von Humanoiden entsprach, hatten sich zu zweit oder zu dritt einquartiert.

Odo war unterwegs zu seinem Büro.

Als er es erreicht hatte, öffnete er gedankenverloren die Tür. Doch bevor er eintreten konnte, wurde er auf ein schrammendes Geräusch aufmerksam. Er blickte auf, hörte, wie sich das Geräusch wiederholte, und beschloß, der Sache auf den Grund zu gehen.

Es war genauso, wie er vermutet hatte: Jemand versuchte, ein Sicherheitsfach in der Wand zu öffnen. Es war ein Humanoide, der zu diesem Zweck einen Laserschneider und einen Schraubenschlüssel mitgebracht hatte. Er hatte das Schloß beinahe zerstört, als Odo lautlos hinter ihn trat und ihm eine Hand auf die Schulter legte.

»Und wie darf ich das verstehen, was Sie hier tun?«

Es war ein Lampusaner von Laertes, den er bei der Arbeit gestört hatte. Der Mann blickte entrüstet zu Odo auf.

»Das sehen Sie doch! Ich versuche, das Sicherheitsfach aufzubrechen.«

Odo bemühte sich, nicht die Beherrschung zu verlieren. »Und zu welchem Zweck, wenn ich fragen darf?«

»Um an die Waffen zu gelangen, was denn sonst?«

»Hier sind keine Waffen erlaubt«, sagte Odo.

»Ich werde sie versiegeln und sie zu meinem Raumschiff bringen«, versprach der Lampusaner.

»Darf ich davon ausgehen, daß Sie einen Kaufvertrag besitzen?«

»Ich habe die Erlaubnis des Eigentümers.« Er zeigte Odo einen Datenblock mit einer Beglaubigung.

Odo las sie durch. »Hier heißt es, daß Ihnen gegen entsprechende Bezahlung alle Handwaffen überschrieben werden, sobald sie sich im Gewahrsam des Meisters des Spiels befinden.«

»Das ist völlig richtig.«

»Aber Sie haben nicht zufällig eine Bescheinigung dabei, daß diese Waffen tatsächlich das Eigentum des Meister des Spiels sind?«

»Jetzt hören Sie mir mal zu!« sagte der Lampusaner. »Sie verschwenden nur Ihre und meine Zeit. Diese Waffen sind für das Spiel des heutigen Nachmittags gegen Geld verpfändet worden.«

»Auf Anweisung von Quark, vermute ich.«

»Natürlich. Quark spielt doch im Auftrag der Station.«

»Verschwinden Sie«, sagte Odo leise.

»Was sagen Sie da?«

»Ich sage Ihnen, daß Sie sofort von hier verschwinden sollen. Ihre Dokumente sind nicht in Ordnung. Und selbst wenn sie es wären, würde ich Ihnen niemals die Waffen der Station überlassen.«

»Wenn Sie sie mir nicht geben wollen«, sagte der Lampusaner, »hätten Sie sie nicht für das Spiel verpfänden dürfen.«

»Ich habe sie nicht verpfändet«, sagte Odo. »Das hat jemand anderer getan, aber er hatte nicht das Recht dazu.« Odo seufzte. »Ich will noch etwas deutlicher werden«, sagte er dann. »Sie und Ihr Meister des Spiels sind eindeutig zu weit gegangen. Diese ganze Sache ist nicht mehr als die ungeschickte Tarnung eines Raubzuges. Glauben Sie etwa, daß mir Ihr Schiff da draußen etwas bedeutet? Ich bin nur an Gerechtigkeit interessiert, und das hier ist nicht gerecht.«

»Andere haben sich nicht so widerspenstig verhalten«, sagte der Lampusaner. »Also sollten Sie es lieber auch nicht tun.«

»Ich gebe Ihnen zehn Sekunden, um von hier zu verschwinden«, sagte Odo. »Wenn Sie dann noch hier sind, werde ich Sie am Genick packen und fortschleifen. Eins, zwei ...«

Er mußte nicht einmal bis fünf zählen. Doch der

Lampusaner schwor noch, daß er zurückkommen würde.

»Gut«, sagte Odo. »Ich werde auf Sie warten!« Es wurde Zeit, daß dieser Unsinn aufhörte.

• 37 •

Heimach Schin, der Meister des Spiels, traf mit seinem eigenen Shuttle in Begleitung einer Ehrenwache auf *DS Nine* ein. Er verhielt sich freundlich, und Sisko führte ihn durch die Station. Schließlich teilte er ihm einen freien Büroraum zu.

Sisko wollte gerade gehen, als Julian Bashir vorbeikam und um ein Gespräch mit dem Meister des Spiels bat. Schin gewährte es ihm. Sisko ließ sie allein und kehrte in sein eigenes Quartier zurück.

Dort legte er sich auf die Couch, um ein wenig zu entspannen.

Keine zehn Minuten später meldete sich der Türsummer. »Herein!« rief Sisko. Die Tür öffnete sich, und Bashir trat ein.

»Was ist passiert?« fragte Sisko.

»Als ich dem Meister des Spiels sagte, daß ich nicht weiterspielen will, hat er mir die Leviten gelesen«, sagte Bashir. »Seiner Auffassung nach habe ich eine Übereinkunft getroffen, so lange weiterzuspielen, bis bestimmte Bedingungen erfüllt sind, nämlich der totale Bankrott von Allura oder Quark. Da diese Bedingungen noch nicht eingetreten sind, bin ich moralisch und gesetzlich zum Weiterspielen verpflichtet. Er sagte, daß ich natürlich aufgeben könnte, doch in diesem Fall müßte Allura gestattet werden, persönlich weiterzuspielen oder jemand anderen zu ernennen. Und falls Allura oder ihr Vertreter aus irgendeinem Grund nicht weiterspielen können, würde die gesamte Station an ihren Geldgeber, die Lampusanische Volkspartei, fallen. Um es kurz zu machen, Commander, wir können nichts am Lauf der Dinge ändern, wenn ich mit dem Spiel aufhöre. Ich dachte mir, es würde die Sache weniger komplizieren, wenn ich weitermache. Zumindest kann ich auf diese Weise alles im Auge behalten.«

»Sie haben das Richtige getan«, sagte Sisko. »Kira und Dax haben sich bereit erklärt, nach Laertes zu fliegen. Sie wollen herausfinden, was dort vor sich geht und was es möglicherweise mit den hiesigen Ereignissen zu tun hat.«

»Ich würde auch gerne mitfliegen«, sagte Bashir. »Aber ich denke, ich werde hier für das Spiel gebraucht. Eine unangenehme Situation, nicht wahr, Commander?«

Bashir verließ Siskos Quartier und nahm einen Turbolift, um zur Promenade und zum Spielkasino zurückzukehren.

• 38 •

Dax saß in einem kleinen Café an der Promenade, trank einen doppelten quadrianischen Mokka und las auf dem Tischbildschirm ein wissenschaftliches Magazin. Sie blickte auf, als Quark hereinkam.

»Hallo! Vielen Dank, daß Sie etwas Zeit für mich erübrigen konnten!«

»Kein Problem«, sagte Quark säuerlich. »Seit kurzem habe ich nicht mehr viel zu tun, außer mein Geld an Dr. Bashir zu verlieren. Das ist so einfach, daß ich diese Aufgabe ohne weiteres an einen meiner Assistenten delegieren kann. Ich muß nicht pausenlos zusehen, wie alle meine geschäftlichen Unternehmungen dem totalen Kollaps entgegentreiben. Was halten Sie davon?«

»Ich denke, Sie fließen über vor Selbstmitleid«, sagte Dax.

Quark blickte sie überrascht an. »Aber natürlich! Wenn es einem Ferengi schlecht geht, erwartet man von ihm, daß er sich selbst leid tut und sich so oft und so laut wie möglich darüber beklagt! Andernfalls würde man glauben, er hätte keinerlei Selbstachtung mehr!«

»Ich würde niemals auf die Idee kommen, Ihnen so etwas vorzuwerfen«, sagte Dax.

»Es freut mich, das zu hören«, sagte Quark, ohne auf ihren ironischen Tonfall einzugehen. »Ich muß bald wieder zurück und noch mehr verlieren. Worüber wollten Sie mit mir sprechen?«

»Ich brauche Ihren Rat.«

Quark sah sie wieder überrascht an. »Wozu? Wollen Sie wissen, wie man am schnellsten sein Geld verliert?«

Dax schüttelte den Kopf. »Wenn es etwas gibt, womit Sie sich auskennen, dann ist es die Psychologie des Spiels.«

»Im Augenblick sieht es nicht danach aus, als hätte ich auch nur den blassesten Schimmer davon.«

»Das glaube ich nicht, Quark. Ich weiß, daß es für Sie gegenwärtig nicht zum besten steht. Aber ich vermute, daß Sie das Opfer einer Manipulation geworden sind. Ich denke, daß jemand Sie auf irgendeine Weise ausnutzt.«

»Ich werde betrogen!« sagte Quark. »Das habe ich von Anfang an vermutet!«

Dax schüttelte den Kopf. »Es muß sich nicht notwendigerweise um Betrug handeln. Aber hier geht irgend etwas vor sich, das wenig oder gar nichts mit Spiel, Zufall und Wahrscheinlichkeit zu tun hat.«

»Damit haben Sie recht«, sagte Quark. »Die Sache stinkt zum Himmel! Sie müssen herausfinden, was dahintersteckt.«

»Genau das habe ich vor. Aber zuerst möchte ich eine spontane Einschätzung von Ihnen hören: Ist Allura eine typische Gewinnerin oder Verliererin?«

Quark verzog das Gesicht. »Im Augenblick setzt sie mir ganz schön zu. Aber ich wette, daß Allura auf lange Sicht verliert, ganz gleich, wieviel sie vorübergehend gewinnen mag. Fragen Sie mich nicht, wie ich darauf komme. Es ist nur so ein Gefühl.«

»Glauben Sie, Ihre Gewinnsträhne könnte etwas mit Bashir zu tun haben?«

Quark schüttelte den Kopf. »Ich glaube nicht, daß der gute Doktor irgendeinen Einfluß auf das Spiel hat. Er ist nur dazu da, um die Chips hin und her zu schieben. Wie ich gehört habe, handelt es sich im Grunde um einen Wettkampf zwischen *DS Nine* und den Lampusanern von Laertes. Bashir ist nur Alluras Handlanger, mehr nicht.«

»Aber trotz allem denken Sie, daß Allura am Ende als Verliererin dastehen wird?«

»Ja. Nach dem wenigen, was ich über die Geschichte ihres Volkes erfahren habe, werde ich am Ende recht behalten. Sie ist eine Verliererin aus einem Volk von Verlierern. Doch zur Zeit gewinnt sie wie verrückt, und vielleicht gehe ich pleite, bevor ich die Gelegenheit erhalte, das Gegenteil zu beweisen.«

»Danke«, sagte Dax. »Das bestätigt meine eigenen Vermutungen. Ich muß jetzt gehen, Quark. Vielen Dank für Ihren Rat.«

»Ich hoffe nur, Sie können ihn zu meinem Nutzen anwenden«, sagte Quark.

• 39 •

Die *Lucky Star*, ein privater Luxuskreuzer der Altuna-Linie, lag am Andockmast F. Die pockennarbige, silbrige Hülle glänzte vor dem Sternenhintergrund. Dies war der äußerste Bereich des Andockrings, wo sich die Andockplätze und Frachtschleusen befanden. Auf einer Seite lagen die Verlade-Einrichtungen für den Bergbaubetrieb aus der Zeit der Cardassianer. Dahinter ragten die sechs hohen Andockmasten auf. Kleine Transporteinheiten bewegten sich hin und her und verluden die letzten Frachtstücke. Ein Angestellter in schmucker Uniform stand neben der Luftschleuse und hakte die Namen der Passagiere in der Liste auf seinem Datenblock ab, während er über den Kommunikator mit der Brücke sprach. Es fehlten nur noch wenige Passagiere. Die Abflugzeit war in wenigen Minuten.

Kira und Dax kamen im letzten Moment zur Luftschleuse. »Das ist erniedrigend«, sagte Kira. »Wenn die Lampusaner uns wenigstens einen Flitzer gelassen hätten…« Als sie die Rampe erreichten, beförderte gerade ein Kran einige Gegenstände an Bord des Schiffes. Die zwei Frauen starrten auf das Bündel.

»He, ist das nicht meine Couch?« fragte Dax.

»Ja, und das ist meine Anrichte!« sagte Kira. »Was fällt Quark ein, unsere Sachen zu verspielen? Wie kann er es wagen, das Geld anderer Leute für sein Spiel einzusetzen?«

»Für Quark war es noch nie ein Problem, das Geld anderer Leute auszugeben«, sagte Kira.

Ein Steward führte sie zu ihren Unterkünften. Trotz der kurzen Dauer der Reise durch das Wurmloch hatten sie eine Kabine gebucht. Der Raum war klein, aber mit allem nötigen Komfort eingerichtet. Es gab zwei Etagenbetten, in die Wand eingebaute Schränke und sogar ein kleines Badezimmer mit Waschbecken,

Kommode und Bidet. Die Wände hatten eine künstliche Holzvertäfelung mit darin eingebauter indirekter Beleuchtung.

Sie packten ihre Sachen aus, während sie die Tür zum Korridor offenließen, weil es andernfalls in ihrem kleinen Zimmer zu eng geworden wäre.

Dann ertönte das Bereitschaftssignal der *Lucky Star*, worauf sich die Vibrationen der Schiffstriebwerke verstärkten, und kurz darauf war der Kreuzer gestartet. Dax und Kira suchten das Aussichtsdeck auf. Dort sahen sie die wirbelnden roten Linien des Wurmlochs, zwischen denen ein violetter Schein strahlte, und dann tauchten sie hinein.

Während des Fluges unternahmen Dax und Kira einen Spaziergang. Die *Lucky Star* war ein relativ neues Schiff, das mit vier Restaurants und drei Swimmingpools ausgestattet war. Dax beschloß, noch ein paar Runden zu schwimmen, bevor sie essen gingen. Kira schloß sich ihr an. Sie waren lange genug auf *DS Nine* gewesen, um einen Pool von olympischen Ausmaßen zu genießen.

Der Swimmingpool war mit einem Heizsystem ausgerüstet, das eine individuelle, auf den Schwimmer einstellbare Wassertemperatur ermöglichte. In der Decke befanden sich Bräunungseinheiten, die sich ebenfalls individuell einstellen ließen. Die zwei Frauen genossen die Möglichkeit zum Schwimmen, verschmähten jedoch die Bräunung, da sie sie für barbarisch hielten.

Beim Abendessen waren sie zu Gast am Tisch des Captains. Er war ein sehr charmanter Unterhalter, ein Kendo. Sein Name war Spiq.

»Ich hoffe, es war alles nach Ihren Wünschen.«

»Wir sind rundum zufrieden«, sagte Kira, weil Spiq sie angesprochen hatte. »Mir ist jedoch aufgefallen, daß die meisten Besatzungsmitglieder des Schiffes

Kendos zu sein scheinen. Diese Bemerkung war aber nicht negativ gemeint.«

»Kein Problem«, sagte der Captain. »Diese Tatsache ist ohnehin offensichtlich. Und die Erklärung dafür, Gnädigste, ist denkbar einfach. Unser hochgeschätztes zweites Volk vom Planeten Laertes, die Lampusaner, bleiben vorzugsweise zu Hause und sind nicht sehr daran interessiert, auf Fremde aus anderen Teilen der Galaxis zu treffen.«

»Das ist ja interessant«, sagte Kira. Der Captain lächelte und wandte sich wieder seinen anderen Gästen zu. Bald kam ein Kellner vorbei, worauf die Frauen ein Menü von der umfangreichen Speisekarte der *Lucky Star* bestellten.

Nach dem Essen unternahmen sie einen weiteren Rundgang und betrachteten die Dioramen, die die Sehenswürdigkeiten von Laertes zeigten. Die Kochenden Gärten von Landis sahen interessant aus, ebenso die Rasenden Steine der Bacl-Sümpfe.

Sie hatten gerade noch Zeit, ein weiteres Mal schwimmen zu gehen. Dann ertönte das Warnsignal. Sie hatten Laertes erreicht. Und bald sahen sie den großen grünen und roten Planeten auf dem Bildschirm.

Unterdessen verstärkten sich an anderen Orten des Universums die Anomalien. Während eines unbefugten Flottenmanövers der Chroniten von Althon IV verschwand das mittlere von drei Schiffen urplötzlich und auf unerklärliche Weise. Es gab achtundsiebzig Opfer zu beklagen. Die Chroniten machten die Föderation für diesen Vorfall verantwortlich und erhoben Anklage vor dem obersten Gericht.

Auf Alman XII, einer kleinen, öden Welt, die um einen verblassenden Roten Zwerg kreiste, verschwand fast ein Drittel eines Sonnenobservatoriums. Zum Glück waren keine Lebewesen betroffen. Doch die Anomalie breitete sich aus, so daß man gezwungen war, die in der Nähe gelegenen Industrieanlagen zu evakuieren, die auf hochenergetische Produktionsprozesse spezialisiert waren.

Auf Celsus II wurde in der Region, die man das Große Nichts nannte, eine zerklüftete Schlucht von durchschnittlich dreißig Kilometern Durchmesser und mehr als tausend Kilometern Länge in die Oberfläche des Planeten geschnitten. Es gab keine Todesfälle zu beklagen. Groteskerweise wurden durch diesen Vorfall gewaltige Mengen hochwertiger Erzadern freigelegt. Die Eigentümer pochten darauf, daß die Anomalie untersucht wurde, »ohne Gegenmaßnahmen zu ergreifen, bis ihr wirtschaftlicher Nutzen nachgewiesen war«, wie es hieß.

Für die *Melbourne Queen*, einen Luxuskreuzer mit fast zweihundert Passagieren an Bord, verlief die Sache nicht so glimpflich. Die Anomalie trennte das hintere Drittel des Schiffs ab, und zwar so sauber wie mit einer Blechschere. Die automatischen Schotten verriegelten sich rechtzeitig, so daß das restliche Schiff nicht seine Atmosphäre verlor. Kurioserweise verschwand kein einziges Intelligenzwesen in der Anomalie, aber eine Herde wertvoller Hereford-Rinder, die für Ouna IV bestimmt war.

• 40 •

Hier entlang, bitte, meine Damen! Ihr Gepäck!« Auf Laertes stieg eine große Passagiergruppe aus. Klingonen, Brasweller und eine trollitische Delegation von Dexus II, die versuchen wollte, die Gemische seltener Erze zu verkaufen, die durch die vulkanischen Aktivitäten ihres Planeten produziert wurden. Die Ereignisse der vergangenen zwei Jahre hatten diesem Planeten eine größere Bedeutung im Gamma-Quadranten verschafft. Reise und Handel, die zwei Begleiterscheinungen der Zivilisation, hatten sich bereits fest etabliert.

Kira und Dax traten über die Rampe auf den Landeplatz. Die Einreiseformalitäten waren unkompliziert. Nach einem kurzen Blick auf ihre Papiere wurden sie vom Beamten durchgelassen.

»In welcher Stadt befinden wir uns?« fragte Kira.

Der Beamte lächelte. »Das hier ist Sgheel, meine Damen, die Hauptstadt von Laertes. Ein schöner und freundlicher Ort, an dem Ihnen alle Annehmlichkeiten der Zivilisation zur Verfügung stehen. Jedem gefällt es hier.«

Kira und Dax verließen den Landeplatz und näherten sich der Menge, die sich versammelt hatte, um die Ankunft des Schiffes zu beobachten. Ein kleines Mädchen kam mit einem großen Korb voller Blumen zu ihnen, suchte schnell zwei Girlanden heraus und hängte den beiden die weißen Ote-Blüten um den Hals.

• 41 •

Sie schlossen ihren Spaziergang an diesem Tag mit dem Besuch eines Terrassencafés auf dem Banneria-Hügel ab, wo man einen guten Ausblick auf die Stadt und die dahinter liegende Scarmodes-Ebene hatte. Sie nahmen Platz und blickten über die spitzen Dächer der Stadt. Bald kam der Kellner. Obwohl er noch gar keine Bestellung aufgenommen hatte, brachte er ihnen zwei Getränke.

»Was ist das?« fragte Kira.

»Das sind Ihre Getränke.«

»Aber wir haben noch gar nichts bestellt.«

»Ich weiß. Ich habe mir die Freiheit genommen, Ihren Vorlieben intuitiv zu entsprechen. Ich werde sie sofort wieder zurückbringen, wenn Sie etwas anderes vorziehen.«

Der Marsianische Sonnenuntergang für Kira und ein Schwarzes Loch für Dax waren genau das, was sie ohnehin bestellen wollten.

»Woher wußten Sie, was Sie uns bringen sollen?« fragte Dax.

Der Kellner zuckte die Schultern. »Wir Laertaner haben ein Talent für Vorhersagen. So ist es nun einmal auf Laertes.«

Nachdem sie das Café verlassen hatten, entdeckten sie einen netten kleinen Souvenirladen. Er war bis zur Decke mit einem erstaunlichen Sortiment an Waren vollgestopft – alle möglichen Erinnerungsstücke, Tassen mit Gedenkmotiven, goldene Bowlingkugeln mit mikroskopisch kleinen Gravuren, Kristalle mit eingeschlossenen Schneeflocken oder Wassertropfen, die von den berühmten Wasserfällen von Langeshaven stammten, und viele andere Dinge. Als Dax das Sortiment betrachtete, fiel ihr ein, daß sie irgend etwas kaufen wollte, aber sie konnte sich nicht erinnern, worum es sich handelte.

Der Verkäufer ließ sich dadurch nicht beirren und sagte: »Oh, ich glaube, ich weiß, was Sie meinen.« Nach wenigen Sekunden hatte er einen großen, künstlichen ausgestopften Vogel hervorgekramt, der in den Klauen ein Spruchband mit dem Text SOUVENIR DE PARIS hielt.

»Genau danach habe ich gesucht«, sagte Dax.

»Wirklich?« fragte Kira erstaunt.

»Ja«, erwiderte Dax. »Genau das ist es.«

»Warum wollten Sie ausgerechnet so etwas?« fragte Kira.

»Ich bin mir selbst nicht sicher«, sagte Dax. »Ich habe mich gerade daran erinnert, daß Benjamin und ich uns vor längerer Zeit einmal köstlich über ein solches Souvenir amüsiert hatten, und dann dachte ich mir, es wäre sicher lustig, wenn ich es ihm mitbringe.«

»Und was ist mit Ihnen, Gnädigste?« wollte der Verkäufer von Kira wissen. »Möchten Sie auch gerne etwas mitnehmen?«

»Im Prinzip schon«, sagte Kira. »Aber im Augenblick nicht.«

Als sie wieder allein waren, fragte Dax: »Warum haben Sie das gesagt?«

»Wenn er losgezogen wäre, um die Sachen zu holen, die ich haben möchte, weiß ich nicht, was ich möglicherweise alles gekauft hätte. Wir sind hier, um etwas über Alluras Glückssträhne herauszufinden, vergessen Sie das nicht.«

»Natürlich nicht«, sagte Dax.

Der nächste Zwischenfall ereignete sich in der Innenstadt, auf einem Platz, der im Schatten riesiger Träger für eine Einschienenbahn lag und von schmucklosen Fassaden hoher Bürogebäude umgeben war. Die zwei Frauen schlenderten dahin, ohne mit etwas Ungewöhnlichem zu rechnen. Doch dann überstürzten sich plötzlich die ungewöhnlichen Ereignisse. Sie hörten eine Sirene; im nächsten Augenblick raste ein Polizeifahrzeug auf den Platz und bremste genau vor ihnen abrupt ab. Ein junger Polizeibeamter stieg aus, starrte sie an und schlug sich dann mit der Faust in die Handfläche – die laertanische Geste für tiefe Verachtung.

»Das habe ich mir gedacht!« rief er.

»Was haben Sie sich gedacht?« fragte Kira.

»Daß Sie hier fremd sind. Vermutlich stammen Sie sogar von einem anderen Planeten. Anders läßt es sich nicht erklären.«

»Was erklären?« wollte Kira wissen.

»Daß Sie unbekümmert an einer Spinnmottenfalle vorbeigehen und jetzt auch noch genau daneben stehenbleiben.«

»Und was«, fragte Kira, »ist eine Spinnmottenfalle?«

»Eine üble Sache«, sagte der Polizist. »Zur Zeit gibt es nicht so viele davon wie während einer Epidemie, aber diese Geschöpfe können trotzdem sehr gefährlich werden, vor allem für Fremde, die nicht wissen, wie man sie beseitigt.«

Der Polizist trat vor und stocherte mit der Spitze seines Schlagstocks in einem anscheinend ganz gewöhnlichen Blütenstrauch herum, neben dem Kira und Dax standen. Plötzlich begann der Strauch zu zittern und zu flimmern, bis er sich vor ihren Augen in eine riesige Motte verwandelte. Sie breitete ihre fledermausähnlichen Flügel aus und erhob sich bedrohlich, bis sie zuckend zusammenbrach.

»Eigentlich ist die Zeit der Spinnmotten längst vorbei«, sagte der Polizist. »Aber gewöhnlich gibt es immer ein paar Überlebende. Sie haben Glück gehabt, daß ich zufällig gesehen habe, wie Sie beide sich dem Ding näherten, und mit meinem sechsten Sinn erkannt habe, daß Sie keine Ahnung von der drohenden Gefahr hatten.«

Dann grüßte der Polizist und stieg wieder in sein Fahrzeug. Kira und Dax warfen sich gegenseitig einen Blick zu, der in etwa besagte: »Tja, es gibt mehr gefährliche Dinge auf fremden Planeten, als man meinen möchte, vor allem, wenn man überhaupt nicht damit rechnet.« Und zu dieser unausgesprochenen Erkenntnis erübrigte sich jeder weitere Kommentar.

• 42 •

Kira und Dax setzten sich in einem kleinen Park auf eine Bank. Nach ein paar Minuten sagte Dax: »Drehen Sie sich bitte nicht um, aber sehen Sie den Kerl da drüben am Springbrunnen?«

»Ich sehe ihn«, sagte Kira, ohne den Kopf zu bewegen. »Was ist mit ihm?«

»Ich glaube, er verfolgt uns.«

»Er ist mir auch schon aufgefallen«, sagte Kira. »Ein gutaussehender Mann, nicht wahr?«

»Nicht gerade mein Typ«, sagte Dax. »Aber ich mochte noch nie Leute mit gespaltenem Kinn. Was könnte er von uns wollen?«

Der Mann blickte auf und lächelte plötzlich. Es war ein freundliches Lächeln, das trotzdem ein wenig beunruhigend wirkte.

»Was meinen Sie, warum er das getan hat?« fragte Dax.

»Ich denke, wir werden es gleich herausfinden«, sagte Kira. »Er kommt.«

Der Mann näherte sich und stellte sich vor. »Zultan Mehmet, zu Ihren Diensten, meine Damen. Sie beide sind Fremde, nicht wahr?«

»Von Ihrem Standpunkt aus gesehen, ist das richtig«, sagte Dax.

»Phantastisch!« sagte Mehmet. »Ich bewundere Frauen von fremden Planeten, und bin überglücklich, wenn ich mich Ihnen widmen und Ihnen zu Diensten sein kann. Deswegen habe ich, nachdem ich das Signal empfing, sofort meine Aufgaben beim Romantik-Service ruhen lassen, um hierherzukommen, wo ich das Glück hatte, Sie zu treffen.«

Seine Worte waren an Dax gerichtet, die Mehmet nun durchaus attraktiv fand.

»Ich verstehe nicht, worum es geht«, sagte Dax. »Von was für einem Signal sprechen Sie?«

»Das ist ganz einfach«, sagte Mehmet. »Ich hatte die Vorahnung, daß ich eine gutaussehende Fremde auf dieser Straße treffen würde, und daß sie und ich uns auf Anhieb sehr sympathisch sein würden, also folgte ich natürlich meiner Vorahnung, meiner übersinnlichen Empfindung, um Sie zu treffen – das reizendste Wesen, das ich seit vielen Jahren gesehen habe. Sie selbst waren das Signal, meine Dame.«

»Das haben Sie sehr nett gesagt«, erwiderte Dax. Abgesehen von seiner äußerlichen Attraktivität war ihr alles andere an ihm äußerst zuwider. »Jetzt haben Sie bitte die Freundlichkeit und gehen wieder.«

»Aber das verstehe ich nicht«, sagte Mehmet. »Sie und ich sind füreinander bestimmt. Wir beide haben die gegenseitige Anziehung verspürt. Es versteht sich, daß es keine Frage des Geldes ist. Unter den gegebenen Umständen werden wir uns gegenseitig als kostenloses Geschenk hingeben, so daß wir beide davon profitieren. Was meinen Sie dazu? Falls Sie sich wegen Ihrer Freundin Sorgen machen, kann ich jemanden für sie suchen, sofern sie nicht in einem Straßencafé auf uns warten will.«

Dax versuchte Mehmet unmißverständlich klarzumachen, daß er die Situation völlig falsch einschätzte und sie keineswegs an ihm interessiert war. Schließlich zuckte er niedergeschlagen und immer noch nicht ganz überzeugt die Schultern und ging. Kira und Dax konnten nun ihre nachmittägliche Besichtigungstour fortsetzen.

Es bestand kein Zweifel mehr daran, daß die Laertaner eine Spezies mit beachtlichen übersinnlichen Fähigkeiten waren. Selbst Mehmet hatte völlig richtig eingeschätzt, wie attraktiv er auf Dax wirkte.

Doch was hatte das mit Alluras Glück im Andralor-Spiel zu tun? Trotz der vielen noch ungeklärten Fragen war Dax der Meinung, daß sie bereits Fortschritte gemacht hatten, obwohl sie gerade erst auf Laertes eingetroffen waren.

• 43 •

Die Überraschungen des Tages waren jedoch noch nicht vorbei. Mehmet hatte sich kaum betrübt verzogen, als sich auch schon jemand anderer näherte.

»Entschuldigen Sie bitte«, sagte eine Männerstimme hinter ihnen. »Gehe ich recht in der Annahme, daß Sie mit mir Kontakt aufnehmen wollen? Oder wäre diese Vermutung anmaßend?«

Beide Frauen brachen in lautes Gelächter aus. Dann blickte Kira sich um und erkannte den Mann wieder. »Sie sind Alleuvial!«

Er trug einen leichten Tropenanzug und einen kleinen spitzen Strohhut. Er sah sie verblüfft an, da er nicht verstand, worüber sie lachten.

»Ja, natürlich bin ich Alleuvial. Habe ich etwas Komisches gesagt?«

»Ganz und gar nicht«, erwiderte Kira. »Wir haben über einen privaten Scherz gelacht. Aber wir wollten uns tatsächlich bei Ihnen melden.«

»Dann ist es mir ein Vergnügen, Ihre Absicht vorhergesehen zu haben. Es freut mich, daß wir uns unter angenehmeren Umständen als auf *DS Nine* wiedersehen.«

»Sie selbst waren der Grund für diese unangenehmen Umstände«, sagte Kira, als sie sich an Siskos Reaktion auf den undurchsichtigen Laertaner mit dem vermuteten Hang zur Gewalttätigkeit erinnerte.

Alleuvial lächelte bescheiden. »In der Station wollte ich Sie vielmehr vor Problemen bewahren, statt welche zu verursachen. Wenn Mr. Odo mir und meinen Freunden gestattet hätte, Allura nach unserer Art zu behandeln, hätte diese bedauerliche Entwicklung vielleicht abgewendet werden können.«

»Aber das wäre nicht richtig gewesen«, sagte Kira.

»Und das, was gerade mit Ihnen und Ihrer Station geschieht – ist das richtig?«

»Ein zweifaches Unrecht ergibt kein Recht«, entgegnete Kira.

»Ihre überlegene Moral könnte mich beinahe davon überzeugen, daß Sie überlegene Wesen sind«, sagte Alleuvial in sarkastischem, aber dennoch freundlichem Tonfall. »Mir persönlich liegt jedoch nichts an abstrakter Gerechtigkeit. Ich bin ein laertanischer Patriot, ein Kendo, aber ich trete gleichzeitig für die Interessen unserer beider Völker ein, der Kendos und der Lampusaner.«

Kira schüttelte skeptisch den Kopf. »Sie versuchen zu verhindern, daß Alluras Partei die Wahlen gewinnt. Das würde ich nicht gerade als interesselosen Patriotismus bezeichnen.«

»Trotzdem ist es so. Es liegt im Interesse des gesamten laertanischen Volkes, daß die Lampusaner die Wahlen nicht gewinnen.«

»Wie können die Lampusaner daran interessiert sein, weiterhin von den Kendos beherrscht zu werden?« fragte Kira.

»Dafür gibt es mehrere Gründe«, teilte Alleuvial ihnen mit. »Der erste lautet, daß sie traditionell die Verlierer sind. Die Tradition spielt für uns eine große Rolle.«

»Auch wenn die Lampusaner deshalb Bürger zweiter Klasse bleiben?«

»Sie maßen sich ein Urteil an, ohne die wahren Verhältnisse zu kennen. Es stimmt, daß die Kendos, die auf unserem Planeten in der Minderheit sind, die Lampusaner seit der frühesten überlieferten Geschichte beherrscht haben. Doch diese Herrschaft begründet sich auf freie Wahlen und spiegelt die Meinung beider Völker wider. Die Lampusaner könnten die Kendos durch ihre Mehrheit mühelos überstimmen, doch sie wählen vorwiegend Kandidaten der Kendos, ganz gleich, wie sehr ihre eigenen Kandidaten ihre Gunst zu gewinnen versuchen. Die meisten

Lampusaner sind der Ansicht, daß es ihnen unter den Kendos besser ergeht als unter ihren eigenen politischen Führern.«

»Wenn das so ist, wo liegt dann das Problem?« fragte Kira.

»Die Kendos sind während ihrer langen Herrschaftszeit zu selbstgefällig geworden. Sie denken, daß sie ewig siegen werden, weil sie sich für das überlegene Volk halten. Diese Ansichten sind nicht nur falsch, sondern auch unratsam.«

»Aber wie sollte sich jemals etwas daran ändern?«

»Die Komplexitätstheorie zeigt einen Weg dorthin. Nachdem sich über lange Zeit immer wieder das gleiche Ergebnis eingestellt hat, muß es nun unweigerlich zu einer Wende kommen. Alluras Aufstieg wurde von der Komplexitätstheorie vorhergesagt. Nach der Theorie muß sie im Glücksspiel äußerst erfolgreich sein. Außerdem ist der Verlauf ihres Spiels mit dem Verlauf der bevorstehenden Wahlen verknüpft. Wenn sie gewinnt, wird auch ihre Partei gewinnen.«

»Und das wollen die Kendos verhindern.«

»Die meisten von uns schenken diesen Dingen nur wenig Beachtung. Es sieht den Kendos ähnlich, daß sie selbstverständlich davon ausgehen, die Sache würde sich schließlich wieder zu ihren Gunsten wenden. Aber es ist eine Tatsache, daß wir alle einem System mathematischer Determinismen unterliegen. Deshalb haben sich einige Kendos und Lampusaner zur Kendo-Lampusanischen Interessengemeinschaft zusammengetan, um zu versuchen, die Entwicklung im Keim zu ersticken und gegen die Ziele der unheilvollen Lampusanischen Volkspartei zu arbeiten. Ihre Kollegen von *DS Nine* haben unseren ersten Versuch vereitelt, die Situation zu normalisieren. Jetzt müssen wir auf unserem Planeten versuchen zu retten, was noch zu retten ist.«

»Damit die Lampusaner ein Volk von Verlierern bleiben?«

»Wenn sie die Wahlen verlieren, sind sie damit nicht automatisch die Verlierer«, sagte Alleuvial. »Sie wissen sehr wenig über diesen Planeten, wenn Sie glauben, daß die Lampusaner Bürger zweiter Klasse sind, nur weil die Kendos augenscheinlich über die größere politische Macht verfügen. Ganz im Gegenteil! Die meisten Kendos sind nämlich so sehr mit Politik und Kunst beschäftigt, daß sie alle praktischen Angelegenheiten den Lampusanern überlassen. Wir verleihen uns gegenseitig wohlklingende Titel, aber sie verfügen über das Geld, den Wohlstand, die Waren und die Annehmlichkeiten des Lebens. Sie essen besser als wir, und sie schlafen vor allem besser als wir.«

»Wenn das stimmt, warum arbeitet Allura dann dagegen?«

Alleuvial zuckte die Schultern. »Es gibt immer wieder Lampusaner, die sich nicht damit zufriedengeben, ein sinnvolles Leben zu führen, sondern nach dem Schatten des Ruhms und der Herrschaft streben. Es wäre eine Katastrophe für unsere Gesellschaft, wenn die Lampusaner an der Macht wären! Unsere zwei Völker haben bisher in einer perfekten Symbiose gelebt, und nach Ansicht der meisten vernünftig denkenden Lampusaner würde es zum Chaos führen, wenn sich die Machtverhältnisse umkehren. Die große Gefahr in der gegenwärtigen Situation liegt in der Tatsache, daß die Lampusaner kein besonderes Interesse für die Wahlen aufbringen. Gewöhnlich verkaufen sie ihre Stimme nämlich an den Meistbietenden. Bislang waren die Stimmenkäufer immer Kandidaten der Kendos, weil ein Lampusaner niemals für etwas bezahlen würde, was er für wertlos hält. Doch diesmal ist eine neue Situation eingetreten, die von der Komplexitätstheorie vorhergesagt wurde. Allura gewinnt eine unvorhersehbare Menge Geld bei diesem verdammenswerten Glücksspiel und investiert alles für den Stimmenkauf. Sie bietet große Summen, um die Wahlen in ihrem Sinne zu beeinflussen.«

»Und was wollen Sie dagegen unternehmen?«

»Wir wollen, daß sie verliert und die Dinge wieder ins gewohnte Lot kommen.«

»Ich hätte es niemals für möglich gehalten«, sagte Kira, »aber es scheint, daß wir Verbündete sind. Sie möchten ein bestimmtes Wahlergebnis garantieren, und wir möchten unsere Station zurückgewinnen und den Meister des Spiels mit seinen verrückten Regeln und Gesetzen loswerden, ganz zu schweigen von seinem Superschlachtkreuzer.«

»Ich wußte, daß es Probleme geben würde, als die Lampusanische Volkspartei dieses Kampfschiff kaufte. Die Kendo-Flotte hat es ohne Zögern hergegeben. Sie hatten ohnehin keine Verwendung dafür. Laertes wurde nie in irgendeinen Krieg hineingezogen.«

»Aber jetzt könnte es durchaus zu einem Krieg kommen«, sagte Kira. »Haben Sie irgendwelche konkreten Vorstellungen, wie Sie Allura aufhalten könnten?«

»Bedauerlicherweise nicht. Aber ich kenne jemanden, der uns vielleicht helfen könnte.«

»Und wer ist das?«

»Sein Name ist Marlow. Er ist der Leiter des Instituts für Angewandte Komplexitätstheorie.«

»Das hört sich interessant an«, sagte Kira. »Führen Sie uns zu ihm, Alleuvial!«

»Ich fürchte, das kann ich nicht tun«, sagte Alleuvial. »Ihr Leben wäre in Gefahr, wenn man Sie in meiner Gesellschaft sehen würde. Seit meinem erfolglosen Angriff auf Allura in *DS Nine* werde ich von der Lampusanischen Volkspartei beschattet.«

»Großartig!« sagte Kira. »Was sollen wir also tun?«

»Ich gebe Ihnen diesen Datenblock mit Marlows Adresse. Sie nehmen sich ein Taxi. Ich werde hierbleiben. Wenn die Volkspartei mich beobachtet, dürften sie eher mir als Ihnen folgen.«

»Mehr können Sie nicht tun?«

»Leider nein. Aber ich bitte Sie eindringlich, unseren Planeten vor einer lampusanischen Herrschaft zu bewahren. Für alle Beteiligten wäre es sogar besser, wenn Sie selbst die Regierung übernehmen würden.«

»Das kommt nicht in Frage«, sagte Kira.

»Oder wenn Sie jemanden Ihrer Wahl benennen würden. Bitte, versuchen Sie uns zu helfen!«

Obwohl Kira den Eindruck hatte, daß die Sache dadurch unnötig kompliziert wurde, nahm sie den Datenblock an. Kurz darauf kamen mehrere Taxis vorbei.

• 44 •

Sgheel, die Hauptstadt von Laertes, war eine recht große Stadt, die einzige größere Stadt auf dem Inselkontinent Alonso, der die einzige größere Landmasse auf Laertes darstellte.

Sgheel spielte eine wichtige Rolle im übersinnlichen Gefühlshaushalt der Laertaner aus beiden Völkern. Infolge eines in ihren Genen verankerten Signals zogen im Alter von zwölf bis dreizehn Jahren sowohl Lampusaner wie auch Kendos vom ganzen Planeten zur Hauptstadt. Dann lebten sie etwa zehn Jahre lang in Sgheel, suchten sich einen Partner und arbeiteten, so gut sie konnten. Die Stadt war eine Art Mikrokosmos des ganzen Planeten, aber all das konzentrierte sich auf ein Gebiet, das nicht viel größer als die Stadt New York auf der Erde war.

Am Stadtrand von Sgheel befanden sich die Industrieanlagen, riesige Fabrikationskomplexe, die alle Waren für Laertes und die anderen Planeten produzierten, mit denen Handelsverbindungen bestanden. Hinter dem Industriegebiet lag ein dichter Slumgürtel, nicht weit von den Fabriken entfernt, damit die dort lebenden Arbeiter keinen weiten Weg hatten, aber in größerer Entfernung zum Stadtzentrum, wo es die besten Parks, die modernsten Gebäude und die teuersten Einkaufszentren gab. In der Innenstadt befanden sich die angesehensten Restaurants und die Boutiquen, die sogar Mode von der Erde im Angebot hatten, die auf diesem Gebiet immer noch führend war. Und hier gab es Konzerthallen und Theater, Vergnügungsparks, hervorragende Garküchen mit verlockenden Delikatessen und vieles mehr.

Die Besucher von *DS Nine* hatten sich bislang in den besseren Stadtvierteln aufgehalten, doch jetzt brachte ihr Taxi sie in den Slumgürtel, der die Stadt wie eine Schlinge um den Hals eines Gehenkten umgab. Ihr Fahrzeug war eins der billigen Taxis für vier Personen, die die Innenstadt versorgten. Ihr Fahrer brummte und verzog das Gesicht, als Kira ihm die Adresse mitteilte.

»Sind Sie sicher, daß Sie wirklich da hinwollen?« fragte er.

»Natürlich«, sagte Dax. »Gibt es irgendwelche Probleme?«

»Nein … wenn Sie Glück haben.« Der Fahrer schob den Hebel vor, der den Antriebsriemen über die Radachse legte, worauf das kleine Gefährt über die Straße davonschoß.

Die Straßen im Slumgürtel waren schmal und einfach, wie es das Gesetz vorschrieb, weil man nicht wollte, daß die Reichen in die ärmeren Gegenden umzogen, um Miete zu sparen und sich so einen Vorteil über ihresgleichen zu verschaffen. Die städtische Müllabfuhr kam nur einmal im Monat, da man der Meinung war, daß ein Slum einen gewissen abstoßenden Effekt ausüben sollte. Gegen herrenloses Vieh auf den Straßen wurde nichts unternommen, nur damit das Leben erschwert wurde und die Leute einen Grund hatten, sich anzustrengen, um dem Slum zu entkommen. Das Gesetz schrieb einen minimalen Geräuschpegel vor, und wenn der Lärm irgendwo unter ein ohrenbetäubendes Maß fiel, traten automatisch die überall auf hohen Masten angebrachten Lärmerzeuger in Aktion.

Eine Menge Entwicklungsarbeit war in diese Lärmerzeuger eingeflossen. Auch wenn die Laertaner stolz auf ihre einheimischen Geräusche waren, verfügten sie über große Anpassungsfähigkeit und waren jederzeit bereit, nervtötenden Lärm aus der ganzen Galaxis zu importieren, um die Unzufriedenheit der Slumbewohner zu vergrößern und sie zu ermutigen, in bessere Stadtviertel umzuziehen. Besonders effektive Lärmpassagen hatten sich auf Tonträgern als wahre Verkaufsschlager erwiesen.

Kira aktivierte ihren Reiseführer und rief das Stichwort »Slums, Lärm in den« auf. Sie las Dax den entsprechenden Text vor: »Auf Laertes legen wir Wert darauf, daß in den Slums möglichst viel Lärm und Gestank erzeugt wird, um die Bewohner zu motivieren, sie zu verlassen und etwas aus ihrem Leben zu machen.«

»Meinen Sie, das funktioniert?« fragte Dax.

Kira zuckte die Schultern. »Ich vermute, einige schaffen es, die Slums zu verlassen, und andere nicht, genauso wie anderswo.«

»Genauso wie anderswo.«

»Aber anderswo geschieht es ungeplant. Hier steckt eine konkrete Absicht dahinter. Im Reiseführer heißt es, daß auf Laertes die FUE erfunden wurde.«

»Wie bitte?« fragte Dax.

»Die Forcierte Umweltentwicklung.«

»Ehre, wem Ehre gebührt«, sagte Dax. »Was ist das?« fragte sie plötzlich.

»Was ist was?« wollte Kira wissen.

»Das Fahrzeug direkt hinter uns... das mit den schwarzgelben Streifen und den Waffen, die aus den Fenstern hängen.«

Kira blickte sich um und brüllte dann dem Fahrer zu. »Bringen Sie uns hier raus! Es gibt Ärger!«

Der Fahrer warf einen Blick nach hinten. »Wir werden von Straßenpiraten verfolgt!« sagte er, knurrte einen Fluch und zog den Beschleunigungshebel. Die Antriebswelle drehte durch, und der Riemen rutschte rasselnd durch die Führung. Dann griffen plötzlich die Noppen, und das kleine Fahrzeug raste mit einem Satz davon. Der Fahrer hatte sich so sehr darauf konzentriert, Tempo zu gewinnen, daß er nicht bemerkt hatte, wie sie sich einer Kreuzung näherten, auf die sich von der Seite ein orange und blau gestrichenes Lastenfahrzeug der städtischen Müllabfuhr schob, bis Kira ihm zuschrie: »Passen Sie auf!«

Mit einem Fluch riß er das Lenkrad herum, so daß er den Laster nur noch leicht streifte. Es gab keinen Blechschaden, aber das leichte Gefährt wurde aus der Bahn geworfen und raste nun direkt auf eine Wand zu. Der Fahrer versuchte auszuweichen, doch seine Reaktion kam ein wenig zu spät, so daß er die Wand streifte und mit dem Kopf gegen eine Kante der Dachverkleidung des Wagens schlug. Er sackte bewußtlos in seinem Sitz zusammen und fiel dabei mit seinem Körpergewicht auf den Beschleunigungshebel.

Kira, die für solche Notfälle ausgebildet war, brauchte nur ein paar Sekunden, um auf den Vordersitz zu klettern, den reglosen Fahrer beiseite zu schieben und die Lenkung zu übernehmen. Beide Fahrzeuge rasten jetzt über die Gehwege, wo sie im Slalom Fußgängern auswichen, die nicht schnell genug aus dem Weg sprangen.

Schließlich schaffte Kira es, den Wagen wieder auf die Straße zu bringen. Ein Blick in den seitlich angebrachten Rückspiegel verriet ihr, daß der Verfolger ihnen immer noch dicht auf den Fersen war. Sie knirschte mit den Zähnen, schrie »Festhalten!« und beschleunigte, um kurz darauf abzubremsen und in das Labyrinth schmaler Straßen einzubiegen.

Dax hielt sich an der Rückenlehne des Fahrersitzes fest und studierte die Armaturen. »Diese Kiste hat ein Funkgerät! Versuchen Sie, die Polizei zu rufen!«

»Wissen Sie vielleicht, auf welcher Frequenz ich sie erreiche?« fragte Kira.

»Versuchen Sie es mit dem knallroten Punkt auf der Anzeige«, sagte Dax. »Das ist entweder die Polizei oder die Notfrequenz.«

»Oder sein Lieblingsmusiksender«, murmelte Kira, doch im Augenblick konnte sie nicht viel mehr tun, als auf der Straße weiterzufahren, die sie sich ausgesucht hatte, da bislang keine weiteren Nebenstraßen in Sicht gekommen waren. Es war außerdem eine schmale Straße, so daß das Verfolgungsfahrzeug, das wieder zu ihnen aufgeschlossen hatte, nicht überholen und sie zum Anhalten zwingen konnte. Es konnte sie auch nicht rammen, da die Stoßstangen beider Gefährte mit Pulsatormagneten ausgerüstet waren, die durch gegenseitige Abstoßung verhinderten, daß sie sich berührten – eine äußerst sinnvolle Sicherheitsmaßnahme. Also hatte Kira genügend Zeit, um das Funkgerät einzuschalten und die Anzeige auf die rote Markierung zu justieren.

Die Antwort ließ nicht lange auf sich warten. Eine barsche männliche Stimme sagte: »Hier spricht Sergeant Grob Hulka vom Zentraldezernat. Was gibt es?«

»Wir brauchen Hilfe«, sagte Kira. »Wir werden von einem gelb und schwarz gestreiften Wagen verfolgt, der von bewaffneten Leuten gefahren wird.«

»Gelb und schwarz sagen Sie? Das heißt, es handelt sich um ein Piratenfahrzeug. Das ist illegal, aber in kriminellen Kreisen wird es trotzdem eingesetzt.«

»Können Sie uns helfen? Die Leute scheinen gefährlich zu sein.«

»Ich würde Ihnen gerne helfen«, sagte Hulka. »Ihrem Akzent nach sind Sie fremd auf diesem Planeten. Stimmt das?«

»Das stimmt«, sagte Kira. »Wir sind Offiziere von der Raumstation *Deep Space Nine* im Alpha-Quadranten.«

»Ich weiß nicht, was Sie jetzt über uns denken werden«, sagte Hulka, »aber ich kann Ihnen keine Einheit zu Hilfe schicken. In dem Teil der Stadt, wo Sie sich gegenwärtig aufhalten, ist heute polizeifreier Tag.«

»Wie bitte?«

»An solchen Tagen wird abwechselnd in verschiedenen Slumgebieten auf Polizeieinsätze verzichtet. Das dient dazu, die Leute von der Notwendigkeit zu überzeugen, aus diesen Gebieten fortzuziehen.«

»Sie könnten einen interstellaren Konflikt heraufbeschwören, wenn Sie uns nicht helfen!« sagte Kira.

»Bitte übertreiben Sie nicht. Wenn man Sie ausraubt, werden die Behörden Ihnen jeden Schaden ersetzen.«

»Und wenn man uns umbringt?«

»Dann werden wir uns alle Mühe geben, die Mörder vor Gericht zu stellen. Sagen Sie mir bitte, welche Kleidung diese Leute tragen?«

Kira blickte sich um und versuchte etwas zu erkennen. »Alle tragen Rot und Violett. Ziemlich dunkle Farben.«

»Das habe ich mir fast gedacht«, sagte Sergeant Hulka. »Es handelt sich überhaupt nicht um Kriminelle. Diese Kleidung ist das Markenzeichen der Lampusanischen Volkspartei.«

»Können Sie sie aufhalten?«

»Nein«, sagte Hulka. »Auf Laertes darf sich die Polizei nicht in politische Konflikte einmischen. Ein gewisser Grad an Gesetzlosigkeit ist immer noch besser als ein Übermaß an Bevormundung.«

Kira hatte jetzt keine Zeit mehr, sich weiter mit ihm auseinanderzusetzen. Die lange, schmale Straße führte nämlich auf einen Platz mit einem Betonsockel im Zentrum, um den die Straße im Kreis herumführte.

»Festhalten!« rief sie wieder und riß das Lenkrad herum. Das Fahrzeug legte sich auf zwei Rädern in die Kurve, dicht gefolgt von den Straßenpiraten. Dann näherten sie sich der Fortsetzung der Straße, die in einem überraschend spitzen Winkel abknickte.

Kira fluchte, trat auf die Bremse und riß das Fahrzeug erneut in die Kurve.

Es war ein guter Versuch, aber der Wagen schaffte es trotzdem nicht ganz und prallte gegen eine niedrige, gekrümmte Mauer. Es war nur eine kurze Berührung, aber bei dieser Geschwindigkeit und angesichts des hohen Drehmoments des Antriebsrades hatte sie katastrophale Auswirkungen. Das Rad lockerte sich und warf den zerfetzten und oftmals geflickten Antriebsriemen ab. Dann grub es sich in das Straßenpflaster und hinterließ eine deutliche Spur darin. Der Wagen neigte sich zur Seite und schlitterte polternd durch die Kurve, während die Passanten in Ladeneingänge und Abwasserkanäle flüchteten. Das Fahrzeug streifte eine weitere Mauer, drehte sich einmal im Kreis und raste dann durch mehrere Holzbaracken, in denen Getreidesäcke gestapelt waren. Dadurch wurde der Aufprall für die glücklosen Insassen des Fahrzeugs ein wenig gemindert. Schließlich kam der Wagen vor der Tür eines Lagerhauses zur Ruhe.

Einen Moment lang herrschte völlige Stille im Wagen. Dann schüttelte Dax sich und sagte: »Kira, ist alles mit Ihnen in Ordnung?«

»Ich denke schon«, sagte Kira. »Fahrer? Leben Sie noch?«

Ein Stöhnen kam vom Vordersitz. Der Fahrer blickte sie an, das Gesicht blutig, die Mütze verrutscht, und fiel dann in die Bewußtlosigkeit zurück.

• 45 •

Die Frauen wußten, daß sie in einer schwierigen Situation steckten. Sie ließen den Fahrer im Wagen zurück und stiegen aus, um gerade noch rechtzeitig hinter einer niedrigen Steinmauer in Deckung zu gehen, als das Verfolgungsfahrzeug lärmend in Sicht kam. Fast ein halbes Dutzend Männer sprang aus dem Wagen. Kira verschaffte sich einen schnellen Überblick über die Lage und winkte Dax, ihr zu folgen. Sie huschten geduckt in das Gebäude. Dort kramte Kira in der Schultertasche, die sie bei sich trug.

»Wonach suchen Sie?« fragte Dax. »Nach einer Bombe?«

»Ich habe leider keine dabei«, sagte Kira. »Aber einen Phaser habe ich eingesteckt. Damit werde ich sie auf Distanz halten können.«

»Ich hoffe es«, sagte Dax. »Was ist das hier?«

»Sieht wie eine Art Lagerschuppen aus«, sagte Kira. »Kommen Sie, wir wollen uns die Sache genauer ansehen.«

Sie gingen durch das düstere Gebäude. Es war eine riesige Halle voller Säcke, die aus einer sisalähnlichen Faser gewoben waren. An einer Seite befand sich eine metallene Treppe. Sie stiegen hinauf und gelangten kurz darauf durch eine Tür auf das Dach.

Dann hörten sie die Verfolger. Die Männer riefen, daß sie sich ergeben sollten. Der Himmel wurde immer dunkler, und im Zwielicht erkannte Dax, daß vor ihnen auf dem Dach etwas stand, das wie ein riesiges Insekt wirkte.

Sie gingen darauf zu, bis ihre Verfolger das Feuer eröffneten und sie in Deckung gehen mußten.

»Das ist ein Ornithopter«, sagte Dax, als sie nun im schwachen Licht mehr erkennen konnte. »Es überrascht mich, daß solche Geräte hier noch gebaut werden. Wenn wir ihn nur irgendwie zur Flucht benutzen könnten!«

Kira betrachtete ebenfalls den Ornithopter. »Er hat nur Platz für eine Person«, sagte sie. »Ich habe eine Idee. Ich werde Ihnen Deckung geben, dann steigen Sie ein und verschwinden von hier.«

»Nicht ohne Sie«, entgegnete Dax.

»Lieutenant Dax«, sagte Kira, »ich bin der ranghöhere Offizier, und ich befehle Ihnen, diese Maschine zu besteigen.«

»Und ich sage Ihnen, daß ich es trotzdem nicht tun werde«, sagte Dax. »Wenn es Ihnen nicht paßt, können Sie mich ja vor ein Kriegsgericht stellen!«

Kira seufzte. Ihre Stimme klang nicht mehr so scharf, als sie jetzt sagte: »Dax, ich kann Sie nicht dazu zwingen, aber ich möchte Sie bitten, der Vernunft zu gehorchen. Von uns hängt eine Menge ab. Wir sind hier, um *DS Nine* zu retten und vielleicht noch viel mehr. Mir liegt nichts daran, hier einen heldenhaften Tod zu sterben. Einer von uns muß von hier verschwinden und weiter an diesem Problem arbeiten.«

»Klar. Aber warum ich?«

»Erstens, weil ich weiß, daß Sie einen Ornithopter fliegen können, und weil ich keine Erfahrung damit habe. Und zweitens, weil Sie vermutlich etwas mit Marlow und seiner Komplexitätstheorie anfangen können und ich nicht.«

»Und was wird aus Ihnen?«

»Ich habe jede Menge Erfahrung damit, mich aus solchen Situationen herauszuhauen.«

Von der anderen Seite des Daches kam die Stimme

eines Mannes: »Ergeben Sie sich! Wir werden Ihnen nichts tun!«

»Glauben Sie ihm?« fragte Dax.

»Ja. Wir haben Starfleet im Rücken, und es wäre verrückt von ihnen, sich mit der Flotte anzulegen. Trotzdem ist dies vielleicht unsere letzte Chance, daß wenigstens einer von uns mit Marlow Kontakt aufnimmt. Gehen Sie jetzt!«

Kira stand auf und gab ein paar Schüsse auf ihre Verfolger ab, während Dax über das Dach lief und in den Ornithopter stieg. »Jetzt fehlt nur noch, daß das Ding überhaupt nicht funktioniert«, murmelte Kira. Aber es funktionierte. Die Antigraveinheit des Ornithopters erwachte brummend zum Leben. Die Flügel begannen zu schlagen, und nach einem kurzen Anlauf erhob sich das Gefährt mit Dax in die Luft.

Der Windstoß des startenden Ornithopters warf Kira von den Beinen. Sie stürzte zu Boden, und der Phaser fiel ihr aus der Hand. Als sie wieder aufblickte, war sie von Männern umringt, die mit ihren Waffen auf sie zielten. »Ich ergebe mich«, sagte sie und machte sich darauf gefaßt, im nächsten Moment erschossen zu werden.

• 46 •

Dax' Erfahrung mit Ornithoptern war in erster Linie theoretisch, obwohl sie bereits einmal auf dem Holodeck in einem solchen Gerät trainiert hatte. Der Start war verhältnismäßig einfach. Mit der Antigraveinheit kam sie ohne Probleme zurecht, weil es sich um ein Standardmodul handelte, das zu vielen Zwecken eingesetzt wurde. Sie legte ihre Finger um die Flügelsteuerung und stellte fest, daß sie reagierte. Mehr Zeit zum Einüben hatte sie nicht. Sie lief über das Dach und spürte den

Zug des Antigravs, obwohl er zu schwach war, um die Maschine allein in der Luft halten zu können. Sie hatte gehört, daß Ornithopterpiloten sich rühmten, nur mit minimaler Antigravleistung zu fliegen. Das Gewicht sollte nur so weit aufgehoben werden, daß sie wie ein Vogel fliegen konnten.

Zum Training wurden meistens Antigraveinheiten benutzt, die stark genug waren, um den Ornithopter samt Piloten auch ohne Einsatz der Flügel in der Luft zu halten. Dax hatte es jedoch mit einem Sportmodell zu tun, das sogar trainierten Lenkern einiges abverlangte. Sie erkannte am Gewicht und der nach unten geneigten Flugbahn, daß sie ihre eigene Kraft zum Fliegen einsetzen mußte.

Sie schlug hektisch mit den Flügeln, um wieder an Höhe zu gewinnen. Doch der Ornithopter verhielt sich wie ein riesiges Insekt, das niemals fliegen gelernt hatte, und sank immer tiefer, während es genau auf ein Gebäude an der anderen Straßenseite zuflog.

»Höher, höher!« murmelte Dax und versuchte, dem Gebäude auszuweichen. Aber sie hatte nicht genügend Geschwindigkeit, um das Manöver richtig ausführen zu können. Der Ornithopter neigte sich nach vorn und schien jeden Augenblick abschmieren zu wollen, worauf er in einen unkontrollierten Sturzflug übergegangen wäre.

Dax beherrschte ihren Drang, noch stärker mit den Flügeln zu schlagen, und zwang sich zum Nachdenken. Warum gewann sie durch ihre Anstrengungen keinen Auftrieb? Sie sah sich die Hinterkanten der Flügel an. Diese waren mit leichten Plastikfedern besetzt, die heftig im Wind flatterten.

Das konnte unmöglich richtig sein, entschied Dax. Sie hatte irgendwo gelesen, daß Tragflügel häufig über anpassungsfähige Oberflächenstrukturen verfügten, die sich durch Kontrollen verändern ließen. Konnte es hier eine ähnliche Vorrichtung geben? Sie tastete mit ihren langen, empfindsamen Fingern über die Unterseite der Flügel und hatte kurz darauf die Kontrollen gefunden. Sofort erkannte sie, wie die Federn in verschiedenen Winkeln festgestellt werden konnten. Das tat sie und ließ dann wieder die Flügel arbeiten. Das Fluggefährt gewann ein wenig Höhe. Dann stellte sie den Luftwiderstand der Federn neu ein, worauf der Ornithopter zusätzlichen Auftrieb erhielt. Doch die Fassade des Gebäudes, eine massive Wand aus Granit und roten Ziegeln, kam immer näher. Sie vergrößerte den Winkel zwischen Federn und Tragfläche weiter, und nun bewegte sich der Ornithopter fast senkrecht nach oben. Dax wurde durch die Luft hochgerissen und flog steil über das Gebäude hinweg, doch jetzt bestand die Gefahr, daß sie sich überschlug und vollständig die Kontrolle über die Maschine verlor. Gerade noch rechtzeitig ließ sie die Federn zurückklappen, richtete das Heckruder aus und ging in einen flachen Sinkflug über. Sie wartete eine Weile ab, bis sie genügend Geschwindigkeit gewonnen hatte, und versuchte dann vorsichtig wieder eine sichere Flughöhe zu erreichen.

Allmählich wurde sie mit dem Gefährt vertraut. Sie segelte in niedriger Höhe über Sgheel, so daß sie gerade noch die Straßenschilder lesen konnte. Sie versuchte sich den Stadtplan ins Gedächtnis zu rufen. Bald hatte sie den Songwild-Boulevard gefunden und folgte ihm bis zur Kreuzung mit Transiger und Noyant. Dann drehte sie nach links ab und überflog den botanischen Garten und die Gebäude des Unteren Parlaments. Schließlich kam die vergoldete Kuppel des Opernhauses in Sicht. Dahinter entdeckte sie die Sangunsit-Straße, der sie bis zum Ende folgte, wo sie dann niederging, und zwar vor dem einzigen Gebäude in der näheren Umgebung.

Sie stieg aus dem Ornithopter, ging zur Vordertür und drückte auf den Türsummer. Sie mußte nicht lange warten, bis ein Mann ihr öffnete. Er war im mittleren Alter, gedrungen und korpulent, trug einen verschmutzten Laborkittel und hatte einen rosafarbenen Schädel mit einem grauen Lockenkranz.

»Sind Sie Marlow, der Leiter dieser Einrichtung?« fragte Dax.

Der Mann nickte. »Ich bin Marlow, der Leiter des Instituts für Angewandte Komplexitätstheorie. Wie kann ich Ihnen helfen?«

»Ich bin Lieutenant Dax von *Deep Space Nine*.«

»Ja, natürlich. Ich wußte, daß Sie kommen würden.«

»Hier scheint jeder mein Kommen vorherzusehen«, sagte Dax.

»In meinem Fall ist das völlig logisch. Denn zufällig bin ich der führende Experte in der Komplexitätstheorie. Und natürlich sind mir Ihre Probleme auf *DS Nine* bekannt. Aber treten Sie doch ein!«

Er führte Dax durch einen langen Korridor, bis sie eine Treppe hinaufstiegen und dann einem weiteren Gang folgten, durch den sie zu einem Zimmer gelangten, das offenbar eine Mischung aus Büro und Labor darstellte. Auf einer Seite gab es einen Schreibtisch, Stühle und eine Couch, und auf der anderen standen Arbeitstische, die mit elektrischer Ausrüstung übersät waren.

»Sie kennen die Situation auf *DS Nine*?« fragte Dax.

»Alluras Spiel? Ich glaube, inzwischen dürfte jeder Bewohner dieses Planeten davon wissen.«

»Dann verstehen Sie sicher, warum wir uns Sorgen machen. Ihre Glückssträhne widerspricht allen Gesetzen der Wahrscheinlichkeit. Wenn wir nichts unternehmen, verlieren wir unsere Station. Dieser Verlust könnte sich für Sie als genauso katastrophal erweisen wie für uns. Ich bin gekommen, um den Grund für diese Geschehnisse herauszufinden und etwas zu unternehmen, wodurch Alluras Glück im Spiel beendet wird.«

Marlow wirkte nachdenklich und besorgt. Seinem Aussehen war nicht zu entnehmen, ob es sich bei ihm um einen Lampusaner oder einen Kendo handelte.

»Eine interessante Situation«, sagte Marlow. »Ich bin sicher, daß sie etwas mit der Komplexitätstheorie zu tun hat.«

»Ich habe schon von dieser Theorie gehört«, sagte Dax. »Aber mir war nicht bewußt, daß sie etwas mit einer solchen Situation zu tun haben könnte.«

»Das mag anderswo durchaus so sein«, sagte Marlow. »Aber hier auf Laertes spielt die Komplexitätstheorie eine viel größere Rolle als irgendwo sonst in der Galaxis. Sie scheint hier irgendwie besser zu funktionieren, vielleicht weil die Laertaner über gewisse telepathische Fähigkeiten verfügen. Außerdem handelt es sich im Grunde um eine einmalige Situation. Der junge Mathematiker Timbo entdeckte die gemeinsame Gleichung für die Parlamentswahl und das Glücksspiel. Es war ein Geniestreich, glauben Sie mir, aber offenbar hat er sich keine Gedanken über die Konsequenzen gemacht, als er sich einverstanden erklärte, für die Lampusanische Volkspartei zu arbeiten.«

»Warum sollte es Konsequenzen geben?« fragte Dax.

»Weil die Theorie selbst sie vorhersagt. Sind Sie mit komplexen Trinomen vertraut?«

»Natürlich«, sagte Dax.

»Gut! Dann werde ich es Ihnen erklären ...«

Danach sprachen die beiden fast nur noch in mathematischen Formeln.

• 47 •

Major Kira blickte in die Gesichter der vier Männer. Sie trugen dunkle Kleidung und sehr unterschiedliche Waffen, die recht altertümlich, aber nichtsdestotrotz tödlich aussahen.

»Was haben Sie vor?« fragte Kira. »Ich möchte Sie warnen. Es kann schwere Konsequenzen haben, wenn Sie einen bajoranischen Offizier gefangennehmen.«

Einer der Männer trat vor. Er hatte einen gedrungenen, vierschrötigen Körperbau und einen Ausdruck wilder Entschlossenheit in seinem düsteren Gesicht.

»Sie müssen mit uns kommen. Unser Anführer will mit Ihnen reden.«

Sie führten Kira zurück zu ihrem Fahrzeug. Es wurde recht eng, aber irgendwie fanden sie alle Platz.

Der gedrungene Mann sagte: »Ich fürchte, ich muß Sie bitten, eine Augenbinde zu tragen.« Er zog ein Stück schwarze Seide aus einer Tasche.

»Warum?« fragte Kira. »Dies ist mein erster Besuch auf Ihrem Planeten. Ich dürfte kaum irgend etwas wiedererkennen. Außer Ihren Gesichtern, die ich bereits gesehen habe.«

»Das Protokoll verlangt es so«, sagte der Mann. »Bisher wurde noch nie eine Ausnahme gemacht.«

Kira hatte plötzlich überhaupt keine Angst mehr vor diesen Männern. »Nun, wenn Sie darauf bestehen...«

Sie streifte die Binde über. Als sie nichts mehr sehen konnte, schob der Fahrer den Hebel zurück, der den Antriebsriemen über die Radachse legte, und das Fahrzeug setzte sich rumpelnd über die Straße in Bewegung.

»Sind Sie sicher, daß diese Kiste die Fahrt übersteht?« fragte Kira.

»Wir hoffen es«, antwortete der Mann. »Wenn nicht, ist es Ihre Schuld, weil Sie uns während der

Verfolgungsjagd solche Schwierigkeiten gemacht haben.«

»Sie können mich ja verklagen!« sagte Kira.

»Nein«, sagte der Mann. »Das geht nicht.«

»Warum sind Sie überhaupt vor uns geflohen?« fragte ein anderer. »Haben Sie nicht gespürt, daß wir Ihnen nichts Böses wollen?«

»Vielleicht kann ein Laertaner so etwas spüren«, sagte Kira. »Ich kann es nicht.«

»Erstaunlich«, sagte der Mann. »Und wie erfahren Sie jemals, wer Ihnen gefährlich werden könnte?«

»Früher oder später wird diese Tatsache auch ohne übersinnliche Wahrnehmung klar.«

Der Wagen fuhr noch ziemlich lange ratternd weiter. Das Gespräch war verstummt. Kira spürte, daß sich der Straßenbelag verändert hatte, von halbwegs glattem Asphalt zu Kopfsteinpflaster mit Schlaglöchern, wie es schien. Schließlich hielten sie an. Kiras Nase registrierte den Geruch nach feuchtem Zement, altem Holz, Schimmel und Zerfall.

»Wir sind da«, sagte der gedrungene Mann zu ihr.

»Wirklich? Ich dachte, wir hätten nur an einer Tankstelle angehalten.«

Die Tür öffnete sich knarrend, und man half ihr beim Aussteigen. Sie hörte, wie der Mann sagte: »Wieviel macht das?«

»Einhundert L-Dinar«, antwortete der Fahrer.

»Was? Das ist das doppelte der Anzeige auf dem Taxameter!«

»Bei Entführungsfahrten verdoppelt sich der Preis.«

»Ach ja, daran habe ich nicht gedacht.«

Kira hörte klimpernde Münzen und ein gemurmeltes Gespräch, das sie nicht verstand. Dann fuhr der Wagen davon, und man führte sie in ein Gebäude, während sie immer noch die Augenbinde trug.

Es ging durch einen Korridor, eine kurze Treppe

hinauf, um eine Ecke, dann noch eine Ecke, wieder eine Treppe hinauf und dann in ein Zimmer. Dort nahmen sie ihr die Binde ab. Kira sah, daß sie sich in einem sehr großen Raum befand. Die Fenster waren mit schweren Vorhängen aus dunkelgrünem Stoff verhüllt, und die Beleuchtung bestand aus Punktstrahlern an der Decke. Im Zentrum des Raumes stand ein Tisch, auf den die meisten Lichtstrahler gerichtet waren. Davor befand sich ein leerer Stuhl und dahinter ein weiterer Stuhl, auf dem ein Mann saß, dessen Gesicht in der Dunkelheit außerhalb des Lichtkreises verborgen war. Der gedrungene Mann führte Kira zu dem leeren Stuhl und verließ daraufhin den Raum.

Der Mann am Tisch beugte sich vor. Als sein Kopf in den Lichtkegel geriet, sah Kira, daß es ein schlanker Mann mit Halbglatze und ernsten Gesichtszügen war, der eine goldene Brille trug und wie ein Professor wirkte. »Mein Name ist Elgin«, sagte er zu Kira.

»Und ich bin Major Kira«, sagte Kira. »Bekomme ich jetzt eine Erklärung für das Benehmen Ihrer Rüpel?«

»Meine Gnädigste«, sagte Elgin, »ich handle als lampusanischer Patriot. Dies ist seit Jahrtausenden unsere erste wirkliche Chance, die Wahlen zu gewinnen. Eine Verknüpfung günstiger Umstände verleiht diesem Zeitpunkt eine besondere Bedeutung. Unser lang ersehntes Ziel steht kurz vor der Verwirklichung. Ich möchte Sie eindringlich auffordern, jede Beeinflussung der Komplexitätstheorie zu unterlassen.«

»Ha!« sagte Kira.

»Habe ich Ihrer Meinung nach gerade etwas Komisches gesagt?«

»Eher etwas Dummes. Glauben Sie wirklich, ich würde tatenlos zusehen, wie Allura unsere Raumstation gewinnt?«

»Das ist eine notwendige Begleiterscheinung des Prozesses. Aber ich kann Ihnen versichern, wenn wir

Lampusaner an die Macht gekommen sind, werden wir Ihnen die Station zurückgeben und für jeden entstandenen Schaden aufkommen. Für uns ist es wichtig, daß Allura gewinnt, aber wir brauchen Ihre Raumstation nicht.«

»Offen gesagt, diese feine Unterscheidung kann ich nicht ganz nachvollziehen«, sagte Kira.

»Ich will damit sagen, daß Sie und Ihre Leute von *DS Nine* am Ende profitieren werden, wenn Sie sich noch ein paar Tage lang gedulden können, höchstenfalls ein oder zwei Wochen.«

»Und was ist mit den Anomalien, die in der ganzen Galaxis auftreten? Werden Sie auch diese Probleme korrigieren?«

»Uns war bislang nichts davon bekannt«, sagte Elgin.

»Jetzt wissen Sie es. Wie können Sie zulassen, daß diese Dinge weitergehen?«

Elgin wirkte unglücklich, blieb aber hartnäckig. »Es gibt keinen Beweis, daß unsere Theorie dafür verantwortlich ist.«

»Vielleicht keinen, der vor Gericht zugelassen würde. Aber Sie wissen es, und ich weiß es.«

»Geben Sie uns nur noch ein paar Tage, dann ist alles vorbei. Ich werde Ihnen hier und jetzt eine Erklärung unterschreiben, daß wir Ihnen die Station zurückgeben.«

»Vergessen Sie's!« sagte Kira. Eine solche Erklärung genügte ihr nicht. Außerdem fragte sie sich, woher dieser Untergrundpolitiker die Autorität nahm, ein so großzügiges Versprechen abzugeben.

»Ist das Ihr letztes Wort?« fragte Elgin.

»Ja. Was werden Sie jetzt tun?«

Der Anführer seufzte. Er lehnte sich zurück, so daß sein Gesicht wieder in der Dunkelheit verschwand. Schließlich sagte er mit erschöpfter Stimme: »Nichts.«

»Jetzt lügen Sie! Oder lassen Sie mich etwa frei?«

»Aber sicher«, sagte Elgin. »Sie können gehen.«

»Das ergibt keinen Sinn«, sagte Kira. »Warum haben Sie sich dann überhaupt die Mühe gemacht, mich zu entführen?«

Elgin schob sich wieder ins Licht. »Wir mußten versuchen, Sie zu überzeugen«, sagte er. »Aber es würde nichts nützen, wenn wir Sie töten oder auch nur gefangenhalten würden. Ihre Anwesenheit ist längst ein Teil dieser speziellen Manifestation der Komplexitätstheorie geworden, von dessen Ausgang unser Wohlergehen abhängt. Wenn wir Ihnen in irgendeiner Form Schaden zufügen würden, hätte das einen schlimmen Einfluß auf unsere Situation.«

»Ganz wie Sie meinen. Ich möchte jetzt gehen.«

»Bitte! Dort ist die Tür.« Elgin deutete auf eine hohe Metalltür auf einer Seite des Raumes.

»Dort bin ich aber nicht hereingekommen«, sagte Kira.

»Der andere Zugang steht Ihnen nicht mehr offen. Sie müssen schon durch die Eisentür hinausgehen. Es sei denn, Sie möchten solange warten, bis die andere Tür wieder zugänglich wird.«

Kira stand auf und ging zur Tür. Bevor sie sie öffnete, drehte sie sich noch einmal zu Elgin um.

»Wenn mir auf diesem Weg etwas zustößt und ich getötet werde, wird Starfleet die Sache keineswegs auf sich beruhen lassen.«

»Ihnen droht keine Gefahr, Gnädigste«, sagte Elgin. »Das Schlimmste, was Ihnen hinter dieser eisernen Tür zustoßen kann, ist eine zeitliche Verzögerung.«

»Gut«, sagte Kira. Sie öffnete die Eisentür und trat hindurch.

Die Tür schloß sich hinter ihr.

»Es versteht sich«, sagte der Anführer, als außer ihm niemand mehr anwesend war, »daß eine zeitliche Verzögerung eine Menge bewirken kann.«

• 48 •

Der Korridor führte nicht direkt nach draußen, wie Kira gehofft hatte. Statt dessen war sie in einen Tunnel gelangt, dessen Ende sie nicht sehen konnte, da er leicht nach rechts gekrümmt war. Die Wände waren cremeweiß gestrichen und wurden gleichmäßig durch phosphoreszierende Platten beleuchtet. Im Gang war ein Geruch, der Kira an frisch gesägtes Holz erinnerte.

Sie ging eine längere Zeit geradeaus, bis sie eine Stelle erreichte, wo sich der Korridor in drei Gänge verzweigte. Über jedem Durchgang war ein Schild angebracht, das mit kunstvoll verschnörkelten Schriftzeichen beschrieben war. Auf dem linken stand: ZUR GEFAHR HIER ENTLANG. Das mittlere verkündete: HIER GEHT ES ZUM FROSCHSEE. Und auf dem rechten entzifferte Kira: IMMER GERADEAUS ZU EINEM GUTEN ABENDESSEN.

Kira blieb stehen, um zu einer Entscheidung zu kommen. Die erste Frage lautete: Steckte irgendeine echte Botschaft hinter diesen Wegweisern? Oder waren sie nur irgendeine Laune der Leute, die sie entführt hatten? Wenn es sich um einen Scherz handelte, spielte es vermutlich überhaupt keine Rolle, für welchen Weg sie sich entschied. Aber wenn die Schilder nun doch eine Bedeutung hatten? Dann stellte sich die Frage, was die Untergrundkämpfer damit bezweckten. Auf jeden Fall konnte sie nicht einfach hier stehenbleiben und abwarten. Sie beschloß, einfach auszuprobieren, was auf sie zukam, und entschied sich für die Botschaft, die am ungefährlichsten klang, nämlich das ›gute Abendessen‹.

Als Kira in den Gang trat, erlosch plötzlich das Licht, und sie verspürte ein kurzes Schwindelgefühl. Dann wurde es wieder hell, und sie stellte fest, daß sie sich nicht mehr im Korridor befand, sondern in einem Restaurant.

Sie wartete ab, bis sich ihr Gleichgewichtssinn beruhigt hatte, und blickte sich dann aufmerksam um. Es gab etwa ein Dutzend Tische mit weißen Tischdecken. Auf jedem stand eine Vase mit kleinen Blumen. An den meisten Tischen saßen Leute, die speisten und sich unterhielten. Die Szene hatte etwas Ruhiges und Selbstverständliches, was Kira unter den gegebenen Umständen sehr ungewöhnlich fand. Es gab sogar eine kleine Kapelle, ein Dutzend Männer in schwarzen Anzügen, die populäre Melodien aus laertanischen Operetten spielten. Ein Kellner in schwarzem Anzug kam zu Kira.

»Da sind Sie ja, Gnädigste. Sie werden bereits erwartet.«

»Tatsächlich?« fragte Kira.

Der Kellner lächelte freundlich, als hätte Kira etwas Nettes gesagt oder vielleicht sogar einen Scherz gemacht. Er führte sie zu einem Tisch, zog einen Stuhl zurück, damit sie Platz nehmen konnte, und reichte ihr eine Speisekarte. Die Auswahl war reichhaltig, wie es aussah, nur konnte Kira nichts damit anfangen, da die Karte offenbar in einer ihr fremden laertanischen Sprache abgefaßt war. Vielleicht handelte es sich um den Dialekt der Faenitas-Provinz, wo laut Reiseführer die getrüffelten Weine angebaut wurden.

»Ich verstehe leider nur Standard-Laertanisch«, sagte Kira.

»Wenn Sie wünschen, kann ich Ihnen gerne alles übersetzen«, sagte der Kellner. »Aber vielleicht dürfte ich Ihnen etwas empfehlen?«

»Bitte«, sagte Kira.

»Ich würde Ihnen zum Fisch raten. Diese spezielle Mutation wird in Meeresfarmen gezüchtet. Wir servieren den Fisch in bajoranischer Katai-Soße. Ich bin überzeugt, daß er Ihnen ausgezeichnet schmecken wird.«

»Gut, das nehme ich«, sagte Kira.

Der Kellner nickte und tippte etwas in einen Datenblock ein. Daraufhin kam ein akustisches Signal von der Tür zur Küche. Der Kellner runzelte die Stirn. »Entschuldigen Sie mich bitte«, sagte er, »ich muß zuerst Rücksprache mit meinem Kollegen halten.«

Er ging zur Küchentür, sprach dort mit einem großen schnurrbärtigen Mann, der eine weiße Mütze trug, und kam dann zu Kira zurück.

»Gnädigste, ich bin untröstlich. Ich kann Ihnen den Fisch leider nicht servieren.«

»Wieso? Zweifeln Sie an meiner Kreditwürdigkeit?«

»Keineswegs! Es ist nämlich so, daß die letzte Portion für den Erzherzog von Mernia-slov reserviert wurde, den vermutlichen Anwärter auf den Thron von Threska II, der uns heute mit seinem Besuch beehren wird. Es tut mir furchtbar leid.« Er verstummte, und dann hellte sich plötzlich sein Gesicht wie eine Supernova auf, als ihm eine Idee kam. »Aber ich könnte nachsehen, ob er es sich vielleicht anders überlegt hat... Die königliche Familie ist nämlich für ihre unvorhersehbaren Meinungsänderungen bekannt.«

»Schon gut«, sagte Kira. »Dann nehme ich etwas Einfaches.«

Der Kellner schürzte die Lippen und antwortete schließlich: »Der Küchenchef ist berühmt für seine Patha-Eier. Nach bajoranischem Originalrezept, ganz wie zu Hause sozusagen. Und als pikante Abwechslung servieren wir dieses Gericht mit Toula-Toast.«

»Das nehme ich. Ach, eine Frage noch! Können Sie mir sagen, wo wir hier sind?«

Der Kellner hatte zufrieden genickt, während er die Bestellung notierte. Nun hielt er abrupt inne, den Zeigefinger über dem Datenblock und mit einem bestürzten Ausdruck auf dem Gesicht.

»Jetzt sofort, meinen Sie?« fragte er.

»Ja, natürlich. Eine klare Antwort auf eine einfache Frage.«

»Ich hatte befürchtet, daß Sie diese Frage stellen würden. Es tut mir leid. Jede Frage, die nichts mit dem Restaurantbetrieb zu tun hat, darf nur vom Geschäftsführer beantwortet werden.«

»Aber ich will doch nur wissen, wo ich bin!« sagte Kira.

»Genau das ist das Problem. Soll ich den Geschäftsführer kommen lassen?«

»Ja, bitte rufen Sie ihn«, sagte Kira.

Der Kellner eilte davon. »Der Geschäftsführer wird verlangt!« rief er laut. »Hat jemand den Geschäftsführer gesehen? Es gibt eine Frage an den Geschäftsführer!«

Kira wartete, während sie sich wunderte, daß man ihr noch nicht einmal ein Glas Wasser gebracht hatte. Kurz darauf kam ein Mann aus der Küche. Es war ein beleibter, aber eleganter Herr in feiner Abendgarderobe. Über seine pummeligen Wangen zogen sich lange Koteletten. Seine Miene drückte eine leicht überhebliche Würde aus.

»Ich bin der Geschäftsführer. Sie haben eine Frage, Gnädigste?«

»Ja. Ich möchte wissen, wo ich mich befinde.«

Ohne jedes Zögern erwiderte er: »Dies ist das berühmte Restaurant ›Endstation‹.«

»Und wo befindet es sich?«

Der Geschäftsführer starrte sie an. »Der Kellner hat mir schon gesagt, daß Sie wissen möchten, wo Sie sind.«

»Genau. Und ich verstehe nicht, warum er es mir nicht sagen konnte.«

»Die Antwort darauf ist denkbar einfach, meine Gnädigste. Er weiß es nämlich selbst nicht.«

»Wieso weiß er es nicht?«

»Das ist eine ziemlich lange Geschichte, Gnädigste.«

»Also gut. Wissen Sie wenigstens, wo wir hier sind?«

»Natürlich. Wir befinden uns am Scheideweg.«

»Scheideweg? Was meinen Sie damit? Wo soll das sein?«

»Leider kenne ich die geographische Bezeichnung oder die militärischen Koordinaten nicht, meine Gnädigste. Ich meine damit, daß wir uns am Scheideweg befinden, dem Ort der Entscheidung, von dem Sie direkt hierhergekommen sind, Gnädigste.«

»Ja, ich kann mich durchaus daran erinnern, wie ich hierhergekommen bin. Aber wo liegt dieser Scheideweg? In welcher Stadt? An welcher Straße?«

»Die räumliche Lage ist nicht so einfach zu erklären«, sagte der Geschäftsführer.

»Versuchen Sie es trotzdem.«

»Ich wünschte mir, ich könnte Ihnen behilflich sein. Aber ich fühle mich dieser Herausforderung nicht gewachsen. Wenn Sie allgemeine Fragen zu praktischen oder wirtschaftlichen Aspekten des Restaurantbetriebes haben, stehe ich Ihnen jederzeit zur Verfügung. Aber wenn es um räumliche Verhältnisse geht, die so leicht mißverstanden werden können, möchte ich mich lieber zurückhalten.«

»Das ist doch absurd!« sagte Kira.

»Ich denke, der Geograph hat die besten Voraussetzungen, um Ihre Frage beantworten zu können. Soll ich mich erkundigen, ob er Zeit für Sie erübrigen kann?«

»Bitte tun Sie das.«

»Es könnte ein paar Minuten dauern. Dürfen wir Ihnen in der Zwischenzeit vielleicht etwas zu essen oder zu trinken bringen?«

Kira stellte verblüfft fest, wie hungrig sie war. Wie lange war es her, seit sie das letzte Mal etwas gegessen hatte? Zu lange.

»Ich hatte bereits Rührei bestellt.«

»Es tut mir leid. Die Eier sind aus. Können wir Ihnen mit etwas anderem dienen?«

»Ich bitte Sie«, sagte sie. »Ich habe es eilig. Bringen Sie mir einfach irgend etwas, das Sie schnell zubereiten können und ich schnell essen kann. Ich muß weiter.«

»Alle unsere Gerichte benötigen die gleiche Zubereitungszeit, meine Gnädigste«, sagte der Geschäftsführer.

»Dann ... bringen Sie mir Pestis und Puntas«, sagte sie, als sie sich an den Namen des beliebtesten laertanischen Eintopfgerichtes erinnerte, über das sie im Reiseführer gelesen hatte. »Damit dürfte es hoffentlich keine Probleme geben.«

Der Geschäftsführer eilte davon. Kira blickte sich um. Die anderen Gäste achteten überhaupt nicht auf sie. Sie beschäftigten sich mit ihren Mahlzeiten, von denen Kira keine wiedererkannte, und unterhielten sich leise. Das kleine Orchester spielte nun ein Potpourri aus laertanischer Marschmusik. Kira wartete und trommelte mit den Fingern auf der Tischdecke.

Bald kam ein großer, dünner Mann mit ergrautem Haarschopf und leidendem Gesichtsausdruck aus einem der hinteren Räume. Er sah sich eine Weile mit kurzsichtig blinzelnden Augen um, bis er Kira entdeckte und an ihren Tisch eilte. Er trug einen schwarzen Anzug, genauso wie der Kellner und der Geschäftsführer. Doch seine strenge Kleidung wurde durch einen knallroten Kummerbund, den er sich um die Hüften geschlungen hatte, und eine rot und schwarz gemusterte Krawatte aufgelockert.

»Gehe ich recht in der Annahme, daß Sie nach dem Geographen verlangt haben?« fragte er.

»Ja, richtig. Sie sind der Geograph?«

Der Mann stieß ein kurzes Lachen aus, das fast wie ein Husten klang. »Wenn es so wäre, Gnädigste, wäre meine Frau endlich mit meiner gesellschaftlichen Stellung zufrieden und würde sich nicht mehr ständig beklagen. Nein, der Geograph befindet sich in seinem Büro in der Nationalbibliothek, ein Stück von hier entfernt, und betreibt dort seine Studien zum Problem der Entfernung.«

»Und wer sind Sie?«

»Ich bin Gregor Llunch, sein zweiter Assistent. Der erste Assistent ist zu meinem Bedauern leider im Urlaub.«

»Kein Problem. Sie können mir sicher weiterhelfen. Ich würde nämlich gerne wissen, wo ich bin?«

»Das ist eine interessante Frage«, sagte Llunch und musterte Kira aufmerksam. »Jetzt verstehe ich, warum man nach mir gerufen hat.«

»Ich verstehe nicht, was an dieser Frage so kompliziert sein soll«, sagte Kira.

»Das könnte daran liegen, daß Sie sich niemals die Zeit genommen haben, über einige Paradoxa nachzudenken, die mit der Frage der räumlichen Position zusammenhängen. Vor allem, wenn man die Position einmal als Funktion der Erkenntnis betrachtet. Je mehr man über die Vielfalt möglicher Positionen weiß, desto komplizierter wird die Angelegenheit. Die Position läßt sich nämlich auf sehr unterschiedliche Art und Weise ausdrücken. In mathematischen Begriffen ist die Position F32S zu T, wobei T für die Transformative Funktion 331XEDCB steht.«

»Und was soll das heißen?« fragte Kira.

»Es heißt genau das, was ich gerade gesagt habe«, erklärte Llunch. »Auf dem Planeten Hegel IV ist dies die übliche Methode, um Positionen zu beschreiben.«

»Aber wir sind nicht auf Hegel IV.«

»Natürlich nicht. Und dafür bin ich den Gottheiten der zeitlichen und räumlichen Verhältnisse auf ewig dankbar.«

»Hören Sie«, sagte Kira, »diese Erklärungen bringen mich überhaupt nicht weiter. Könnten Sie es vielleicht etwas anschaulicher erklären?«

»Sicher. Die Carthusianer von Annas Asteroiden würden sagen: ›Die doppelgute Zeit des Rablo-Dablo ist gekommen, wenn die Deklination der Sonne mit dem Gold des Meeres übereinstimmt.‹ Ein sehr poetischer Ausdruck, meinen Sie nicht auch?«

»Ja, es klingt hübsch. Aber was bedeutet es?«

»Meine Gnädigste, ich kann Ihnen Positionsbeschreibungen aus vielen Sprachen übersetzen, aber ich habe leider keine Möglichkeit, die Bedeutungen auszudrücken. Dazu müßten Sie zunächst mit dem Kontext vertraut sein. Aber vielleicht ist zufällig ein Übersetzer in der Nähe. Man kann ja nie wissen.« Er eilte davon und verschwand in den hinteren Räumen.

»Das verstehe ich nicht«, sagte Kira, als sie allein war. »Ich stelle nur eine simple Frage, und schon rennen alle Leute kopflos durch die Gegend! Und mein Rührei ist auch noch nicht da.«

In diesem Augenblick kam der Kellner an ihren Tisch geeilt. »Ich habe gute Neuigkeiten, Gnädigste. Es war mir bereits sehr unangenehm, Ihnen mitteilen zu müssen, daß die Pestis und Puntas aus sind. Dieses Gericht haben wir seit den Tagen der Häresie von Dreddloch ununterbrochen serviert, und das ist wirklich schon sehr lange her. Doch nun habe ich glücklicherweise erfahren, daß gerade eine Ladung Eier, die durch eine Suspensionsmatrix konserviert wurde, von Terra eingetroffen ist. Wir müssen sie nur noch auspacken, ein paar zubereiten, und dann werden Sie bedient. Toast haben wir immer auf Vorrat. Und wir werden auf Kosten des Hauses noch einige Trüffeln dazu servieren.«

Jetzt reichte es. Kira mußte etwas unternehmen, bevor die Situation noch absurder wurde.

»Ich ziehe meine Bestellung zurück«, sagte sie. »Für solche Spielchen habe ich keine Zeit.«

»Das kann doch nicht Ihr Ernst sein!« rief der Kellner und zeigte eine Miene der Bestürzung. »Es wird nur wenige Minuten dauern, bis Ihre Bestellung kommt, vielleicht sogar nur einige Sekunden, wenn ich sie sofort weitergeben kann.«

»Danke, ich verzichte trotzdem.«

In diesem Augenblick kam Llunch, der zweite Assistent des Geographen, in den Speisesaal zurück und schwenkte begeistert einen Zettel, den er in der Hand hielt.

»Meine Gnädigste! Es besteht kein Grund, Ihre Bestellung zurückzuziehen! Ich habe hier eine konkrete Beschreibung Ihrer Position!«

»Sagen Sie es mir einfach, und dann werde ich mich auf den Weg machen.«

Sie riß ihm den Papierzettel aus der Hand und blickte darauf. Sie drehte ihn zweimal um und verzog dann das Gesicht. Der Zettel war völlig leer.

»Bitte«, sagte der Assistent hastig, »urteilen Sie nicht nach dem ersten Anschein! Es wird nur wenige Augenblicke dauern, bis die Information auf dem Papier erscheint.«

»Warum?« fragte Kira.

»Dafür gibt es eine ganz einfache Erklärung. Verstehen Sie, als ich diese Information abrief, befand sich der Computer im Verzögerungsmodus, und zwar weil manche Spezies, die ihn benutzen, schreckhaft auf seine hohe Arbeitsgeschwindigkeit reagieren könnten. Also ist zunächst nichts auf dem Ausdruck zu sehen, wie in diesem Fall, bis allmählich und behutsam die Information sichtbar wird.«

»So lange kann ich nicht warten«, sagte Kira.

»Aber sehen Sie doch! Die Schriftzeichen bilden sich bereits!«

»Außerdem«, sagte der Geschäftsführer, der zu ihr geeilt war, »ist der Küchenchef bereit, Ihre Eier in die Pfanne zu schlagen. Er wartet nur noch auf Ihre

Anweisung, wie weit Sie sie durchgebraten haben möchten. Dazu werden wir köstliche Brötchen servieren, da uns leider der Toast ausgegangen ist. Sie haben die Wahl zwischen Mangelbeerenkonfitüre oder Olendor-Chutney, beides weltberühmte Spezialitäten, zumindest hier. Und Sie wären doch sicher nicht abgeneigt, eine Tasse Chacaka zu nehmen! Der zweite Küchenchef teilt mir gerade mit, daß die frische Kanne, die er zur Zeit aufkocht, kurz vor dem Filtrieren steht, und schon bald wird das himmlische Aroma der nur leicht angerösteten Chacaka-Bohnen aus der fernen Olendorph-Provinz Ihre Sinne erregen.«

»Und während Sie essen«, sagte der Geograph, »haben Sie die Gelegenheit, Ihre Position in Erfahrung zu bringen, denn die Buchstaben werden jetzt immer deutlicher, wenn auch zunächst nur fragmentarisch, so daß Sie sie erst werden lesen können, wenn der Entwicklungsprozeß weiter fortgeschritten ist. Doch die Hersteller dieses speziellen Papiers haben mir versichert, daß dieser Entwicklungsprozeß von recht geringer Dauer sein wird. Die Zeitspanne ...«

Kira hatte jetzt endgültig genug. »Halt!« befahl sie und stand auf. Sie hatte das dumme Gefühl, daß hier etwas ganz und gar nicht stimmte. Die Gäste hatten ihre Gespräche unterbrochen. Sie schienen sogar mit dem Atmen aufgehört zu haben, genauso wie der Geschäftsführer und der Geograph, die wie die Darsteller eines Tableaus erstarrt dastanden.

Ein Tableau! Dieser Gedanke gab Kira den Hinweis, nach dem sie gesucht hatte. Während der Geschäftsführer und der Geograph auf sie eingeredet hatten, hatte Kira nachgedacht. Was konnte hinter dieser absurden Szene stecken? Kira hatte keine Ahnung, wie sie in diese Situation geraten war. Die Männer wirkten nun wie Statuen, die ihre Augen auf sie fixiert hatten. Kira ging um den Geschäftsführer herum. Er sah aus, als wäre er in Trance gefallen. Seine Augen waren völlig reglos. Sie konnte kein Anzeichen entdecken, daß er noch atmete, keine Bewegung des Brustkorbs oder der Kehle.

Sie blickte sich um und suchte nach einem konkreten Hinweis. Aber wonach sollte sie suchen? Die Szene, die sich ihren Augen bot, wirkte völlig normal. Die Gäste widmeten sich ihren Mahlzeiten und schenkten ihr wie zuvor keine Aufmerksamkeit. Die Kapelle bearbeitete weiter ihre Musikinstrumente. Es gab nichts Ungewöhnliches. Dennoch wußte Kira, daß etwas nicht stimmte.

Sie trat an den nächsten Tisch. Ein Mann und eine Frau waren in ein ernstes Gespräch vertieft. Sie redeten so leise, daß Kira nicht verstehen konnte, was sie sagten.

»Entschuldigen Sie bitte«, sagte sie. Doch die beiden reagierten nicht auf sie.

Der Geschäftsführer erwachte wieder zum Leben und sagte: »Gnädigste, es ist nicht die feine Art, andere Gäste zu belästigen…«

Sie achtete nicht auf ihn. »Entschuldigung!« sprach sie das Paar mit lauterer Stimme an. Immer noch keine Reaktion.

Kira streckte ihre Hand aus und wollte dem Mann auf die Schulter tippen. Doch ihr Unterarm glitt ohne Widerstand durch seinen Körper.

»Das ist ja interessant«, sagte Kira. Sie blickte auf die Speisen, die auf dem Tisch standen. Als sie ein kleines Stück einer roten Frucht aufheben wollte, griff ihre Hand wieder ins Leere.

Sie drehte sich zum Geschäftsführer um. Er wich einen Schritt zurück. Doch Kira war schneller und versuchte, nach seinem Arm zu greifen. Wieder glitt ihre Hand mühelos durch ihn hindurch. Der Geschäftsführer wirkte verlegen.

»Sie sind überhaupt nicht real!« sagte Kira.

»Nein. Es ist mir äußerst peinlich, daß Sie es so schnell herausgefunden haben.«

Der Assistent des Geographen meldete sich zu Wort. »Hören Sie, ich kann Ihnen alles erklären.«

»Sparen Sie sich die Mühe«, erwiderte Kira. »Ich brauche keine Erklärungen von nicht realen Wesen.«

»Oh, das ist aber sehr unfreundlich von Ihnen«, sagte Llunch. »Ich bin durchaus ein reales Wesen, wenn auch kein realer Geograph.«

Kira trat zu ihm und berührte seine Hand. Er bestand aus fester Materie. Vielleicht bedeutete das, daß er tatsächlich real war.

»Alle anderen sind nicht real, oder?« fragte sie.

Llunch nickte unglücklich.

»Sogar der Geschäftsführer?«

Der Geschäftsführer blickte sie bedauernd an und nickte.

»Das hier ist ein Holoprogramm, nicht wahr?« fragte Kira.

»Ja, das ist es«, sagte der Geograph. »Mit Ausnahme meiner Person.«

»Und Sie sind nicht einmal ein wirklicher Geograph.«

»Nein. Ich bin der Stationswärter. Ich war der einzige diensthabende Mitarbeiter, als Sie die Holokammer betraten. Ich habe mir alle Mühe gegeben, um es möglichst realistisch für Sie zu machen. Aber man hat mir vorher nicht gesagt, daß ich auch etwas kochen müßte. Im Kontrollraum habe ich noch ein Sandwich. Wenn Sie damit vorliebnehmen möchten...«

»Nein, danke«, sagte Kira. »Ich finde, Sie haben mich jetzt lange genug hingehalten. Was haben Sie sich von dieser Verzögerungstaktik erhofft?«

»Wir wollten verhindern, daß Sie weiteren Einfluß auf die gegenwärtigen Entwicklungen im Sinne der Komplexitätstheorie nehmen.«

»Sie sollten sich schämen!«

»Ich bitte Sie! In der Politik und Mathematik sind alle Mittel erlaubt.«

»Diesen Spruch höre ich zum ersten Mal. Jetzt hören Sie mit diesem Unsinn auf und sagen mir, wie ich hier herauskomme.«

»Ich schätze, wir können Sie wohl nicht länger hinhalten. Sie müssen nur durch das Orchester gehen.«

»Wie bitte?«

»Es ist die Wahrheit. Was wie ein Fagottbläser aussieht, ist in Wirklichkeit der Ausgang.«

Kira drehte sich um und ging zum Orchester hinüber. Die Musiker reagierten überhaupt nicht auf sie, sondern musizierten ungestört weiter. Als sie den Fagottspieler erreicht hatte, zögerte sie kurz. Auch er achtete nicht auf sie. Dann ging sie auf ihn zu und durch ihn hindurch.

Hinter ihr löste sich das Restaurant auf. Auch die Musiker waren verschwunden. Kira befand sich plötzlich auf einer Straße in Sgheel. Sie winkte einem Taxi und machte sich auf den Weg.

• 49 •

»Dax? Sind Sie da?« Kira sprach in ihren Kommunikator.

»Natürlich bin ich da«, meldete sich Dax' Stimme. »Wo sind Sie gewesen?«

»Ich war beschäftigt«, sagte Kira. »Ich erzähle Ihnen später davon. Sind Sie bei Marlow?«

»Ja. Er ist einfach phantastisch! Wir kommen gut voran.«

»Ich werde mich auf den Weg zu Ihnen machen.«

»Kira, Sie könnten uns auf andere Weise behilflich sein. Ich brauche Informationen über den Ablauf der Wahlen.«

»Okay«, sagte Kira. »Ich werde Erkundigungen einziehen und mich dann wieder bei Ihnen melden.«

Kira ließ sich vom Taxi ins Wirtschafts- und Finanzzentrum der Stadt bringen. Hier waren die Gebäude kleiner und älter und drängten sich dicht aneinander. Sie lief eine Weile ziellos herum, während sie selbst nicht genau wußte, wonach sie eigentlich suchte. Sie ließ nur den Anblick und die Geräusche von Sgheel auf sich einwirken. Ihr kleiner kompakter Reiseführer versorgte sie über einen winzigen Ohrstöpsel mit einem ständigen Strom von Informationen, während sie durch die Straßen ging.

»Dort drüben steht das Richoven-Gebäude, das älteste dieses Stils in der Stadt. Direkt dahinter liegt der Zoo, eine Sehenswürdigkeit mit drei Sternen, und dahinter die Gärten von Loomis, ebenfalls eine bedeutende Attraktion. Genau links von Ihnen ist der Hauptsitz der Lampusanischen Volkspartei und links daneben das Korruptionstor, wo offizielle Bestechungen durchgeführt werden ...«

»Moment mal!« sagte Kira. »Korruptionstor?«

Die Übersetzungseinheit benötigte einen Moment, um die Frage zu verarbeiten, bis sie antwortete: »Ja, so wird es im allgemeinen genannt. Bestechung ist auf Laertes nicht ungesetzlich, obwohl man erwartet, daß sie mit einer gewissen Diskretion vollzogen wird.«

»Ich möchte mehr darüber wissen.«

»Wenn Sie zum Korruptionstor hinübergehen und danach fragen, wird man Ihnen sicher nähere Auskünfte erteilen.«

»Ist es so einfach?« fragte Kira.

»Natürlich. Auf Laertes wird kein Geheimnis um die Korruption gemacht. Und es ist auch nicht illegal, danach zu fragen.«

Kira ging hinüber. Sie hatte das Gefühl, daß sie endlich weiterkam.

Das Korruptionsbüro der Lampusanischen Volkspartei war ein unansehnliches Gebäude mit erdbraunen Wänden und einer schwefelgelben Decke. Es gab mehrere Tische in einer Reihe, und an jedem Tisch saß ein Mitarbeiter. Einer der Leute blickte auf und winkte Kira heran.

»Was kann ich für Sie tun?« fragte der Mann.

»Ich hätte gerne nähere Informationen über die Wahlbestechungen«, sagte Kira.

»Das ist ein umfangreiches Thema«, sagte der Mitarbeiter. »Aber ich kann Ihnen versichern, daß wir auf alles vorbereitet sind. Gibt es eine bestimmte Person, die Sie bestechen möchten?«

»Ich will mich an keiner Korruption beteiligen«, sagte Kira verächtlich.

»Aha? Sind Sie sicher, daß Sie hier richtig sind?«

»Natürlich. Ich möchte etwas über die Bestechung einer anderen Person erfahren. Sofern es kein Geheimnis ist.«

»Warum sollte es ein Geheimnis sein? Alle unsere Bestechungsgelder sind dokumentiert und können jederzeit von der Öffentlichkeit eingesehen werden. So schreibt es das Gesetz vor. Über wen möchten Sie etwas wissen?«

»Ich bin an einer Frau namens Allura interessiert.«

»Ach, Allura, natürlich. Unsere oberste Korruptionsverwalterin. Gehe ich recht in der Annahme, daß Sie einen Artikel für einen Nachrichtendienst Ihres Heimatplaneten schreiben möchten?«

»Vielleicht werde ich das tun«, sagte Kira.

Der Mann war sehr hilfsbereit. Er sagte Kira, daß jede Bestechung auf Laertes legal war, obwohl nicht alle Formen allgemeine Zustimmung fanden. Jeder konnte Informationen darüber einholen.

»Allura spielt zur Zeit auf *DS Nine*«, sagte der Angestellte. »Alles deutet darauf hin, daß sie gewinnen wird. Aber genau das wurde schließlich von der Theorie vorhergesagt, also überrascht es uns nicht.«

»Theorie? Was für eine Theorie?«

»Die Komplexitätstheorie natürlich, und zwar in der speziellen Anwendung, die von unserem Chefmathematiker entwickelt wurde.«

»Könnte ich vielleicht mit diesem Chefmathematiker sprechen?«

»Ich wüßte nicht, was dagegen spricht. Ich werde feststellen, ob er sein Mittagsschläfchen schon beendet hat.«

Kira wartete, während der Mitarbeiter in einem Hinterzimmer verschwand. Als er zurückkam, lächelte er zufrieden.

»Er ist wach und hat gerade seine Mahlzeit aus Milch und Keksen beendet. Er würde sich gerne mit Ihnen unterhalten. Er liebt Interviews.«

Der Chefmathematiker kam kurze Zeit später durch dieselbe Tür. Es handelte sich um ein Kind von etwa zwölf Jahren mit rundem Gesicht und leichtem Übergewicht. Er trug weite grüne Shorts und ein T-Shirt, auf dem CHANA VOR! stand. Kira erkannte es als Antiquität aus der präcardassianischen Zeit auf Bajor, die ein Vermögen gekostet haben mußte.

»Sind Sie die Journalistin?« fragte er.

»Es gab da offenbar ein Mißverständnis«, sagte Kira. »Ich bin Major Kira und gehöre zur Besatzung von *Deep Space Nine.*«

»Ich weiß alles über die Station«, sagte der Junge. »Kann ich irgend etwas für Sie tun?«

»Sie sind der Chefmathematiker?« fragte Kira.

»Klar. Mein Name ist Timbo, und ich bin ein Genie.«

»Wissen Sie von dem Glücksspiel, das zur Zeit auf *DS Nine* stattfindet?«

»Sicher. Ich habe mitgeholfen, es vorzubereiten. Allura macht sich ganz gut, nicht wahr?«

»Darüber wollte ich mit Ihnen reden«, sagte Kira. »Wie ist es dazu gekommen?«

»Ich werde Ihnen alles darüber erzählen«, sagte der Junge fröhlich. »Aber soll ich Ihnen vorher vielleicht ein Stück Kuchen besorgen? Oder ein Glas Milch?«

»Nein, danke«, sagte Kira.

»Also, es war so«, sagte Timbo. »Irgendwann spielte ich auf meinem Computer mit der Komplexitätstheorie herum. Das ist eine seltsame Sache, die eigentlich niemand so richtig versteht. Zumindest bevor ich mich damit beschäftigte.«

»Unbescheiden sind Sie gar nicht«, sagte Kira.

»Ich stelle nur Tatsachen fest«, erwiderte der Junge ungerührt. »Auf jeden Fall fand ich heraus, daß man bei einer idealen Ausgangssituation eindeutig vorhersagbare Resultate erhält, weil die Wahrscheinlichkeit für ihr Eintreten plötzlich einen immens hohen Wert annimmt. Es klang verrückt, aber es gab keinen Zweifel. Ich hatte den Eindruck, daß die Theorie unter gewissen Voraussetzungen die Wirklichkeit und die physikalischen Tatsachen verändern kann. Als würden die Resultate von der Anwendung der Theorie bestimmt werden.«

»Können Sie mir sagen, was für eine Theorie das ist?« fragte Kira.

»Das habe ich doch schon getan. Es ist die Komplexitätstheorie.«

»Und was besagt sie?«

»Das ist nicht einfach zu erklären«, sagte Timbo, »aber ich werde es versuchen. Ich habe davon gehört, als meine Eltern mich vor zwei Jahren zum Studieren zur Erde schickten. Ich war der jüngste Student, der jemals vom Institut für Fortgeschrittene Studien in Princeton angenommen wurde. Dort interessierte ich mich vor allem für die Komplexitätstheorie, die eine Weiterentwicklung der Chaostheorie ist. Können Sie mir noch folgen?«

»Ja, sicher«, sagte Kira.

»Nach der Komplexitätstheorie können zwei nicht kausal verknüpfte Ereignisse im Zusammenhang stehen und gegenseitig ihren Verlauf beeinflussen.«

»Und wie?« wollte Kira wissen.

»Mit einfachen Worten ist es schwierig zu erklären, worin dieser Zusammenhang besteht. Was könnte eine Wahl auf Laertes mit einem Glücksspiel verbinden, das auf *DS Nine* stattfindet? Trotzdem besteht eine Verbindung, deren genaue Natur noch zu erforschen wäre. Obwohl die Verbindung nicht kausal ist, hängt ein Ereignis vom anderen ab und umgekehrt. Ein bekanntes Beispiel aus der Literatur von der Erde ist der Schmetterlingseffekt, nach dem der Schlag eines Schmetterlingsflügels am Amazonas unter gewissen Umständen zu einem Sturm über Chicago führen kann. Es gibt eine Beziehung zwischen dem Schmetterlingsflügel und dem Sturm. Auch wenn man nicht sagen kann, daß der Flügelschlag etwas verursacht hat, kann er dennoch mit dem Sturm im Zusammenhang stehen. Sind Sie sicher, daß Sie keine Milch möchten?«

»Nein, danke«, sagte Kira. »Bitte erzählen Sie weiter.«

»Mein Beispiel von der Erde hat eine eindeutige zeitliche Richtung: zuerst der Flügelschlag, dann der Sturm. Obwohl die Theorie erwiesen ist, kann man sie niemals auf einen bestimmten Schmetterling und einen bestimmten Sturm anwenden. Aber wenn man die Implikationen weiterverfolgt, ist es möglich, simultane Ereignisse zu isolieren, deren gegenseitige Beeinflussung vorhersagbar ist. Solche Ereignisse treten nicht sehr häufig auf, aber auf Laertes kommen sie gelegentlich vor. Schließlich konnte ich ein solches Ereignis für meinen Heimatplaneten vorhersagen. Die Theorie besagte, daß ein erfolgreiches Glücksspiel mit dem Sieg der Lampusaner bei den Wahlen auf Laertes verknüpft sein würde.«

»Das hat die Theorie vorausgesagt?«

»Klar. Es war ziemlich einfach zu ermitteln, nachdem ich einmal herausgefunden hatte, wonach ich suchen mußte. Es liegt ein pseudokausaler Zusammenhang vor, auch wenn die betreffenden Ereignisse gleichzeitig stattfinden: Alluras Gewinn auf *DS Nine* wird zu einem Wahlsieg für die Lampusaner führen.«

»Aber wie?« fragte Kira.

»Das weiß niemand«, sagte Timbo. »Wir wissen nur, daß die Beziehung existiert, aber keiner kennt den Grund dafür. Um ein weiteres Beispiel von der Erde zu nehmen: Es ist ähnlich wie mit der Feststellung, daß früher Regen im Nildelta eine gute Ernte im Herbst bewirkt. Dieser Frühlingsregen könnte wiederum auf irgendeine Weise durch den Sonnenfleckenzyklus oder den Humboldtstrom oder viele andere Faktoren beeinflußt werden. Und wenn wir einmal davon ausgehen, daß es der Humboldtstrom ist und er von seinem gewohnten Verlauf abweicht, könnten die Seemöwen in ein anderes Gebiet ziehen, um sich bessere Fischgründe zu suchen. Dann könnten wir sagen, wenn die Möwen im Frühling die peruanische Küste verlassen, wird es im Herbst eine gute Ernte in Ägypten geben.«

»Wollen Sie behaupten, daß das Wetter auf der Erde nach diesen Prinzipien funktioniert?« fragte Kira.

»Selbstverständlich, aber es ist eben nur ein allgemeines Prinzip. Man kann damit niemals eindeutige Aussagen über zukünftige Ereignisse treffen. Auf Laertes jedoch funktioniert es. Die Komplexitätstheorie gilt natürlich überall, aber aufgrund bestimmter Bedingungen läßt sie sich hier besser anwenden als irgendwo sonst im Universum. Es könnte etwas mit der Position von Laertes im Verhältnis zum Wurmloch zu tun haben, obwohl diese Hypothese noch nicht bewiesen ist. Außerdem müßte man unsere latenten übersinnlichen Fähigkeiten berücksichtigen. Sie könnten ein entscheidender Faktor sein.«

»Und Sie haben eine Chance erkannt«, sagte Kira, »wie Sie Ihrem Volk mit dieser Theorie helfen können.«

»Richtig. Und ich machte meine Erkenntnis verschiedenen Leuten zugänglich. Sie haben dann Allura auf ihre Aufgabe vorbereitet.«

»Haben Sie überhaupt eine Ahnung, was Sie damit ausgelöst haben?« fragte Kira.

»Sie meinen die Anomalien?«

»Ja, genau die meine ich.«

»Nun ja, es gibt ein paar unerwünschte Nebeneffekte. Aber zum Glück nicht auf Laertes.«

»Wie kommt es zu diesen Nebeneffekten?« fragte Kira.

»Ich weiß es nicht genau, aber ich glaube, wenn Allura spielt, nimmt sie damit Einfluß auf andere Zusammenhänge, von denen wir nichts wissen. Diese Anomalien sind sozusagen ein Druckausgleich für unser Universum, weil es sich dagegen sträubt, in eine bestimmte Richtung manipuliert zu werden, weil es zu einem bestimmten Ablauf der Ereignisse gezwungen wird.«

»Diese Anomalien sind ein ernstes Problem«, sagte Kira. »Haben Sie sich keine Gedanken darüber gemacht, was Sie auf anderen Planeten auslösen könnten? Daß Menschen in Mitleidenschaft gezogen werden könnten?«

»Nun, eigentlich nicht. Ich meine, es war schon eine große Leistung, diese Theorie überhaupt zu entwickeln. Und sie hat ja auch funktioniert. Man kann mir keinen Vorwurf machen, wenn ich nicht jedes einzelne Folgeereignis berücksichtigt habe.«

»Sie lehnen also jede Verantwortung ab.«

»Ja. Ich wollte nur meinem Volk helfen.«

»Da Sie offenbar gerne mit Beispielen arbeiten«, sagte Kira, »möchte ich Ihnen jetzt eins aus der Geschichte von Bajor geben. Sagt Ihnen der Name Bata Huri etwas?«

»Klar«, sagte Timbo.

»Man könnte ihre Karriere auch auf folgende Weise beschreiben: Bata Huri war nur daran interessiert, ihrem Volk zu helfen. Wie hätte sie vorhersehen können, daß ihre Soldaten Millionen von Menschen töten und eine Stadt vollständig in Schutt und Asche legen würden, als sie den Befehl zum Angriff auf die Hauptstadt gab?«

»Das ist nicht das gleiche.«

»Es ist genau das gleiche. Sie sind eine Bata Huri der Wissenschaft. Sie denken nicht weiter über die Konsequenzen Ihrer Handlungen nach. Sie werden für viele Todesopfer verantwortlich sein. Und Sie werden viele von uns ruinieren, wenn Sie uns die Lebensgrundlage entziehen, die wir mit *DS Nine* verlieren werden. Die Föderation könnte sich zu einem bewaffneten Konflikt entschließen, um die Folgen Ihrer Entscheidungen rückgängig zu machen.«

»He, Sie können mir nicht an all diesen Dingen die Schuld geben! Ich wußte doch nichts davon!«

»Aber jetzt wissen Sie es, nicht wahr?«

»Ja, ich denke schon.«

»Was wollen Sie also dagegen unternehmen?«

»Was kann ich denn unternehmen?«

»Helfen Sie uns dabei, weiteren Schaden zu verhindern.«

»Ich würde Ihnen gerne helfen. Aber es gibt da ein Problem.«

»Und das wäre?«

Timbo sah sie verlegen an. »Ich habe die Anomalien sofort untersucht, als wir hier auf Laertes davon erfuhren. Ich hatte das Gefühl, daß die Dinge irgendwie außer Kontrolle geraten waren. Ich habe die Theorie überprüft und sie unter sechs verschiedenen Voraussetzungen noch einmal durchgerechnet.«

»Und?«

»Es scheint keine Möglichkeit zu geben, wie sich die Ereignisse noch aufhalten lassen. Niemand kann verhindern, daß Allura weiter gewinnt.«

»Was wäre, wenn wir sie von der Station entfernen?«

Der Junge schüttelte den Kopf. »Sie hat bereits mehrere Nachfolger ernannt, die an ihrer Stelle weiterspielen würden, falls ihr etwas zustößt.«

»Verdammt!«

Da sie vom Chefmathematiker nichts mehr erfahren würde, ging Kira und rief sich wieder ein Taxi. Es wurde Zeit, daß sie Marlow aufsuchte und herausfand, was Dax in Erfahrung gebracht hatte.

• 50 •

Sisko hatte ein paar Stunden lang unruhig geschlafen. Als er aufstand, rieb er sich die Müdigkeit aus den Augen und rief die Zentrale an.

»Odo hier.«

»Hat sich irgend etwas verändert?« wollte Sisko wissen.

»Bashir gewinnt immer noch, falls Sie das meinen«, sagte Odo verbittert.

»Das hatte ich befürchtet. Was hat er inzwischen gewonnen?«

Odo warf einen Blick auf seinen Datenblock, auf dem er sich Notizen gemacht hatte. »Sein jüngster Erfolg beim Andralor-Spiel hat ihm das Rednerpult im Auditorium, den Holoprojektor für die Sternsimulation und mehrere Lagerräume eingebracht, einschließlich desjenigen, in dem das frische Obst eingelagert ist.«

»Dann sorgen Sie dafür, daß jemand das Obst hinausschafft«, sagte Sisko.

»Tut mir leid, Sir. Ich hatte bereits selbst daran gedacht, aber leider war es schon zu spät. Der Auktionator hat das Obst längst beschlagnahmt.«

»Verdammt! Und was haben wir in den letzten zwei Stunden noch verloren?«

»Verschiedene kleinere Dinge. Möchten Sie jetzt die komplette Liste?«

»Nein, aber heben Sie sie für mich auf. Haben Sie schon irgend etwas von Kira oder Dax gehört?«

»Nichts, Sir. Wir hätten Sie sofort informiert, wenn wir etwas gehört hätten – wie Sie es angeordnet haben.«

Sisko beendete das Gespräch und dachte kurz nach. Er überlegte, ob er versuchen sollte, mit Major Kira auf Laertes Verbindung aufzunehmen, doch dann entschied er sich dagegen. Kira hätte sich von selbst gemeldet, wenn es etwas zu berichten gäbe. Er mußte seine Ungeduld zügeln.

Er wollte sich gerade noch einmal hinlegen, als der Kommunikator einen Anruf signalisierte. Odo meldete sich. »Captain Adams hat sich auf dem Prioritätskanal angekündigt, Sir. Er will dringend mit Ihnen sprechen.«

»Ich komme in die Zentrale«, sagte Sisko grimmig. *Natürlich will er mit mir sprechen,* fügte er in Gedanken hinzu. *Mit wem würde er sonst sprechen wollen?*

• 51 •

Der Meister des Spiels blieb nur kurze Zeit auf seinem Flaggschiff, bis er wieder nach *DS Nine* zurückkehrte. Obwohl die Dinge sich sehr gut entwickelten, gab es noch etwas, das er tun konnte, um den Erfolg zu garantieren. Und eben zu diesem Zweck war er zurückgekommen.

Er spazierte über die Promenade, während er im Geist den Wert der verschiedenen Dinge zusammenrechnete, die er unterwegs sah. Etliches stammte aus billiger cardassianischer Produktion. Doch auf dem freien Markt würde es immer noch einiges einbringen. Die technischen Einrichtungen und der Maschinenraum hatten zweifellos einen gewissen Wert. Die Traktorstrahlgeneratoren und die Schilde der Station konnten komplett ausgebaut und an den Meistbietenden verkauft werden oder …

»Meister des Spiels!« wurde er plötzlich angesprochen. »Was tun Sie hier?«

Der Meister des Spiels blieb stehen und lächelte. »Allura! Ich wollte Sie gerade aufsuchen. Wie läuft es?«

Allura sah hinreißend aus. Sie trug eines der neuen Gewänder, die sie sich eigens für diese Reise gekauft hatte. Die Ausgaben für ihre Kleidung waren heftig diskutiert worden, aber die Lampusanische Volkspartei, der Allura und der Meister des Spiels treu ergeben waren, hatte entschieden, daß diese Investitionen sinnvoll waren. Und es schien so, daß Alluras hübsche Aufmachung mitgeholfen hatte, den jungen Arzt zu betören, der für sie spielte.

»Es läuft sehr gut«, sagte Allura. »Aber Dr. Bashir stellt sich allmählich quer.«

»Das kann er doch nicht tun!« sagte der Meister des Spiels. »Er muß unbedingt weiterspielen.«

»Das weiß er ebensogut wie ich. Aber ich glaube, daß er das Spiel hinauszögert und kleinere Einsätze als bisher macht.«

»Ich werde nötigenfalls mit ihm reden«, sagte der Meister des Spiels. »Sie müssen mit allen Mitteln für die Fortsetzung des Spiels sorgen.«

Allura verzog das Gesicht. »Das ist schwierig, weil

eigentlich niemand mehr mitmachen will. Außerdem halten sich jetzt diese zwei Offiziere auf Laertes auf, und ich weiß nicht, was sie dort vorhaben.«

Der Meister des Spiels runzelte die Stirn. »Wenn wir Glück haben, werden sie nichts erfahren oder unternehmen können, bevor es zu spät für sie ist.«

»Aber was sollten sie unternehmen? Kann die Gewinnserie überhaupt gestoppt werden, bevor ich alles gewonnen habe?«

Der Meister des Spiels schüttelte den Kopf. Zum ersten Mal erschien ein Ausdruck der Unsicherheit auf seinem Gesicht. »Wenn wir das wüßten, hätten wir keinerlei Probleme. Die Theorie macht keine eindeutigen Aussagen, aber sie identifiziert gewisse äußere Faktoren. Auf Laertes gibt es vier Möglichkeiten. Hier auf *DS Nine* haben wir es nur mit einer wichtigen Variablen zu tun. Und das ist Sisko. Er könnte jederzeit seine Haltung ändern und uns zum Aufhören zwingen.«

»Aber das hätte auch für ihn schwerwiegende Konsequenzen, nicht wahr?«

»Ja. Er würde alles verlieren, was er hat, aber wir ebenfalls.«

»Dann könnten wir immer noch die Station vernichten«, warf Allura ein.

Der Meister des Spiels nickte ungeduldig. »Das könnten wir tun. Aber damit verhindern wir selbst die Fortsetzung des Spiels. Und dieser Schritt würde das Wahlergebnis gefährden, weil die Serie vorzeitig abgebrochen würde. Wir würden niemals den beabsichtigten Lauf der Ereignisse bewirken.«

»Das hatte ich befürchtet«, sagte Allura. »Aber es muß doch etwas geben, was wir tun können.«

»Sie machen einfach weiter wie bisher, Allura. Ich werde zusätzlichen Einfluß auf Sisko nehmen, damit er das gewünschte Ergebnis nicht beeinträchtigt.«

»Was haben Sie vor?«

»Sie müssen Ihren hübschen Kopf nicht damit belasten.«

»Aber ich will es wissen!«

»Sorgen Sie nur dafür, daß Bashir weiterspielt. Sie werden die Resultate meiner Aktion früh genug bemerken.«

»Können Sie mir nicht wenigstens einen Hinweis geben?«

»Ich werde Ihnen nur so viel sagen: Ich will versuchen, Timbo ins Spiel zu bringen.«

Allura blickte den Meister des Spiels erstaunt an. »Sie haben ihn an Bord Ihres Schiffes mitgebracht?«

»Nein, das nicht«, sagte er. »Aber es gibt da noch eine andere Möglichkeit. Ich hoffe nur, daß wir auf diese Weise etwas bewirken können.«

»Das hoffe ich auch«, sagte Allura.

• 52 •

»Gibt es etwas Neues, Sir?« fragte Sisko. Adams sah gar nicht gut aus. Der Hauptbildschirm in der Zentrale von *DS Nine* zeigte deutlich die tiefen Sorgenfalten auf seiner Stirn und die dunklen Schatten unter seinen Augen.

»Das Problem bereitet mir nach wie vor eine Menge Kopfzerbrechen«, sagte Adams. »Und es scheint noch schlimmer zu werden.«

»Was ist geschehen?« fragte Sisko.

»Ich fürchte, die Anomalien im Gebiet der Föderation treten immer häufiger auf. Zwei kleine Schiffe, die gerade auf Vulkan aufgetankt wurden, sind ohne ersichtlichen Grund spurlos verschwunden. Zum Glück war nur die Minimalbesatzung an Bord, so daß sich die Opfer in Grenzen halten. Trotzdem ist jedes Opfer eine Tragödie.«

Sisko nickte zustimmend.

»Ich glaube, wir haben bislang noch Glück gehabt«, sagte Adams. »Aber es muß nicht so bleiben. Früher oder später wird es zu einer größeren Katastrophe kommen. Was ist, wenn wir eine ganze Stadt verlieren? Oder vielleicht einen kompletten Planeten? Und wer weiß, was dann kommt? Solange wir nicht verstehen, was vor sich geht, ist alles möglich. Auf dem Planeten Excelsis III ist bereits ein gesamter Berg verschwunden. Dort befindet sich nun ein tausend Meter tiefes Loch. Auch dabei hatten wir Glück im Unglück, denn wir haben nur eine Handvoll Bergsteiger und ein oder zwei Waldarbeiter verloren. Aber niemand kann uns garantieren, daß wir weiterhin solches Glück haben.«

»Ich kann Ihnen nur zustimmen, Sir«, sagte Sisko.

»Und das schlimmste ist«, sagte Adams, »daß es keinen Ansatz zu einer Vorhersage gibt, wann oder wo es das nächste Mal geschehen wird. Wir könnten es nicht einmal verhindern, wenn wir vorher davon wüßten. Die Bevölkerung begreift allmählich, daß etwas Unerklärliches und Furchterregendes vor sich geht, dem jeder zum Opfer fallen könnte. Nirgendwo gibt es Sicherheit vor dieser Anomalie.«

»Das weiß ich nur zu gut, Sir«, sagte Sisko.

»Commander, ich möchte Sie daran erinnern, daß das Problem in der Nähe von *DS Nine* seinen Ursprung zu haben scheint.«

»Ich unternehme alles Menschenmögliche, um diese Situation zu korrigieren, Sir«, sagte Sisko. »Ich hoffe…«

»Hoffnung hilft uns nicht weiter«, unterbrach Adams ihn. »Ich weiß, daß es nicht Ihre Schuld ist, aber die Bevölkerung reagiert sehr irrational und aggressiv auf dieses Problem. Man sucht nach einem Sündenbock und gibt nun dem Rat der Föderation die Schuld. Bislang konnten wir den Verdacht geheimhalten, daß die Ereignisse irgendwie mit *DS Nine* zu tun haben. Doch wenn diese Nachricht bekannt wird, wenn die Öffentlichkeit von dem Verdacht erfährt, daß Ihre Station die Ursache aller Probleme ist, wären Sie in großer Gefahr. Die Klingonen sind sehr verärgert. Sie wurden zweimal Opfer von Anomalien. Sie haben ihre Flotte in Alarmbereitschaft versetzt und suchen nach jemandem, den sie dafür bestrafen können.«

»Ich verstehe den Ernst der Lage«, sagte Sisko. »Glauben Sie mir, wenn ich eine schnelle Lösung wüßte, würde ich sofort alles Notwendige unternehmen.«

»Ich werde bald irgend etwas tun müssen, ob es nun eine Lösung herbeiführt oder nicht. Die Starfleet-Zentrale wird Sie unter Druck setzen. Ist Ihnen das klar, Benjamin?«

»Das ist mir klar, Sir. Offen gesagt, ich kann deswegen niemandem einen Vorwurf machen. Aber wenn wir nicht wissen, was wir tun sollen... Wenn wir blindlings etwas unternehmen, nur in der Hoffnung, es könnte helfen... Nun, es wäre möglich, daß wir durch überstürzte Aktionen die Situation nur noch schlimmer machen. Sir... versuchen Sie bitte, noch ein wenig abzuwarten.«

Adams nickte. »Genau das habe ich vor. Aber die Entscheidung liegt nicht allein bei mir. Sehen Sie zu, daß Sie bald konkretere Ergebnisse haben.«

»Ja, Sir.« Sisko zögerte. Ihm war gerade etwas eingefallen, wodurch sie vielleicht etwas Zeit gewinnen konnten. Doch dazu mußte er Adams um einen großen Gefallen bitten. Die Idee gefiel ihm nicht besonders, aber als Commander von *DS Nine* mußte er seinen Stolz zurückstellen und alles tun, was die Situation erleichtern konnte.

»Ich würde Sie gerne um etwas bitten, Sir. Es wird Ihnen vermutlich sehr sonderbar vorkommen, aber ich kann Ihnen leider nicht erklären, was dahintersteckt.«

Adams blickte besorgt. »Das sieht Ihnen überhaupt nicht ähnlich, Ben. Sie wissen, daß ich alles für Sie tun würde. Aber ich verstehe nicht, warum Sie so zurückhaltend sind.«

Sisko nahm all seinen Mut zusammen. »Ich möchte eine größere Geldsumme leihen.«

»Geld? Habe ich richtig gehört?«

»Ich fürchte ja, Sir. Ich möchte, daß es direkt zur Station überwiesen wird. Und ich brauche es noch heute, Sir.«

Es folgte ein längeres Schweigen. Sisko konnte sich vorstellen, daß Adams sich alle Mühe gab, nicht zu explodieren.

Nach einer Weile sagte Adams mit beherrschter Stimme: »Sie wissen, daß ich keine öffentlichen Mittel anrühren kann, ohne mindestens vier Genehmigungen einzuholen, zwei von Starfleet und zwei von zivilen Stellen. Ich weiß nicht, wie ich das bewerkstelligen soll, selbst wenn ich erklären könnte, wofür das Geld gebraucht wird.«

»Das hatte ich befürchtet«, sagte Sisko.

»Allerdings verfüge ich über private Mittel. Meine eigenen Ersparnisse. Nichts Weltbewegendes, Sie verstehen. Aber immerhin etwas. Würde Ihnen das weiterhelfen?«

»Ja, ich denke schon«, sagte Sisko. »Ich werde alles erklären, sobald es mir möglich ist. Und Sie werden das Geld auf jeden Fall zurückbekommen, Sir.«

»Davon bin ich überzeugt«, sagte Adams. Er zögerte kurz. »Commander, kann ich Sie irgendwie dazu überreden, mich aufzuklären, was zum Teufel bei Ihnen vor sich geht?«

»Nein, Sir, das können Sie nicht.«

Sisko hätte es ihm natürlich jederzeit erklären können. Aber er wagte es nicht, weil er Adams damit in einen schwierigen Konflikt gebracht hätte. Der Captain war an den Befehl von Starfleet gebunden, die

Probleme so schnell wie möglich zu lösen und gegebenenfalls auch Gewalt einzusetzen. Und er war dazu verpflichtet, seinem Offizier vor Ort, nämlich Sisko, freie Hand bei der Bewältigung der Probleme zu lassen. Also mußte Sisko die Entscheidungen treffen. Und wenn er Fehler machte, mußte Adams dafür geradestehen.

Wenn er Adams erzählte, was wirklich dahintersteckte, würde Sisko damit gar nichts gewinnen, sondern den Captain lediglich in eine Zwickmühle bringen.

»Ich hoffe, daß wir bald eine Lösung finden, Captain«, sagte Sisko und beendete die Verbindung.

Er glaubte wirklich daran, daß sich das Problem bald lösen würde. Auf die eine oder andere Art. Das war es, was er erhoffte und wovor er sich gleichzeitig fürchtete.

• 53 •

Sisko hatte kaum in seinem Büro Platz genommen, als plötzlich O'Brien hereingestürmt kam. »Commander!«

»Ja, was gibt es?«

»Der zweite Mond von Bajor, Sir – Ostratus … er ist verschwunden!«

Sisko stöhnte. »Weiß Adams davon?«

»Die Information ist gerade an ihn rausgegangen, so wie er angeordnet hat.«

»Ich komme!« sagte Sisko.

Als er in die Zentrale trat, hatte sich dort hektische Betriebsamkeit entwickelt, die fast an Panik grenzte. Adams war wieder auf dem Bildschirm zu sehen. Er tobte vor Wut – als wäre es Siskos Schuld – und verlangte unverzügliche Maßnahmen.

»Was ist bei Ihnen los?« brüllte Adams. »Alle Hinweise deuten darauf hin, daß das Problem irgendwie mit *DS Nine* zu tun hat! Was verheimlichen Sie mir, Commander? Und was wollen Sie unternehmen?«

Sisko schwieg, während er das Gefühl hatte, er würde im nächsten Augenblick einen Schlaganfall erleiden. Hinter ihm flüsterte Odo: »Sir, Dax hat sich gemeldet. Sie will mit Ihnen sprechen.«

Adams hatte jede Beherrschung verloren. »Commander Sisko! Ich will eine Antwort!«

»Geben Sie mir noch zwei Minuten, Sir. Ich bin gleich wieder bei Ihnen.«

Sisko unterbrach die Verbindung zu Adams und ließ Dax auf den Bildschirm legen. Sie wirkte ruhig, gefaßt und sehr hübsch. Sisko hätte sie erwürgen können.

»Dax! Was haben Sie herausgefunden? Was soll ich unternehmen?«

»Benjamin«, sagte Dax. »Ich weiß, in welchen Schwierigkeiten du steckst. Es tut mir leid, daß ich keine besseren Nachrichten habe. Aber im Augenblick weist alles darauf hin, daß du überhaupt nichts unternehmen solltest.«

»Deswegen hast du mich angerufen? Das ist völlig unmöglich! Die Föderation besteht darauf, daß ich etwas unternehme! Ich bin geneigt, auf Odos Vorschlag einzugehen und den Meister des Spiels in Ketten zu legen, bis die Angelegenheit bereinigt ist.«

»Dazu würde ich dir nicht raten, Ben.«

»Und was soll ich jetzt Adams sagen?«

Dax schien plötzlich die Geduld zu verlieren. »Sag ihm, was du willst! Es tut mir leid, daß ich keine klare Lösung anzubieten habe, Benjamin, aber so ist es nun einmal!«

Dann unterbrach sie die Verbindung.

Sisko kam sich vor, als hätte man gerade einen Eimer mit kaltem Wasser über ihm ausgeschüttet. Dann breitete sich eine eisige Ruhe in ihm aus. Er schämte sich. Es war ungerecht, wenn er Dax anbrüllte, weil er dringend eine Antwort brauchte. Und es war ungerecht von Adams, ihn auf diese Weise zu behandeln.

Er hoffte, daß der Captain es genauso sehen würde.

»Sir«, sagte er zu Adams, als die Verbindung zu ihm wiederhergestellt war, »ich weiß, daß Sie schnellstmöglich etwas unternehmen müssen. Aber ich kann Ihnen leider keinen konkreten Rat geben. Dax und Kira haben noch keine Lösungen gefunden. Dax ist jedoch davon überzeugt, daß zur Zeit keine Aktionen angebracht sind. Wenn Sie mir das Kommando entziehen und einen entschlosseneren Offizier einsetzen möchten, bin ich jederzeit bereit, die Verantwortung abzugeben.«

Adams funkelte ihn wütend und verletzt an, doch dann wurde er plötzlich ruhig, als wäre ihm der Wind aus den Segeln genommen worden. »Diesen Vorschlag habe ich überhört, Ben«, sagte er. »Tun Sie, was Sie für richtig halten. Ich werde Sie darin unterstützen. Und ... es tut mir leid, daß ich Sie angeschnauzt habe. Natürlich sollen Sie nichts unternehmen, wenn das im Augenblick die sinnvollste Alternative ist. Das Geld ist übrigens schon unterwegs.«

• 54 •

In Quarks Spielkasino war die Beleuchtung gedämpft. Nur die konzentrierten Punktstrahler an der Decke waren genau auf den Andralor-Spieltisch gerichtet. Eine beträchtliche Menge hatte sich versammelt, um das Spiel zu verfolgen, und an jedem Tag trafen neue Schaulustige ein. Sie saßen auf Klappstühlen, die Quark an sie vermietet hatte, und sie nippten von den niederprozentigen Getränken, die Rom ihnen zu inflationären Preisen servierte, während sie jede Bewegung der zwei Spieler verfolgten: Quark, der mürrisch und deprimiert wirkte, und Bashir, in dessen Gesicht eine Mischung aus Freude und Bedauern stand. Mehrere Zuschauer hatten darauf hingewiesen, daß es hier wie bei einer Partie Poker im Wilden Westen der alten Erde zuging. Doch die Einsätze waren wesentlich höher, als sie jemals in Tombstone oder Dodge City möglich gewesen wären. Auf dem Spiel stand eine komplette Raumstation mit allem, was dazugehörte.

Die Leute waren bereit, lange Wege in Kauf zu nehmen, um die Entwicklung des Dramas verfolgen zu können. Auch als Quark vor kurzem begonnen hatte, Eintrittsgebühren zu erheben, waren die Leute immer noch bereit gewesen, Geld zu bezahlen, um das Duell zwischen dem unerfahrenen jungen Doktor, der nicht verlieren konnte, und dem durchtriebenen Ferengi, der nicht gewinnen konnte, zu beobachten.

Es war unmöglich für Bashir, keinen Triumph zu empfinden, während er ein Spiel nach dem anderen gewann, während er mit vollen Händen immer mehr Geld scheffelte, sei es nun durch Magie oder durch seine überragende Persönlichkeit und Intelligenz. Bashir fühlte sich wie ein Gott, und es war ein sehr angenehmes Gefühl.

Bashir wußte, daß Spielen eine der ältesten und zwanghaftesten Tätigkeiten des Menschen war, und daß es sich schnell zu einer Sucht entwickeln konnte. Bashir hatte in seinen Psychologieseminaren an der Akademie einiges über Spielsucht gelernt. Doch sein Verständnis für das Phänomen des Spielens war vor den gegenwärtigen Ereignissen im wesentlichen theoretisch gewesen. Er wußte, daß im Altertum gallische und germanische Krieger gelegentlich vom Wetteifer mitgerissen worden waren, so daß sie alles, was sie besaßen, und dann alles, was sie sich leihen konnten, aufs Spiel gesetzt hatten. Und nachdem jeder Pfennig, den sie leihen oder stehlen konnten, verloren war, hatten manche der eifrigsten Zocker ihren eigenen Körper eingesetzt. Wenn sie auch diesen letzten Besitz verspielt hatten, waren sie bereitwillig vor den Henker getreten, hatten ihren Kopf auf den Richtblock gelegt und ihre Schulden auf die einzige Art und Weise beglichen, die ihnen noch geblieben war.

Julian konnte nun die Beweggründe verstehen, die Menschen bis zu diesem Extrem getrieben hatten. Er spürte die gleichen Gefühle. Er spielte und gewann, er spielte und gewann. Und es war ein berauschendes Gefühl.

Doch zum Ausgleich für seinen Triumph quälte ihn das bedrückende Wissen, daß er damit das Leben seiner Freunde und Stationskollegen ruinierte. Er nahm ihnen alles weg – Geld, Besitzgüter und sogar ihren Lebensunterhalt, während Quark verbittert immer neue Teile der Raumstation einsetzte. Der kleine Ferengi bemühte sich verzweifelt, nicht aufzugeben und darauf zu warten, daß sich das Glück wendete. Doch nichts deutete darauf hin, daß der Ablauf sich ändern würde. Die unsichtbare Hand der Komplexitätstheorie wachte über die Ereignisse und führte das Spiel zum vorhergesagten Resultat. Bashir gewann nicht etwa, weil er ein guter Spieler war, sondern weil die Komplexitätstheorie eine gute Theorie war. Diese Tatsache verdarb ihm einen Teil seines Spaßes.

Bashirs Vergnügen wurde auch deshalb beeinträchtigt – und letztlich sogar zerstört –, weil er wußte, daß er selbst überhaupt nichts gewann. Alles Geld, das ihm über den Spieltisch zugeschoben wurde, ging sofort an Allura weiter. Wenn er gewann, verlor er gleichzeitig, weil Quark in seiner Verzweiflung sogar gezwungen war, Bashirs Krankenstation mit der kompletten medizinischen Ausstattung als Einsatz ins Spiel zu bringen. Bashir befand sich in einer seltsamen Situation, denn er sorgte selbst dafür, daß es ihm irgendwann nicht mehr möglich sein würde, seinen Beruf an Bord der Station auszuüben. Noch ein paar Gewinne, und er mußte sich eine neue Stellung suchen.

Jeder verlor bei diesem Spiel – mit Ausnahme von Allura.

Als wäre das noch nicht genug, spürte Bashir genau, daß die meisten Leute von *DS Nine* ihn für das haßten, was er tat, ihn verabscheuten, weil er ständig gewann. Offenbar glaubten sie, daß es für ihn eine Möglichkeit gab, dafür zu sorgen, daß er verlor. Bashir hatte selbst schon daran gedacht. Aber seine Zuversicht war völlig erschüttert worden, als er feststellen mußte, daß es nicht gelang.

Es war Zeit für ihn, wieder eine Pause zu machen. Bashir legte seine Chips hin und sagte zu Quark: »Ich verschwinde mal schnell.«

»Meinetwegen müssen Sie sich nicht beeilen«, sagte Quark säuerlich.

»Ich spiele nur weiter, weil der Meister des Spiels darauf besteht. Ich versichere Ihnen, Quark, wenn es nach mir ginge ...«

Quark knurrte und wandte sich ab, bevor Bashir seinen Satz zu Ende sprechen konnte.

Bashir befand sich in einem Zustand, den man fast als manisch-depressiv beschreiben konnte. Seine Gefühle wechselten ständig zwischen Begeisterung und Niedergeschlagenheit. Er konnte einfach nicht dem Bewußtsein seiner eigenen Schuld an dieser Angelegenheit entfliehen. Jedesmal wenn Bashir aus dem Spielkasino kam, die Taschen voller Geld in verschiedensten Papier- und Metallwährungen, sah er nur lange Gesichter. Zuerst hatte er gar nicht darauf geachtet. In seiner jungenhaften Begeisterung hätte er ihnen fast zugerufen: »Freunde, ihr könnt mir gratulieren! Ich habe gerade ein Vermögen gewonnen! War das nicht ein genialer Schachzug?«

Aber es war unvernünftig, damit zu rechnen, daß seine Kollegen sich über seinen Gewinn freuten, wenn das Geld aus den Taschen derselben Kollegen stammte. Das war die Zwickmühle, in der Bashir steckte. Er ruinierte genau die Leute, nach deren Anerkennung er strebte.

Und als wäre das noch nicht schlimm genug, bemerkte er, wie Allura zunehmend das Interesse an ihm verlor, ihn lediglich als Handlanger betrachtete, der die Gewinne zu ihr brachte.

Jetzt kehrte er während seiner Pause zu dem Raum neben Quarks Bar zurück, wo Allura auf ihn wartete.

Es war ein kleiner, aber mit allem Notwendigen ausgestatteter Aufenthaltsraum, den Allura nach ihren Vorstellungen neu eingerichtet hatte. Sie ruhte auf einer Chaiselongue, als Bashir eintrat. Sie trug ein Gewand aus rosa Seide mit dreiviertellangen Puffärmeln. Eine schlichte Kette aus dunklen Perlen unterstrich die anmutige Wölbung ihres Halses, und eine Strähne aus schwarzem Haar schlängelte sich herab, um fast die Stelle zu berühren, wo ihre Halsschlagader pulsierte.

Sie blickte auf. »Was haben Sie diesmal erspielt?« fragte sie. »Lassen Sie es mich sehen!«

Bashir öffnete die schwarze Tasche und schüttete den Inhalt auf einen kleinen Tisch. Zum Vorschein kamen bündelweise Papiergeld aus der halben Galaxis, dazu Metallmünzen in verschiedenen Farbtönen, einige davon mit beträchtlichem Wert. Sie ließen den kleinen Tisch in allen Regenbogenfarben erstrahlen. In Alluras Augen spiegelte sich der Glanz, als sie mit den Händen darin wühlte.

Bashir ließ sich in einen Sessel fallen. »Ich bin müde!« sagte er.

Spielen war in der Tat harte Arbeit. Vor allem in Anbetracht seiner zwiespältigen Motivation. Wenn er jetzt würfelte und Begriffe wie ›Banco!‹, ›Double!‹

oder ›Suive!‹ rief, die ihm inzwischen vertraut geworden waren, wußte Bashir selbst nicht mehr genau, welches Resultat er sich eigentlich wünschte.

Sollte er auf Sieg oder Verlust hoffen? Inzwischen würde sich fast jeder freuen, wenn er verlor, doch Bashir konnte sich irgendwie nicht dafür begeistern, auch wenn es für alle die beste Lösung wäre. Es erschien ihm irgendwie falsch, auf einen Verlust zu hoffen. Und ganz gleich, wie vernünftig er zu sein versuchte, konnte er sich trotzdem nicht damit anfreunden. Gab es nicht irgendeine Möglichkeit, wie er gewinnen konnte, ohne daß die anderen verloren? Er hatte den Verdacht, daß er nicht mehr klar denken konnte.

Allura löste die Zigarette von ihren scharlachroten Lippen und legte sie in den Aschenbecher. Komisch, dachte Bashir, er hatte vorher überhaupt nicht bemerkt, daß sie rauchte. Auf der Erde rauchte niemand mehr. Allein die Vorstellung war ihm zuwider.

Sie tippte mit einem scharlachroten Fingernagel gegen die Zigarette. Die Asche fiel ab – ähnlich wie Bashirs Hoffnungen.

»Was haben Sie mir sonst noch gebracht?« fragte sie mit rauher Stimme. Komisch, dachte Bashir, ihm war vorher nie aufgefallen, wie vulgär sie war.

»Ein paar Gutscheine für Ausrüstungsgegenstände der Station.« Bashir holte einen Datenblock aus seiner Tasche und reichte ihn Allura. Sie las laut ab: »Sektion fünf-A des Hauptreaktors. Phaserstaffel Nummer vier. Der hinterste Schrank in der Offiziersmesse neben dem Hauptkessel. Ein Drittel des Hauptkessels.«

Sie legte den Datenblock ab und sagte mit heiserer Stimme: »Das haben Sie ausgezeichnet gemacht, mein Lieber. Wie wäre es mit einem Drink?«

Er schüttelte den Kopf. »Ich kann jetzt nichts trinken. Ich mache nur eine kurze Pause. Der Meister des

Spiels wartet bereits darauf, daß ich zum Spiel zurückkehre. Bedauerlicherweise habe ich keine Zeit mehr.«

»Das soll mir nur recht sein«, sagte Allura. »Je früher Sie zurückgehen, desto schneller wird Quark pleite sein.«

»Ich werde ebenfalls pleite sein«, sagte Bashir in hilfloser Verzweiflung.

»Keine Sorge. Ich werde mich schon um Sie kümmern, Doktor.«

»Und was ist mit meinen Freunden?«

»Denen wird schon etwas einfallen«, sagte sie ohne jedes Mitgefühl.

Plötzlich sprang Bashir auf. Ein entschlossener Blick war in seine bis dahin niedergeschlagenen und trüben Augen getreten.

»Allura!« sagte er. »Diese Sache muß sofort aufhören!«

»Wie meinen Sie das?«

»Sie wissen, daß Sie mich durch einen Betrug in diese Sache hineingezogen haben!«

»Dessen bin ich mir nicht bewußt«, sagte Allura in unverschämter Leugnung des Offensichtlichen. Bashir mußte unwillkürlich an den Trojaner Paris denken, der nach seiner Eskapade in Sparta die gleiche Erfahrung machen mußte, als er an der Klugheit seiner Affäre mit der schönen Helena zu zweifeln begann, die zum Ausbruch eines Krieges geführt hatte. Eine Überlieferung besagte, daß er versuchte, sie zur Rückkehr zu ihrem Gemahl Menelaos zu überreden, und zwar schnell, bevor Agamemnon und die anderen sich aufregten, Achilles hineingezogen wurde und Menschen zu Schaden kamen.

Das Resultat war natürlich allgemein bekannt. Helena war fest entschlossen, in Troja zu bleiben, damit später die Ilias geschrieben werden konnte, denn nur auf diese Weise konnte sie gewährleisten, daß Homer die Geschichte interessant genug fand, um sie weiterzuerzählen. Es war schon komisch, daß sich die Geschichte zwar niemals auf völlig identische Weise wiederholte, daß es aber trotzdem immer wieder zu Ähnlichkeiten, fast schon Plagiaten kam. Bashir hoffte nur, daß Allura nicht so rücksichtslos entschlossen war, in der Literatur zu zweifelhaftem Ruhm aufzusteigen.

»Sie haben mir niemals gesagt, daß Sie immer nur gewinnen würden!« rief Bashir.

Ihre Antwort war von gnadenloser Logik. »Erstens konnte ich nichts davon wissen, bevor ich es ausprobiert hatte. Sicher, die Theorie hat es behauptet, aber es gab schließlich immer wieder Theorien, die sich als falsch erwiesen haben. Zweitens haben Sie mich niemals danach gefragt. Und drittens, was ist falsch daran, immer nur zu gewinnen? Gibt es etwa ein Gesetz, daß es verbietet?«

»Ich weiß nicht genau, wie ich es beschreiben soll«, sagte Bashir, »aber irgend etwas ist faul daran, wie Sie diese Sache in die Wege geleitet haben. Ich hätte Ihnen niemals versprochen, bis zum bitteren Ende weiterzuspielen, wenn ich gewußt hätte, daß ich meinen Freunden damit schade.«

»Sie wußten nicht, wie es ausgehen würde, aber trotzdem haben Sie sich einverstanden erklärt.«

»Ja, aber ich werde es mir nicht länger gefallen lassen. Ich höre auf.«

»Ich habe Ihnen bereits gesagt, was geschehen wird, wenn Sie das tun«, sagte Allura. »Falls Sie es vergessen haben, möchte ich Sie daran erinnern, daß das Spiel weitergehen wird, mit oder ohne Sie, und Ihre Freunde werden in jedem Fall verlieren, vielleicht sogar etwas schneller, wenn Sie nicht mehr beteiligt sind.«

»Ich weiß, daß Sie das gesagt haben«, erwiderte Bashir, »auch wenn ich nicht weiß, ob Sie die Wahrheit sprechen. Aber wenigstens werde ich nicht mehr mit Ihnen unter einer Decke stecken.«

»Ich möchte Sie eindringlich davor warnen, jetzt aufzuhören«, sagte Allura.

»Ha! Wieso das?«

»Als Sie sich mit dem Spiel einverstanden erklärten, haben Sie sich den Kräften der Komplexitätstheorie unterworfen, von denen die gegenwärtigen Ereignisse kontrolliert werden. Wenn Sie jetzt aussteigen, könnte das schwerwiegende Folgen für Sie haben.«

»Was meinen Sie damit? Soll das eine Drohung sein?«

»Keineswegs. Ich spiele damit nur auf eine wohlbekannte Begleiterscheinung der Komplexitätstheorie an.«

»Wirklich? Sie suchen hinter wohlklingenden Worten Zuflucht. Was sollen das für ›schwerwiegende Folgen‹ sein?«

»Das müßte eigentlich deutlich geworden sein.«

»Ich möchte aber, daß Sie es mir sagen.«

»Das heißt, wenn Sie aufhören, könnten Sie sterben.«

»Sterben. Wieso das?«

Sie verzog ihren hübschen Mund zu einem häßlichen Ausdruck der Verachtung. »Ich habe keine Zeit, Ihnen Unterricht in den Grundkenntnissen der Komplexitätstheorie zu geben, wie sie auf Laertes praktiziert wird; und auch nicht darin, wie sie sich auf Personen auswirkt, die – so wie Sie – wissentlich oder unwissentlich in ihren Einfluß geraten. Die Folgen sind jedoch allgemein bekannt. Es reicht wohl, wenn ich sage, daß eine Verwicklung einer Schuld gleichkommt, so daß Sie die Verantwortung für alles tragen, was Sie von nun an tun oder nicht tun.«

»Ich glaube, Sie reden kompletten Unsinn!«

»Versuchen Sie doch auszusteigen! Dann werden wir ja sehen, was passiert«, schlug Allura vor und griff mit scharlachroten Fingernägeln nach einer neuen Zigarette, um sie anzuzünden.

Bashir hatte keine andere Möglichkeit, als tatenlos zuzusehen. Er fühlte sich beschämt, unbehaglich und ohnmächtig. Obwohl er wütend war, wagte er es nicht, sein Leben in Gefahr zu bringen, indem er sich gegen dieses groteske Experiment stellte. Ihm blieb nur die Wahl, wie bisher weiterzumachen.

Doch sogar in diesem Augenblick ließen ihn seine Phantasie und seine Abenteuerlust nicht völlig im Stich. Denn ihm kam plötzlich eine Idee, und fast gleichzeitig wurde ihm klar, wie sich das Blatt vielleicht wenden ließ. Er erzählte Allura jedoch nicht, woran er dachte. Außerdem wurde es allmählich Zeit, wieder ins Spielkasino zurückzukehren.

Bashir stand auf und ging zur Tür.

»Wohin gehen Sie?« fragte Allura.

»Ich muß noch etwas erledigen.«

»Und was?«

»Das ist meine Sache«, sagte er kurz angebunden.

Sie warf ihm einen ernsten Blick zu. »Vergessen Sie nur nicht«, sagte sie, »daß Sie in knapp fünfzehn Minuten das Spiel fortsetzen müssen.«

Bashir nickte und verließ den Raum.

• 55 •

Der junge Doktor ging zum Ende der Promenade, wo zur Zeit mehrere neue Geschäfte eingerichtet wurden. Die Bauarbeiten waren vorübergehend eingestellt worden, da man das Ergebnis des Spiels abwarten wollte. Sardopoulos' Zeltrestaurant hatte bereits eröffnet. Hier ging es ruhig zu, hier gab es guten Kaffee, und hier wurde man nicht durch Konversation belästigt. Chief O'Brien hielt sich häufig dort auf, und wie Julian gehofft hatte, saß er auch jetzt an einem Tisch und las einen Roman auf einem Datenblock.

Julian trat ein und ging zu O'Briens Tisch.

»Hallo, Chief!«

O'Brien blickte auf, während er den kleinen Bildschirm mit seiner breiten, sommersprossigen Hand verdeckte. Er las einen alten Tom Mix-Western und wollte nicht, daß Bashir es sah. Bashir hatte nicht nur einen intellektuellen Touch, sondern war außerdem ein Snob, obwohl er sich dessen wahrscheinlich überhaupt nicht bewußt war.

»Ach, hallo, Julian!« O'Brien ließ den Datenblock in eine Jackentasche gleiten. »Was machen Sie denn hier? Ich dachte, Sie würden Ihre gesamte Zeit mit Spielen verbringen.«

Bashir zwang sich zu einem Lachen. »Es ist in der Tat zu einem Vollzeitjob geworden. Aber im Augenblick mache ich Pause. Wie geht es Ihnen, Chief?«

»Offen gesagt, Julian, ich arbeite rund um die Uhr und versuche, wenigstens einen Bruchteil des Schadens zu beheben, den Sie mit Ihren Mätzchen anrichten. Das ist keine leichte Aufgabe.«

»Es ist ungerecht, mir die Schuld an allem zu geben, Chief. Es wäre genauso gekommen, wenn jemand anderer an meiner Stelle gespielt hätte.«

»Das mag ja sein«, gab O'Brien zu. »Aber gibt es denn überhaupt nichts, was Sie dagegen tun könnten?«

»Ich bin froh, daß Sie das erwähnen, Chief«, sagte Bashir. »Genau darüber wollte ich nämlich mit Ihnen reden. Ich möchte Sie um einen Gefallen bitten.«

»Julian, wenn Sie sich Geld leihen möchten, muß ich Ihnen sagen, daß ich genauso abgebrannt bin wie der Rest der Besatzung.«

»Nein, das ist es nicht. Geld ist im Augenblick mein geringstes Problem. Ich möchte, daß Sie etwas für mich basteln.«

»Ein Gerät, das bewirkt, daß Allura sich in Luft auflöst?« schlug O'Brien vor.

»Nein, so radikal nun auch wieder nicht. Ich möchte, daß Sie für mich ein Gerät konstruieren, das mir beim Verlieren hilft.«

O'Brien starrte ihn verständnislos an. »Und wie stellen Sie sich ein solches Gerät vor?«

»Ich würde es einen Intentionsblocker nennen. Es müßte etwas sein, das verhindert, daß ich im Spiel gewinne.«

»Brauchen Sie wirklich ein Gerät, das Ihnen beim Verlieren hilft?«

»Ich fürchte, ja. Wissen Sie, im Augenblick sieht es nämlich danach aus, als könnte ich gar nicht verlieren. Wenn ich es versuche, gewinne ich trotzdem. Ich scheine nicht in der Lage zu sein, mich zu einem Spielzug zu zwingen, durch den ich verliere.«

»Was passiert, wenn Sie sich vornehmen, daß Sie verlieren wollen?«

»Dann gewinne ich trotzdem.«

»Und was sollte dieses Gerät Ihrer Meinung nach tun?«

»Es müßte irgendwie meine Entscheidung für einen bestimmten Spielzug registrieren, so daß ich in der Lage bin, dann genau das Gegenteil zu tun. Damit müßte ich beim Andralor-Spiel verlieren können.«

Der Chief pfiff leise. »Und wie sollte das Gerät so etwas bewerkstelligen?«

»Ich habe es mir folgendermaßen vorgestellt«, sagte Bashir. »Andralor ist ein recht einfaches Spiel. Im Prinzip geht es darum, sich zwischen Möglichkeit A und Möglichkeit B zu entscheiden. Und mein Problem ist, daß ich immer gewinne, ganz gleich, wofür ich mich entscheide.«

»Okay, so weit kann ich Ihnen folgen. Aber wie soll ein solches Gerät Ihre Entscheidung verhindern?«

»Ich möchte, daß es automatisch das Gegenteil meiner Entscheidung anzeigt. Wenn ich die Absicht habe, auf A zu setzen, müßte das Gerät mir sagen, daß ich statt dessen auf B setzen soll.«

»Sie wollen sich selbst überlisten, damit Sie verlieren?« fragte O'Brien.

»Genau. Ich kann es nicht bewußt tun, denn selbst wenn ich verlieren will, gewinne ich trotzdem. Aber mit Hilfe eines solchen Gerätes…«

»Hmm«, machte O'Brien. »Ein solches Gerät müßte also Ihre Gedanken lesen können.«

»Nicht unbedingt. Eine Absicht äußert sich schon vor der Ausführung in Nerven- und Muskelreaktionen. Bevor man eine Handlung vollzieht, ist auf unbewußter Ebene bereits eine Entscheidung für die eine oder die andere Möglichkeit gefallen. So etwas lernt man im ersten Jahr des Medizinstudiums. Wenn Sie also ein Instrument entwickeln könnten, das feststellt, wie ich mich in einer bestimmten Situation wahrscheinlich entscheiden werde – was mir in diesem Stadium selbst noch gar nicht bewußt ist –, so daß ich dann genau das Gegenteil tun kann… Nun, dann müßte es eigentlich funktionieren.«

»Ich glaube, ich weiß, worauf Sie hinauswollen«, sagte O'Brien. »Aber wenn Sie etwas Derartiges benutzen, wäre das nicht Betrug?«

»Keineswegs. Niemand kann mir verbieten, beim Spiel zu verlieren. Ich kann den Ausgang des Spiels zwar nicht beeinflussen, aber ich sollte zumindest die freie Wahl haben, ob ich gewinnen oder verlieren will.«

»Wie Sie meinen«, sagte O'Brien. »Ich werde mal sehen, was ich machen kann. Aber müßten Sie nicht längst wieder am Spieltisch sitzen?«

»Ja«, sagte Bashir. »Beeilen Sie sich bitte, Chief. Sonst ist das Spiel vorbei, weil ich alles gewonnen habe, was es zu gewinnen gibt.«

Damit verließ er O'Brien und machte sich auf den Rückweg zu Quarks Bar, um die nächste Spielrunde zu starten.

• 56 •

Chief O'Brien ging in seine Werkstatt. Er hatte bereits eine vage Vorstellung von dem Gerät, das Bashir brauchte. Es gab nur wenig, das O'Brien mehr Spaß machte als Basteln; also summte er fröhlich vor sich hin, als er versuchte, seiner Vorstellung Gestalt zu verleihen. Eine tragbare Schalteinheit, deren Elektronik längst ausgeschlachtet war, diente ihm als Gehäuse. Ein altes Potentiometer, das nach einigen Modifikationen das Herzstück der Apparatur bilden würde, paßte ausgezeichnet hinein. Aber O'Brien benötigte noch weitere Einzelteile. Er suchte sie zusammen und baute sie ein, während er immer noch summte. Dann testete er seine Konstruktion, machte ein paar Verbesserungen, testete sie erneut, nahm ein paar Feinabstimmungen vor, und nachdem er diese Prozedur noch einige Male wiederholt hatte, war das Gerät fertig.

Es waren ein paar Stunden vergangen, als Chief O'Brien die Werkstatt verließ und durch einen der wenig benutzten Korridore ging, bis er in einen Verbindungsgang einbog. In diesem Teil der Station war die Beleuchtung abgeschaltet, doch er fand in der Dunkelheit ohne Mühe seinen Weg. Niemand kannte sich besser in *DS Nine* aus als er.

Bald hatte er die Promenade erreicht. Dort traf er Julian Bashir, der gerade auf dem Weg zu einer neuen Spielrunde war.

»Haben Sie es geschafft, Chief?« fragte Julian.

»Ja, das habe ich.« Der Ingenieur zog etwas aus einer Tasche, das wie ein antiker Walkman aussah.

Daran befanden sich mehrere spitz zulaufende Kontaktkabel.

»Stecken Sie es in Ihre Hosentasche. Wenn Sie auf diesen Knopf drücken, bohren sich die Kontakte von selbst in die Haut ihres Oberschenkels. Alles weitere geht automatisch.«

»Wird es auch funktionieren?« fragte Bashir.

O'Brien zuckte die Schultern. »Ich hoffe es. Ich habe mir alle Mühe gegeben, Julian.«

»Ich hoffe es auch«, sagte Julian. »Es ist nur wenig von der Station übrig, was Allura noch nicht gewonnen hat. Wenn jetzt nichts passiert, ist bald Kassensturz.«

• 57 •

Während der kurzen Zeit, die Bashir fort gewesen war, hatte sich einiges in Quarks Spielkasino verändert. Der Raum war vergrößert worden, indem man eine Wand herausgebrochen hatte, um den Lagerraum dahinter zu nutzen. Dort hatte man weitere Sitzreihen aufgestellt, in denen alle Stühle durchnumeriert waren. Ferengi in den Uniformen von Platzanweisern führten die Leute mit Eintrittskarten zu ihren Plätzen.

Quark besprach gerade mit seinem Personal die Einzelheiten des abendlichen Buffets. Er schärfte seinen Aushilfskräften ein, daß es eine Auswahl von fünf Geschmacksrichtungen geben sollte, die den fünf am weitesten verbreiteten kulinarischen Stilrichtungen des Gamma-Quadranten entsprachen. Alles sollte nach Originalrezepten zubereitet werden, obwohl für einige Zutaten noch Ersatz gefunden werden mußte. Nachdem dies geklärt war, ging er zum Andralor-Tisch, wo Julian bereits auf ihn wartete.

»Wir haben heute Abend ja recht viele Zuschauer«,

sagte Bashir. »Aber ich wußte gar nicht, daß Sie Geld für die Sitzplätze verlangen, Quark.«

»Was denken Sie von mir? Soll ich sie zuschauen lassen, ohne ihnen etwas abzuknöpfen? Kommt nicht in Frage! Und haben Sie die Kameras bemerkt?«

Bashir hatte sie noch nicht bemerkt. Doch als er Quarks Blickrichtung folgte, sah er die zwei großen Kameras, die über der Menge schwebten.

»Was hat das zu bedeuten?« fragte Bashir.

»Ich habe die Ausstrahlungsrechte in die ganze Galaxis verkauft.«

»Sehr geschäftstüchtig von Ihnen. Was machen Sie mit dem Geld, das Sie dafür bekommen?«

»Was denken Sie denn? Ich setze es im Spiel gegen Sie ein. Um es zu verlieren!«

Bashir blickte ihn peinlich berührt an. »Quark, ich kann Ihnen gar nicht sagen, wie leid mir das alles tut. Wenn es nur eine Möglichkeit gäbe, wie ich es verhindern könnte ...«

»Ich will nichts davon hören!« stieß Quark zwischen zusammengebissenen Zähnen hervor. »Können wir jetzt anfangen?«

Bashir nahm seinen Platz ein. Bevor er seinen ersten Einsatz machen konnte, trat eine junge Frau neben ihn, während sich zwei weitere im Hintergrund hielten. Sie waren jung und hübsch und stammten offensichtlich von Laertes.

»Was kann ich für Sie tun?« fragte Bashir.

Die Frau sagte: »Hallo, ich bin Mona. Ich hätte gerne ein Autogramm. Meine Freundinnen und ich sind große Bewunderer von Ihnen.«

»Wirklich? Oder wollen Sie sich einen Scherz mit mir erlauben?«

»Auf keinen Fall. Sie sind der heißeste Typ, der jemals mit unserem Volk in Berührung gekommen ist. Sie sind ein so cooler Spielertyp, und darauf fahren wir total ab.«

»Wir werden von allen Laertanerinnen beneidet, die nicht mitkommen konnten!«

»Sie sind zu einem Helden, zu einer Kultfigur geworden, Dr. Bashir.«

»Ist das wahr?« fragte Bashir.

Sie sahen ihn an – nein, sie himmelten ihn an. Sie waren jung, hübsch und naiv. Bashir empfand plötzlich ein bislang völlig unbekanntes Gefühl, denn er kam sich alt, verknöchert, abweisend und zynisch vor.

»Also gut«, sagte er. »Sie sollten jetzt besser gehen. Ich muß mich um meine Arbeit kümmern.«

Sie kicherten und stupsten sich gegenseitig an. Mona sagte: »Bitte schicken Sie uns nicht fort. Anschließend werden wir eine Party steigen lassen.«

»Eine Party?« sagte Bashir.

»Sie wissen bestimmt, was ich damit meine.«

Bashir geriet in schwere Versuchung. Es war schon lange her, seit er das letzte Mal ausgelassen gefeiert hatte. Seit einiger Zeit hatte es nur Arbeit und immer wieder Arbeit gegeben. Es kam ihm vor, als wären es Wochen gewesen, obwohl das Spiel erst vor wenigen Tagen begonnen hatte. Mit diesen Mädchen eine Party steigen zu lassen... Nein! Er riß sich zusammen, denn er mußte sich auf das Spiel konzentrieren.

»Vielen Dank für das Angebot. Aber jetzt gehen Sie bitte!«

Sie zogen sich zurück. Bashir richtete sich in seinem Stuhl auf und begann zu spielen.

Zuerst versuchte er, nach seiner eigenen Methode zu verlieren, ohne auf O'Briens Gerät zurückzugreifen. Doch es funktionierte wieder nicht. Er konnte nichts gegen seine Glückssträhne tun. Er dachte daran, daß er offenbar zu gut war, denn jeder Spielzug führte zum Gewinn.

Während einer kurzen Flaute im Spiel drückte Bashir den Knopf des Apparats, den er in seiner Hosentasche trug. Er spürte, wie der Knopf einrastete und das Gerät sich aktivierte. Es gab zwei leichte Stiche, als die Kontakte durch den Stoff seiner Hose drangen und sich in seine Haut bohrten. Gleichzeitig griff er in seine andere Hosentasche, in der er einen Injektor deponiert hatte, der mit einer Droge geladen war, die die Übertragungsrate menschlicher Nervenbahnen beschleunigte. Die Injektion, die er sich selbst verpaßte, müßte seiner Einschätzung nach O'Briens Gerät die Arbeit erleichtern.

Quark hatte anscheinend irgend etwas bemerkt. »Was ist los?« fragte er.

»Wie bitte? Was soll los sein?« erwiderte Bashir.

»Sie winden sich wie ein Aal mit einem Juckreizanfall«, sagte Quark.

»Ich habe meine Uniform vor einer Weile von Garak ändern lassen«, sagte Bashir. »Ich glaube, er hat sie etwas zu eng geschneidert. Sind Sie bereit?«

»Jederzeit«, entgegnete Quark mürrisch.

Sie kehrten gemeinsam an den Andralor-Tisch zurück. Bashir machte seinen Einsatz. Quark zögerte.

»Gehen Sie mit?« fragte Bashir.

»Natürlich gehe ich mit«, sagte Quark. Er blickte auf die Anordnung des Spiels, das von einem katalanischen Geschäftsmann und Playboy erfunden worden war.

Julian beobachtete Quark aufmerksam und stellte fest, daß der Ferengi offenbar zufrieden mit der Ausgangssituation des Spiels war. Quark grinste und schob einen Haufen Chips in die Mitte des Tisches. »Sie sind am Zug, Doktor.«

Bashir spürte die Wärme und Taubheit, die sich als Wirkung des Neurotransmitters vom Bein über seinen ganzen Körper ausbreitete.

Gleichzeitig spürte er die elektrischen Impulse von O'Briens Gerät, die sich wie kleinere Wellen in entgegengesetzter Richtung zu den größeren Wellen der

Droge bewegten. Und dann verfügte Bashir plötzlich über ein genaues Wissen seiner Intentionen, während er gleichzeitig die nötige Kraft gewann, sich für das exakte Gegenteil entscheiden zu können.

»Sie sind an der Reihe, Doktor«, drängte Quark.

Bashir wußte jetzt, welchen Zug er machen mußte, damit er verlor. Seine Hand streckte sich vor, als hätte sie einen eigenen Willen, und veränderte die Position zweier Markierungen. Dann lächelte er und lehnte sich wieder zurück.

Im Raum war es so still geworden, daß man beinahe den Zusammenstoß zweier Luftmoleküle hören konnte.

Dann ging ein Raunen durch die Zuschauermenge. Die Leute wußten nicht genau, worauf sie eigentlich reagierten. Sie spürten nur, daß etwas Seltsames geschah.

»Ich weiß nicht, wie Sie das gemacht haben, Doktor«, sagte Quark und schob einen Haufen aus Banknoten und Chips zu ihm herüber. »Ich dachte, Sie hätten sich ganz klar für eine Spielstrategie entschieden. Und dann haben Sie plötzlich genau das Gegenteil getan. Wie konnten Sie meine Taktik so schnell durchschauen?«

Bashir wurde klar, daß Quark außerordentliches Pech gehabt hatte, seine eigene Strategie im selben Moment zu ändern wie Bashir, womit er das Resultat, das Bashir sich erhofft hatte, wieder zunichte gemacht hatte.

»Warum haben Sie sich ausgerechnet diesen Zeitpunkt ausgesucht, um Ihre bisherige Strategie völlig umzuwerfen?« fragte Bashir.

Quark zuckte die Schultern. »Warum haben Sie sich diesen Zeitpunkt dafür ausgesucht?«

Bashir wäre nicht im geringsten überrascht gewesen, wenn sich in diesem Moment sein Mund geöffnet und daraus eine fremde Stimme verkündet hätte: »Es gibt keinen freien Willen. Was auch immer geschieht, ist durch die Komplexitätstheorie vorherbestimmt.« Doch es geschah nicht. Bashir war trotzdem überzeugt, daß genau dies der Grund war. Die Komplexitätstheorie hatte dafür gesorgt, daß der Ablauf des Spiels nicht gestört wurde.

Jedenfalls hatte er es versucht. »Wollen wir das Spiel jetzt fortsetzen?« fragte er Quark.

Quark schüttelte den Kopf. »Ich habe nichts mehr, was ich einsetzen könnte.«

Der Meister des Spiels hatte im Hintergrund des Raumes gelesen. Jetzt stand er auf und sagte: »Ich verfüge eine kurze Pause, damit Quark Zeit hat, sich neue Geldwerte oder Sicherheiten zu besorgen.«

»Ich bin völlig blank«, sagte Quark. »Sie haben alles, was ich einmal hatte.«

»Versuchen Sie es trotzdem«, sagte der Meister des Spiels freundlich. »Wenn Sie wirklich nicht weitermachen können, muß ich das Spiel als beendet erklären und die Station mit allem, was sich darin befindet, Allura zusprechen.«

Quark war am Boden zerstört. Dann stand plötzlich Rom neben ihm und zupfte an seinem Ärmel.

»Ja, was ist denn?«

»Commander Sisko will sofort mit dir sprechen.«

»So etwas habe ich befürchtet«, sagte Quark. »Will er ein Erschießungskommando zusammenstellen oder soll ich einfach nur erhängt werden?«

»Bruder, was redest du da? Reiß dich zusammen!«

»Ja«, gab Quark nach, hob den Kopf und reckte seine kleinen Schultern. »Es soll später einmal heißen, daß Quark nur Verachtung für seine Feinde übrig hatte, als er in den Tod ging.«

Rom schüttelte den Kopf, als Quark losging, um dem Commander unter die Augen zu treten, dessen Raumstation er soeben verspielt hatte.

• 58 •

Quark war unterwegs zu Siskos Büro. Doch dann kam Rom durch den Korridor geeilt und holte seinen Bruder ein.

»Quark, warte!«

»Verschwinde, Rom«, sagte Quark. »Diese Sache muß ich ganz allein durchstehen.«

»Ich hatte nicht vor, dich zum Commander zu begleiten«, sagte Rom.

»Was dann?«

»Du darfst nicht zum Commander gehen.«

»Ach, wirklich?« sagte Quark. »Was soll ich deiner Meinung nach sonst tun? Mich verstecken?«

»Genau daran hatte ich gedacht«, sagte Rom.

»Unmöglich. Odo kennt die Station wie seine Westentasche. Ich möchte nicht von diesem Gestaltwandler aus irgendeinem Loch gezerrt werden.«

»Ich hatte dabei auch nicht an *DS Nine* gedacht«, sagte Rom.

»Hast du etwa eine bessere Idee?«

»Ja. Ich habe eine Vereinbarung mit dem Eigentümer eines kleinen Handelsschiffes getroffen. Er ist bereit, dich und mich an einen sicheren Ort zu befördern. Du siehst, daß ich nur an dich denke, Bruder.«

Rom wirkte äußerst zufrieden mit sich selbst.

»Du hast dich nicht auf die faule Haut gelegt, was?« sagte Quark.

»Richtig. Ich habe mich an eine Erwerbsregel erinnert.«

»Und um welche handelt es sich?«

»Daß ein Ferengi auf seine Ohren achtgeben muß, indem er auf die Ohren seines Bruders achtgibt.«

»Ich kann mich nicht an diese Regel erinnern.«

»Eigentlich drückt sie die Sache etwas eleganter aus. Aber im Prinzip läuft es auf dasselbe hinaus.«

»Du hast diese Vereinbarung also ganz allein getroffen, ohne mir etwas zu verraten?«

»Ja, natürlich«, sagte Rom verwirrt. Quark nahm diese Neuigkeit nicht so auf, wie er es erwartet hatte. Rom hatte mit Dankbarkeit gerechnet, nicht mit diesem eiskalten Blick.

»Ich habe es getan, um dein Leben zu retten«, unterstrich Rom.

»Und natürlich auch dein eigenes.«

»Natürlich. Darum geht es doch in der Regel, verstehst du?«

»Und hat dir diese Regel auch verraten, wie du diese Fluchthilfe bezahlen willst? Ich bin pleite, falls es dir entgangen sein sollte.«

»Das ist mir nicht entgangen«, sagte Rom.

»Und du bist ebenfalls pleite, wenn ich die Sache richtig sehe.«

»Nun ja, nicht ganz.«

»Vielleicht könntest du mir erklären, wie du das gemacht hast!«

»Eine andere Erwerbsregel besagt, wenn stürmisches Wetter im Anzug ist, sollte der weise Ferengi ein wenig beiseite legen, damit seinen Ohren nichts passiert. Der genaue Wortlaut ist etwas anders, aber die Bedeutung ist die gleiche.«

»Als ich dich neulich fragte, ob du mir noch Geld leihen könntest, hast du gesagt, du hättest kein Geld mehr. Da hast du also gelogen?«

»Nun ja, gelogen habe ich eigentlich nicht. Vielleicht nur ein wenig untertrieben. Ich habe dir alles gegeben, mit Ausnahme meiner Schlechtwetterrücklage. Du hast doch sicherlich auch etwas für den Notfall zurückgelegt, oder?«

»Nein, das habe ich nicht«, sagte Quark. »Ich habe wirklich alles, was ich hatte, im Spiel eingesetzt. Und alles, was die anderen hatten!«

»Das habe ich mir fast gedacht«, sagte Rom. »Willst du auf deine alten Tage etwa ehrlich werden, Bruder? Wie gut, daß ich mich um unser beider Wohl gesorgt habe. Komm, wir wollen verschwinden, bevor Sisko uns Odo hinterherschickt.«

»Rede keinen Unsinn!« sagte Quark.

Rom starrte ihn ungläubig an. »Bruder, hast du jetzt völlig deinen gesunden Ferengiverstand verloren?«

»Ich bin immer noch genauso mißtrauisch wie jeder vernünftige Ferengi. Aber ich kann mir einfach nicht vorstellen, daß Sisko mir etwas Böses will. Er wußte genau, was ich tat. Und er hat mich unterstützt.«

»Unterstützt?«

»Nun ja, er hat die Aktion gebilligt.«

»Ja, natürlich«, sagte Rom. »Aber das war zu einer Zeit, als er noch dachte, dein Plan könnte die Station retten und ihn reich machen. Aber nachdem jetzt alles verloren ist, will er dich bestimmt zum Sündenbock abstempeln.«

»Wir würden das tun«, sagte Quark, »aber nicht Sisko.«

»Meinst du, er ist etwas Besseres als wir?«

»Nicht besser. Nur anders. Was du ihm unterstellst, wäre für unseren ehrenwerten Commander eine äußerst unehrenhafte Vorgehensweise.«

Rom wollte Quark schon sagen, daß er offenbar unter Gehirnerweichung litt. Doch dann milderte er seine Kritik und sagte: »Du hast nicht mehr alle Münzen im Geldschrank, Bruder. Wenn Commander Sisko dir nicht die Schuld an allem geben will, warum hat er dann die *Bellerophon* angewiesen, sich mit höchster Warpgeschwindigkeit auf den Weg hierher zu machen?«

»Die *Bellerophon* ist zu uns unterwegs? Bist du sicher?«

»Das hat mir mein Informant aus der Kommunikationsabteilung gesteckt, den ich mir mit kleinen Zuwendungen warm halte. Die *Bellerophon* müßte jeden Augenblick hier eintreffen.«

»Und Sisko hat sie herbeordert?«

»Warum sollte sie sonst nach *DS Nine* kommen? Offenbar hat Sisko jetzt genug. Wenn die *Bellerophon* hier ist, kann er den Meister des Spiels mit seinem idiotischen Superschlachtkreuzer atomisieren und dich verhaften lassen, weil du mit dem Feind konspiriert hast. Komm, wir haben immer noch genügend Zeit, um zu verschwinden.«

»Du kannst ja gehen, wenn du unbedingt willst«, sagte Quark. »Aber ich denke, daß du die Situation völlig mißverstanden hast. Ich werde mit Sisko reden. Was immer er vorhaben mag, ich kann es ihm bestimmt ausreden.«

»Aber Bruder! Du hast längst jede Glaubwürdigkeit verloren!«

»Wohl in erster Linie für dich, wie es scheint, Rom.«

Rom ließ den Kopf hängen. »Ich bin dein Bruder. Ich versuche dich zu retten. Und ich glaube immer noch an dich.«

»Wenn das wahr ist, dann hol dir das Geld für den Flug zurück und gib es mir. Dann geh wieder in die Bar und sorge dafür, daß alle etwas zu trinken haben. Ich werde bald nachkommen.«

»Und was ist, wenn du nicht mehr zurückkommst? Was ist, wenn Sisko vor Wut tobt, wozu er alles Recht der Welt hat, und dich massakriert?«

»Dann erbst du alles, was ich besitze. Bedauerlicherweise sind es nur Schulden.«

Quark drehte sich um und ging weiter den Korridor entlang.

• 59 •

Rom suchte sein Quartier auf und rief über die Kommunikationskonsole den Eigentümer des Schiffes an, mit dem er seine Vereinbarung getroffen hatte. Wie er befürchtet hatte, war der

Mann zwar bereit, die Rettungsmission abzublasen, aber er weigerte sich, Rom das angezahlte Geld zurückzuerstatten.

»Es ist kaum eine Stunde her, seit wir unser Geschäft abgeschlossen haben«, sagte Rom.

»Ich erstatte grundsätzlich keine Anzahlungen zurück. Wenn es Ihnen nicht paßt, können Sie ja vor Gericht ziehen!«

»Wenn Sie mein Geld behalten wollen, müssen Sie mir dafür einen Dienst erweisen.«

»Ich sagte Ihnen schon, daß ich dazu bereit bin. Sie sind es, der seine Meinung geändert hat.«

»Nein, ich möchte die Leistung nur etwas später in Anspruch nehmen. Ich werde Sie wissen lassen, wann wir abreisen und wohin es gehen soll.«

»Ich stehe zu Ihrer Verfügung«, sagte der Schiffseigentümer. »Das heißt, nur so lange, wie ich noch hier bin.« Damit mußte Rom sich zufriedengeben.

Er kehrte in die Bar zurück und nahm betrübt hinter der Theke Platz. Zur Zeit war wenig los, während Quark mit Sisko redete und Bashir sich erfrischte. Rom beschloß, daß es ein guter Zeitpunkt war, um sich kräftig zu betrinken. Damit würde er zwar keine Probleme lösen, aber er würde sich dann wesentlich besser fühlen. Er wollte gerade nach einer Flasche mit hochprozentigem kenukianischem Rum greifen, als er bemerkte, daß jemand vor dem Eingang zur Bar stand.

»Kommen Sie herein!« sagte Rom.

Es war Olix, der Ferengi-Priester.

»Hallo, Vater«, sagte Rom. »Ich dachte, Sie wären schon wieder abgereist, um andere Ferengi zu besuchen, die fern der Heimat weilen.«

»Das war meine ursprüngliche Absicht«, sagte Olix. »Aber dann beschloß ich, noch eine Weile hierzubleiben. Ich möchte die Entwicklung dieses äußerst interessanten Spiels nicht verpassen. Außerdem habe ich einhundert Barren in Gold gepreßtes Latinum auf den Ausgang gesetzt. Und? Wie ist die Situation?«

»Furchtbar!« sagte Rom. Dann riß er sich zusammen und setzte hinzu: »Für Allura und die Lampusaner, meine ich.«

»Das ist tatsächlich eine gute Nachricht«, sagte Olix. »Können wir darauf hoffen, daß sich das Blatt demnächst wendet?«

»Es wird schon bald geschehen«, sagte Rom. »Und zwar in der nächsten Phase der Aktion, die man im allgemeinen als den Gegenschlag bezeichnet.«

»Ausgezeichnet. Und was geschieht davor?«

»Davor«, sagte Rom, »müssen wir erst einmal die gegenwärtige Aktionsphase abschließen.«

»Und gibt es auch dafür eine allgemeine Bezeichnung?«

»Ja, Vater. Man nennt sie die Phase des Abwartens, bis der Pott sich gefüllt hat.«

»Ah, natürlich. Dahinter steckt eine ausgeklügelte Taktik, vermute ich.«

»In der Tat«, sagte Rom und schmückte seine Improvisation weiter aus. »Dazu ist es nötig, der jungen Dame zunächst ein falsches Gefühl der Sicherheit zu geben, damit sie immer größere Beträge einsetzt, wodurch unser Gewinn nur um so größer wird, wenn wir zur letzten Phase übergehen.«

»Ich bin sehr glücklich, daß ich von dieser Wende profitieren werde, wenn auch nur zu einem geringeren Anteil.«

»Und wir sind glücklich, daß wir Ihren Segen haben, Vater. Es ist immer noch möglich, daß Sie Ihren Einsatz für diese geniale Ferengi-Aktion erhöhen.«

»Wenn ich es nur könnte«, sagte Olix. »Doch das Latinum, das ich deinem Bruder gab, stellte meine gesamten Ersparnisse dar. Wir Priester der Charismatischen Väter des Profites und Verlustes brauchen kein

Geld. Unser Orden kümmert sich um unseren Lebensunterhalt.«

»Vielleicht wäre der Orden interessiert, sich daran zu beteiligen«, schlug Rom vor.

»Der Orden? Du sprichst von meinem Orden?«

»Genau«, sagte Rom. »Warum sollte die organisierte Religion nicht genauso davon profitieren wie private Geschäftsunternehmen?«

»Daran hatte ich noch gar nicht gedacht«, sagte Olix. »Aber du hast recht. Dies wäre genau die fromme Tätigkeit, an der die Charismatischen Väter interessiert sind.«

»Warum nehmen Sie dann nicht sofort Kontakt mit ihnen auf?« meinte Rom. »Drüben in meinem Quartier befindet sich eine Kommunikationseinheit.«

»Ja, ich werde unverzüglich mit ihnen reden«, sagte Olix. »Aber das Gespräch muß privat bleiben. Ich will dich nicht beleidigen, Rom, aber die interne Kommunikation zwischen Mitgliedern der Kirche ist nicht für die Ohren von Außenstehenden bestimmt.«

»Ich würde mich zwar nicht als Außenstehenden bezeichnen«, sagte Rom, »aber Ihr Wunsch ist mir natürlich Befehl. Dort drüben ist meine Unterkunft. Die Kommunikationskonsole befindet sich auf dem Schreibtisch. Sie können damit umgehen?«

Olix lachte. »Mein Sohn, wir leben keineswegs so weltabgeschieden, daß wir nicht wüßten, wie man ein so simples Gerät wie eine Kommunikationseinheit benutzt. Warte hier auf mich. Ich bin gleich zurück.«

Der Ferengi-Priester ging zu Roms Quartier und schloß hinter sich die Tür. Rom überlegte, ob er die Kommunikation abhören sollte, entschied sich dann jedoch dagegen. Es könnte leicht zu einem verräterischen Summen in der Übertragung kommen, und dann wäre alles ruiniert.

Er trommelte mit den Fingern auf der Theke. Wenn dieser Versuch fehlschlug, wußte er nicht mehr, was er noch tun sollte. Er hatte bereits versucht, sich Geld von Mitgliedern seiner eigenen Familie zu leihen. Doch sie hatten die Unverschämtheit besessen, ihn auszulachen.

Die Wartezeit kam ihm ewig vor, obwohl es in Wirklichkeit kaum mehr als zehn oder fünfzehn Minuten sein konnten. Dann kehrte Olix zurück. Er grinste über das ganze Gesicht.

»Ich habe alles dem Obersten Vater erklärt«, sagte er. »Zum Glück habe ich ihn noch erwischt, bevor er auf eine Reise ging, um die Grabstätten der Priester zu besuchen, die zu Märtyrern des Geldes wurden. Der Oberste Vater unternimmt jedes Jahr eine solche Wallfahrt, und es ist immer wieder eine bewegende Zeremonie.«

»Davon bin ich überzeugt«, sagte Rom. »Aber was hält der Oberste Vater von unserem Vorschlag?«

»Aufgrund des Zeitdrucks hat er eine spontane Entscheidung getroffen. Das ist sehr ungewöhnlich für ihn. Er ist einverstanden, in das Unternehmen zu investieren. Aber er besteht auf strengen Auflagen.«

»Natürlich«, erwiderte Rom freudestrahlend. »Das versteht sich von selbst! Wir werden sofort einen Vertrag aufsetzen. Wieviel ist der Oberste Vater bereit zu investieren?«

»Fünfzigtausend Barren Latinum«, sagte Olix und riß vor Ehrfurcht über diese Summe die Augen weit auf.

»Damit können wir schon etwas anfangen«, sagte Rom.

»Aber es sind Bedingungen daran geknüpft!«

»Wir werden sie gleich schriftlich festhalten«, sagte Rom. »Ich vermute, der Oberste Vater wird das Geld über Subraum anweisen? Ausgezeichnet, wirklich ausgezeichnet!«

• 60 •

»Kommen Sie herein, Quark!« Quark trat zögernd in das Büro des Commanders. Auch wenn er sich Rom gegenüber zuversichtlich gegeben hatte, war er sich nicht völlig sicher, wie Sisko zu ihm stand oder was er von ihm wollte. Wenn er genau darüber nachdachte, kannte er Sisko eigentlich überhaupt nicht. Der Mensch war ihm so fremd wie ein lemurischer Tridonk. Vielleicht war der Commander wütend über seine Verluste und wollte ihm nun den Hals umdrehen. Bei so ruhigen Leuten wie Sisko wußte man nie, was sie im Schilde führen mochten.

Doch Sisko wirkte nicht so, als wäre er bereit, einen Mord zu begehen. Er war nicht einmal wütend. Er saß entspannt bei gedämpfter Beleuchtung an seinem Schreibtisch. Auf Quark wirkte eine so friedliche Szene recht beunruhigend.

»Setzen Sie sich! Wie läuft es?«

Quark nahm Platz. Ihm gingen verschiedene ausweichende Umschreibungen durch den Kopf, doch dann beschloß er, ins kalte Wasser zu springen.

»Ziemlich schlecht, fürchte ich.« Er holte tief Luft. »Um ehrlich zu sein: Ich bin völlig pleite.«

Sisko nickte völlig selbstverständlich, als hätte er bereits mit einer solchen Nachricht gerechnet.

»Was sagt der Meister des Spiels dazu?«

»Er hat eine kurze Pause verfügt, damit ich Zeit habe, weitere Geldmittel aufzutreiben. In Kürze muß ich entweder weiterspielen oder mich geschlagen geben.«

»Sie haben alles verloren?«

»Ja, Commander. Alles.«

»Ich hatte befürchtet, daß wir diesen Punkt jetzt erreicht haben. Also kommt das hier genau im richtigen Augenblick.«

Sisko nahm einen Datenblock von seinem Schreibtisch und reichte ihn Quark.

Quark warf einen Blick darauf. Es war eine Bankanweisung auf Siskos Konto im Gegenwert von einhunderttausend Barren in Gold gepreßtem Latinum.

»Woher haben Sie das, Commander?« fragte Quark.

»Das spielt jetzt keine Rolle. Ich habe das Geld. Mehr müssen Sie nicht darüber wissen.«

»Aber wozu brauchen Sie so viel Geld?«

»Daran dürfte eigentlich kein Zweifel bestehen. Es ist für Sie, damit Sie weiterspielen können.«

Quark drehte den Datenblock nervös in seinen Händen hin und her. »Commander ...«

»Ja?«

»Ich denke, ich sollte Ihnen nicht verschweigen, daß mein Glück im Spiel ... nun ja, daß es im Augenblick ziemlich schlecht darum steht.«

»Das ist offensichtlich«, sagte Sisko.

»Also sollten Sie vielleicht ... nun, ich weiß Ihre freundliche Geste durchaus zu schätzen, aber es wäre vielleicht besser, wenn Sie es behalten würden.«

»Für schlechte Zeiten, meinen Sie?«

»Ja, das meine ich damit.«

»Die schlechten Zeiten sind jetzt eingetreten, Quark, und ich denke, daß dies auch Ihnen nicht entgangen ist.«

»Das ist richtig. Aber wenn Sie mir dieses Geld geben, werfen Sie es nur ...«

»Quark!«

Der Ferengi richtete sich kerzengerade auf. »Ja, Commander?«

»Als diese Sache begann, sagten Sie mir, daß Sie gewinnen würden. Sie sagten, daß der Vorteil des Hauses ein ewiges Gesetz sei. Sie sagten, daß Sie etwas vom Spiel verstünden, daß Sie Ihr eigenes Glück einschätzen können und daß Sie auf lange Sicht einfach gewinnen müßten.«

»Nun ja, das habe ich gesagt, aber …«

»Aber was?«

»Aber ich habe mich geirrt, Commander! Ich bin bankrott, und ich habe die ganze Station verloren!«

»Deshalb müssen wir noch eine Weile weitermachen, bis sich das Blatt wendet«, sagte Sisko.

Quarks Gesicht zeigte einen völlig ungewohnten Ausdruck. Die Ferengi hatten in ihrer Sprache keinen Begriff für »ehrfürchtige Bewunderung«, aber genau das war es, was Quark jetzt empfand. Natürlich nur für einen kurzen Moment. Aber in diesem Augenblick empfand er größten Respekt vor Sisko.

»Commander«, sagte Quark. »Wollen Sie damit andeuten, daß Sie immer noch glauben, ich könnte gewinnen?«

»Ich möchte es so ausdrücken«, sagte Sisko. »Ich habe Lieutenant Dax und Major Kira, meine zwei besten Leute, losgeschickt, damit sie eine Lösung für dieses Problem finden. Und Sie, Quark, als unser bester Spieler, haben die Aufgabe, die Katastrophe so lange hinauszuzögern, bis wir wissen, was wir dagegen unternehmen können. Unsere Lage ist ernst, aber keineswegs hoffnungslos. Es ist jetzt sehr wichtig, daß wir nicht das Vertrauen in uns selbst verlieren, Quark.«

Quark stand auf. Seine Hände zitterten. »Vielen Dank, Commander. Sie haben mich wieder aufgerichtet. Ich werde es schon irgendwie schaffen. Ich werde dafür sorgen, daß wir noch etwas Zeit gewinnen.«

»Ich verlasse mich auf Sie«, sagte Sisko.

Quark machte sich auf den Weg zur Tür. »Vielleicht brauchen wir die *Bellerophon* doch nicht.«

»Darf ich fragen, worauf Sie anspielen?«

Quark erkannte, daß seine Bemerkung offenbar eine Indiskretion gewesen war, wenn nicht mehr.

»Nur ein Gerücht, Commander. Mehr weiß ich wirklich nicht …«

Ein rotes Lämpchen leuchtete auf Siskos Schreibtischkonsole auf.

Sisko aktivierte mit einem Knopfdruck die Kommunikationseinheit. »Was gibt es?«

»Fähnrich Blake hier, Sir. Die *Bellerophon* wurde gerade von den Fernbereichsensoren registriert. Captain Adams läßt mitteilen, daß er mit Ihnen sprechen möchte, Sir.«

»Einen Augenblick noch«, sagte Sisko und unterbrach die Verbindung, um sich an Quark zu wenden. »Wir haben alles besprochen, Quark. Ich muß jetzt wieder an meine Arbeit. Und Sie ebenfalls.«

»Ja, Commander.« Quark hatte die Tür erreicht, die sich vor ihm öffnete.

»Ach, da wäre noch eine Sache.«

Quark blieb im Eingang stehen. »Commander?«

»Ganz gleich, wer Ihr Informant in der Kommunikationsabteilung sein mag – Sie sollten ihm vielleicht sagen, daß es sich besser macht, wenn er wichtige Meldungen zuerst an den Commander weitergibt, bevor er sie an andere verkauft.«

Quark nickte und ging hinaus. Er mußte ein ernstes Wörtchen mit Rom reden. Der Idiot war sogar für Bestechungen zu blöd!

Er eilte durch den Korridor zu seinem Spielkasino zurück. Dabei wurde ihm klar, daß Sisko sich in dieser Angelegenheit sehr rücksichtsvoll verhielt. Und während er unterwegs war, begann ein Plan in seinem Kopf Gestalt anzunehmen.

• 61 •

Die *Bellerophon* befand sich bald in Sichtweite der Sensoren von *Deep Space Nine*. Benjamin Sisko dachte, daß er nur selten einen schöneren Anblick gesehen hatte, als er das Bild des großen Sternenschiffs betrachtete, das im schwarzen All hing. Doch er konnte sich nicht lange daran erfreuen, da er wußte, daß es nur gekommen war, weil seine Station in großen Schwierigkeiten steckte. Für ihn persönlich konnte es vielleicht sogar einen schwarzen Fleck in seinen Dienstakten bedeuten. Er verspürte nur wenig Erleichterung, als Captain Adams das Gespräch in ruhigem, fast entschuldigendem Tonfall eröffnete.

»Ben? Es tut mir leid, daß ich mich auf diese spektakuläre Weise in Ihre Belange einmischen muß. Starfleet hat die Entscheidung getroffen, die *Bellerophon* herzuschicken. Ich habe dagegen protestiert, aber ich wurde überstimmt.«

»Verstanden, Sir«, sagte Sisko. »Sind Sie gekommen, um den Befehl zu übernehmen?«

»Ganz und gar nicht. Ich habe deutlich gemacht, daß ich mich unter keinen Umständen darauf einlassen würde.«

»Aber der Vorschlag wurde gemacht?«

»Er wurde niemals ernsthaft diskutiert. Aber auf solche Ideen kommen die hohen Tiere nun mal, wenn die Dinge nicht so laufen, wie sie es sich vorgestellt haben.«

Sisko verzichtete darauf, Adams daran zu erinnern, daß der Captain selbst eines von diesen unzufriedenen hohen Tieren war.

»Offiziell befinden wir uns hier auf einer Trainingsmission«, sagte Adams.

»Und inoffiziell?«

»Nun … Wir sind hier, falls Sie uns brauchen, Ben.«

»Gut, Sir«, sagte Sisko und wartete ab.

Adams räusperte sich. »Außerdem können wir eingreifen, wenn Starfleet beschließt, daß die Situation außer Kontrolle gerät, oder wenn Sie die Lage nicht mit den Mitteln bewältigen können, die Ihnen zur Verfügung stehen, Ben.«

»Ich verstehe. Das heißt, ich soll die Situation so schnell wie möglich bereinigen, ansonsten wird Starfleet es für mich tun.«

»Ben, das ist ungerecht. Was erwarten Sie von Starfleet? Sollen wir Däumchen drehen, bis wir etwas wirklich Wichtiges verloren haben, zum Beispiel Luna, die Erde oder vielleicht sogar Sol?«

»Mir ist klar, daß die Lage sehr kritisch ist. Wenn Sie glauben, daß Sie eine bessere Strategie haben ...«

»Davon will ich nichts hören! Ich habe volles Vertrauen in Sie. Ich denke, dafür haben Sie einen greifbaren Beweis.«

Sisko wußte, daß Adams auf den Transfer der hunderttausend Krediteinheiten anspielte. Er wußte auch, daß Adams sich seinetwegen in eine sehr prekäre Lage gebracht hatte. Doch er konnte keine große Begeisterung aufbringen, als er sagte: »Ja, Sir. Dafür bin ich Ihnen sehr dankbar.«

»Ben, können Sie mir etwas Neues mitteilen?«

»Nichts, was uns weiterhelfen würde, Sir.«

»Haben Sie schon eine Nachricht von Dax und Kira erhalten, die uns irgendwie weiterhilft? Sollen wir jemanden schicken, der ihnen Rückendeckung gibt?«

»Um die Sache selbst in die Hand zu nehmen, meinen Sie?«

»Immer mit der Ruhe, Ben! Sie reagieren äußerst empfindlich.«

»Dax hat sich gerade gemeldet. Sollen wir eine Dreierkonferenz schalten?«

»Ja, tun Sie das.«

Dax wurde dem Gespräch zwischen Sisko und Adams zugeschaltet. Begrüßungsformeln wurden zwischen Laertes, *DS Nine* und der *Bellerophon* ausgetauscht.

»Lieutenant Dax«, sagte Sisko, »Captain Adams möchte wissen, ob er Ihnen auf irgendeine Weise behilflich sein kann.«

Dax' Antwort kam ruhig und beherrscht. In ihren verschiedenen Wirtskörpern hatte sie genügend Erfahrungen gesammelt, um sich nicht von einer solchen Frage verunsichern zu lassen.

»Falls irgendwelche Zweifel bezüglich meiner Fähigkeiten oder meiner Loyalität bestehen, Captain, wäre es selbstverständlich Ihre Pflicht, mich sofort ersetzen zu lassen. Ich versichere Ihnen, daß ich dafür Verständnis hätte.«

»Verdammt noch mal, warum regt sich jeder sofort auf, wenn ich eine einfache Frage stelle?« wollte Adams wissen.

»Außer Ihnen regt sich niemand auf, Captain«, sagte Dax. »Wenn Sie Kritik an meiner Vorgehensweise äußern wollen, käme sie nur reichlich spät.«

»Es tut mir leid, Dax«, sagte Adams. »Es ist nur so, daß die Situation so frustrierend ist... Sehen Sie, ich weiß, daß Sie auf Ihre Theorien vertrauen. Unter normalen Umständen würde es mir niemals in den Sinn kommen, Ihre Entscheidungen zu ignorieren. Und wenn ich es tun würde, dann niemals, weil ich etwa Zweifel an Ihrer Loyalität oder Kompetenz hätte. Aber das Problem ist der Superschlachtkreuzer, mit dem diese Leute uns zu einer bestimmten Handlungsweise zwingen wollen. Vielleicht gelingt ihnen das, solange wir ihnen nicht entgegentreten können. Aber jetzt hat sich die Lage verändert. Jetzt bin ich mit der *Bellerophon* eingetroffen.«

»Der Einsatz von Gewalt würde uns in dieser Situation nicht weiterhelfen«, sagte Dax. »Das wissen auch die Laertaner.«

»Ich glaube, daß sie nur bluffen«, sagte Adams.

»Es spielt keine Rolle, ob sie bluffen oder nicht«, sagte Dax. »Es ist nicht ihre Waffengewalt, die uns in die Knie zwingt, sondern der Ablauf, der durch die Komplexitätstheorie vorgegeben ist.«

»Diese Theorie«, warf Adams warnend ein, »wird

immer noch heftig diskutiert. Niemand weiß, ob sie tatsächlich der Wahrheit entspricht oder nicht.«

»Aber wir haben keine Zeit für Diskussionen«, sagte Dax. »Wir unterliegen der Einflußsphäre von Laertes, und hier spielt die Komplexitätstheorie durchaus eine große Rolle.«

»Warum müssen wir darauf Rücksicht nehmen?« fragte Adams. »Was wollen diese Leute machen, wenn wir ihnen sagen, sie sollen von *DS Nine* verschwinden und abwarten, bis wir die Hintergründe geklärt haben.«

»Die Klärung der Hintergründe ist genau das, woran Marlow und ich seit einiger Zeit arbeiten«, sagte Dax. »Und was die Laertaner tun werden – nun, vermutlich gar nichts. Aber wenn Sie auf diese Weise in die Theorie eingreifen, müssen Sie mit weiteren Anomalien rechnen. Und in diesem Fall bezweifle ich, daß wir den Mond von Bajor jemals wiedersehen werden, ganz zu schweigen von den anderen Dingen, die verschwunden sind.«

»Verdammt!« sagte Adams. »Ich wurde nicht losgeschickt, um hier meine Zeit zu vertrödeln!«

»Natürlich nicht«, erwiderte Sisko. »Das ist normalerweise meine Aufgabe.«

»Bitte, Ben, so war das nicht gemeint. Ich will damit nur sagen, daß der Sicherheitsrat der Föderation mich hergeschickt hat, um etwas gegen die anstehenden Probleme zu unternehmen. Ganz gleich wie – Sie müssen unbedingt mit dieser Verzögerungstaktik aufhören!«

»Sir«, sagte Sisko, »ich stehe im Prinzip unter denselben Befehlsvorgaben wie Sie. Deshalb möchte ich Ihnen vorschlagen, genauso wie ich in den sauren Apfel zu beißen und Dax noch etwas Zeit zu geben.«

»Sie meinen, ich soll gar nichts tun?« sagte Adams.

»Genau das meine ich«, sagte Sisko. »Es gibt Situationen, in denen Abwarten die sinnvollste Vorgehensweise ist.«

Adams schwieg eine Weile. »Dax«, sagte er dann, »wieviel Zeit benötigen Sie noch?«

»Das läßt sich unmöglich mit Bestimmtheit sagen«, antwortete Dax. »Aber Marlow, mit dem ich hier auf Laertes zusammenarbeite, denkt, daß sich die Situation schon sehr bald in die eine oder andere Richtung auflösen wird. Es gibt da noch ein paar Dinge, die wir ausprobieren wollen. Es sind recht verzweifelte Maßnahmen, aber in dieser Situation bleibt uns keine andere Wahl.«

»Was haben Sie vor?« fragte Sisko.

»Marlow und ich haben einen Plan entwickelt. Wir möchten nur noch einige Punkte überprüfen, bevor wir ihn in die Tat umsetzen.«

»Glauben Sie, daß er funktionieren wird?«

»Es besteht zumindest eine gewisse Chance.«

Damit mußte Adams sich zufriedengeben.

• 62 •

Marlow hatte eine beeindruckende Löwenmähne aus welligem, eisengrauem Haar, die er immer wieder zurückwarf. In sein Gesicht hatten sich die Falten eines langen Lebens gegraben. Seine Hände waren groß und die Finger kurz. Doch seine Instrumente bediente er mit überraschender Geschicklichkeit.

Dax hielt sich mit Marlow in seinem Laboratorium auf. Es befand sich in einem alten Gebäude mit gewölbten Mauern und Decken aus Ziegelsteinen. Die fluoreszierende Beleuchtung tauchte alles in ein blaßgrünes Licht. Marlow tippte gerade Daten in seinen Computer ein. Er war ein Virtuose auf diesem Instrument und dabei in ständiger Bewegung. Er gehörte zu den tanzenden Kendos, wie Dax später erfuhr. Das ganze Volk war dafür bekannt, ständig in Bewegung zu sein.

Seit Dax' Eintreffen hatte Marlow sich als äußerst hilfsbereit erwiesen. Er stammte aus einer alten und stolzen Kendo-Familie und wollte auf jeden Fall verhindern, daß die Lampusaner die Herrschaft übernahmen. Und die Anomalien, die sich in der ganzen Galaxis bemerkbar machten, bereiteten ihm große Sorgen.

»Diese Anomalien«, sagte er zu Dax, »sind schlechte Zeichen. An der Komplexitätstheorie ist etwas faul, wenn sie solche Folgen zeitigt. Sie hat geradezu etwas Böses. Ich vermute, daß sie eine Theorie ist, die gar nicht in dieses Universum gehört, sondern sich hier mit Gewalt Einfluß verschaffen will. Solche Dinge sollten verhindert werden. Die Natur will uns mit diesen Anomalien sagen, daß wir uns nicht in sie einmischen sollten.«

Dax konnte sich nicht mit Marlows Hypothese anfreunden, daß eine bösartige Intelligenz versuchte, sich durch obskure Mathematik Geltung zu verschaffen. Aber sie stimmte ihm zu, daß etwas an der Situation geändert werden mußte. Sofern das überhaupt möglich war.

»Natürlich können wir die Situation ändern«, sagte Marlow. »Ich weigere mich einfach, daran zu glauben, daß der Ausgang dieser Entwicklung vorherbestimmt ist. Wir wissen doch, daß es so etwas nicht geben kann. Alles ist im Fluß. Die Natur folgt dem Gesetz der ausgleichenden Wahrscheinlichkeit.«

»Nicht immer«, sagte Dax.

»Richtig. Es gibt natürlich Ausnahmen. Es muß sie geben, sonst würden wir in einem vollständig determinierten Universum leben, wie es von Ihrem Wissenschaftler Isaac Newton beschrieben wurde, in dem jedes Ereignis das folgende Ereignis bestimmt und in dem sich die Serie aller Ereignisse bis zu einem ursprünglichen Ausgangspunkt zurückverfolgen läßt. Und ich sage, daß es so etwas eben nicht geben kann.«

»Aber in unserem Fall geschieht es«, warf Dax ein.

»Nur scheinbar, nicht wirklich. Diese Komplexitätstheorie ist nur eine längere Ausnahme von der Regel, daß sich am Ende alles wieder ausgleicht. Aber ich sage Ihnen, Dax, die Natur selbst wünscht, daß wir dieses Problem beseitigen, daß wir diese grauenvolle Anomalie, von der die beobachteten Anomalien nur Schatten sind, auslöschen. Wir müssen sie beseitigen. Denn wenn die Serie sich ungehindert fortsetzen kann, wird die Anomalie zur Regel für unser Universum.«

»Ich dachte immer, das Universum könnte ganz gut auf sich selbst aufpassen«, sagte Dax.

»Das Universum hat eine seltsame Angewohnheit. Obwohl es die meiste Zeit stabil, selbstgenügsam und zuverlässig ist, entwickelt es gelegentlich die Neigung, neue Dinge auszuprobieren. Ich weiß, daß dies eine sehr anthropomorphe Sichtweise ist, aber ich denke, daß Sie mir trotzdem folgen können. Wir wissen, daß das Universum ständig mit seinen eigenen Gesetzen spielt, indem es außergewöhnliche Situationen schafft. Sie werden entweder zur Regel oder bleiben Anomalien. Die gegenwärtige Anordnung des Universums, wie wir es kennen, ist diejenige, die sich bisher am besten bewährt hat. Wir leben in einem Universum, in dem kurzfristige Anomalien möglich und sogar notwendig sind, damit neue Situationen entstehen können und nicht alles determiniert ist. Aber es ist genauso notwendig, daß diese Anomalien irgendwann zu Ende gehen, sich auflösen, damit wieder ein stabiler Zustand erreicht werden kann.«

»Wie lange wird es dauern, bis sich diese Serie

der Anomalien auf natürliche Weise aufgelöst hat?« wollte Dax wissen.

»Aus unserer begrenzten Perspektive können wir diese Frage nicht beantworten. Ich vermute jedoch – auf der Basis meiner Lebenserfahrung und der anderer Wissenschaftler, deren Erkenntnisse ich studiert habe –, daß dieses Phänomen schon zu lange anhält, um eine bloße Anomalie sein zu können. Es beginnt sich zur Norm zu verfestigen. Es ist zu einem Experiment der Natur geworden, zu einem Versuch, wie sich diese neue Regel unter den Bedingungen des Universums verhält.«

Dax wartete darauf, daß er weitersprach.

Marlow seufzte. »Das Leben in diesem Universum kann nur unter den bisher gültigen Gesetzen weiterexistieren. Auch wenn die gegenwärtige Veränderung uns auf den ersten Blick recht angenehm erscheint, weil sie viel exaktere Planungen ermöglichen würde und in höherem Maße der Vernunft entspricht, müssen wir etwas dagegen unternehmen.«

»Glauben Sie, man könnte die Natur dazu bringen, die Veränderungen rückgängig zu machen?« fragte Dax.

Marlow schüttelte den Kopf. »Es wäre vermessen, die Natur verbessern zu wollen, aber genau das wollen wir in diesem Fall tun. Nur daß es im Grunde gar keine Verbesserung ist, sondern eine Rückkehr zum ursprünglichen Zustand, eine Vermeidung der chaotischen Zustände, die sich vermutlich einstellen werden, wenn es so weitergeht. Aus diesem Grund bin ich bereit, mit Ihnen zusammenzuarbeiten, und deshalb ist mir diese Sache so wichtig. Wir müssen dieses Problem lösen.«

Marlow machte sich sofort an die Arbeit. Doch zu Anfang gab er kaum Erklärungen ab. Deshalb mußte Dax ihn fragen: »Was tun Sie da gerade?«

»Ich lasse noch einmal die Sigma-Serie laufen«, sagte Marlow. »Diesmal transponiere ich die Zufallswerte. Wir wollen mal sehen, was dabei herauskommt.«

Dax wartete, während Marlows Finger über die Tastatur des Computers tanzten. Lange Kolonnen aus Zahlen und Symbolen schoben sich über den Bildschirm. Nach einer Weile fragte sie: »Haben Sie schon irgendwelche Ergebnisse?«

»Nichts funktioniert mehr so, wie es eigentlich sollte«, sagte Marlow. »Ich denke, wir müssen jetzt die Chaos-Maschine einsetzen.«

»Was ist das?« fragte Dax.

»Sie ist das Paradox schlechthin. Bei uns sagt man: ›An der Chaos-Maschine ist überhaupt nichts Chaotisches. Es sieht nur auf den ersten Blick so aus.‹«

»Wozu brauchen Sie all diese Geräte?« fragte Dax, nachdem sie das Projekt gestartet hatten. »Ich verstehe, daß Sie mit Computern arbeiten. Aber wozu benötigt ein Mathematiker elektrische Schaltungen, Destillierkolben, Retorten, Bunsenbrenner und Chemikalien?«

»Ich bin kein simpler Mathematiker«, erwiderte Marlow. »Mein Arbeitsgebiet ist eher die physikalisch-mathematische Alchimie. Glauben Sie, daß nur Chemiker Verwendung für Retorten und Reagenzgläser haben und daß nur Physiker mit elektrischen Schaltungen arbeiten? Wenn die Mathematik die Welt verändern soll, muß eine physikalische Wechselwirkung erzeugt werden. Das ist es, was damals die Alchimisten der Erde und heute die von Laertes tun.«

»Aber diese Dinge sind heutzutage doch längst überholt und überflüssig«, sagte Dax.

»Seien Sie sich da nicht so sicher! Wir haben es hier mit einer völlig neuen Situation zu tun. Wir wollen immerhin Einfluß auf das Wesen der Natur nehmen.

Mit Formeln und sprachlichen Begriffen kommen wir nicht weiter. Wir müssen mit konkreten Mitteln einen Eindruck hinterlassen.«

»Ich glaube, ich verstehe allmählich, was Sie meinen«, sagte Dax. »Es genügt nicht, lediglich eine Formel niederzuschreiben. Nicht, wenn es um wirkliche Veränderungen gehen soll. Irgendwie muß diese Formel objektiviert werden, in Funktion gesetzt werden.«

»Genau. Die Formel für einen Raumschiffsantrieb mag in der Theorie hervorragend funktionieren. Aber damit ist noch nichts bewirkt. Sie muß in einem gegenständlichen Modell verwirklicht werden. Erst dann können wir sagen, daß das, was wir tun, einen realen Eindruck im Universum hinterläßt, erst dann akzeptiert das Universum das, was wir geschaffen haben, als funktionierendes System.«

»Aber auf welche Weise können wir ein Modell unserer Vorstellung verwirklichen, wie das Universum funktionieren sollte?«

»Ich muß zugeben, das ist in der Tat nicht einfach«, sagte Marlow. »Dazu müssen wir unsere Intuition einsetzen. Wenn wir im Geist weit genug fortgeschritten sind, werden wir das richtige Modell bauen, und dann wird das Universum unseren Vorschlag ernst nehmen. Damit erhalten wir zumindest einen Hinweis.«

Und dann konstruierten sie – weitgehend auf ihre Intuition vertrauend – eine Maschine. Dax' wissenschaftlich trainierter Geist sträubte sich heftig gegen diese Methode, doch auf Laertes schien es in der Wissenschaft völlig üblich zu sein, nach Gefühl zu arbeiten. Keiner von ihnen konnte genau sagen, warum sie hier einen Kondensator und dort eine Spule einbauten. Es schien fast, als würde irgend etwas sie lenken. Es war ein intuitives Wissen, daß das, was sie taten, *möglich* war. Dies war die einzige Methode, wie sie das angestrebte Resultat erreichen konnten.

Und die Maschine wuchs. Sie sah aus wie eine wahllose Ansammlung von Bauteilen oder wie die Karikatur einer Maschine, die niemals funktionieren konnte. Sie besaß Schutzbleche, Generatoren, Regler, Spulen, Federn, Lampen und Dinge, die aus eigenem Antrieb gewachsen schienen, seltsam geformte Teile, die unbegreiflichen Zwecken dienten. Als sie die Energieversorgung einschalteten, bewegte sich die Maschine, obwohl man eher davon sprechen mußte, daß sie ruckelte und wackelte. Doch ansonsten schien sie nichts zu bewirken.

»Das war zu erwarten«, sagte Marlow. »Sie ist nämlich noch nicht fertig.«

»Woher wissen wir, wann sie fertig ist?«

»Wenn sie ihre gewünschte Funktion erfüllt. Wenn die Konstruktion, die man erfunden hat, das ausführt, was man beabsichtigt hat, ist das der deutliche Beweis, daß die Konstruktion fertig ist.«

»Und wie lange wird das dauern?«

Marlow zuckte die Schultern. »Woher soll ich das wissen? Vielleicht noch zehn Minuten. Oder zweihundert Jahre? Ich weiß es nicht.«

»Aber das ist irrational!«

»Anomalien sind ebenfalls irrational«, entgegnete Marlow. »Die Komplexitätstheorie ist im Grunde völlig irrational. Wir müssen das Irrationale benutzen, um zum Rationalen zurückkehren zu können.«

»Wenn Sie es sagen«, meinte Dax. Sie war nicht völlig von Marlows Argumentation überzeugt. Aber sie selbst hatte auch keinen besseren Vorschlag. Und langsam begann sie, Gefallen an dieser Widersinnigkeit zu finden.

Sie arbeiteten weiter. Die Maschine wurde immer größer und immer komplexer. Sie vollführte alles mögliche, wenn man sie einschaltete. Räder drehten sich und Hebel schwangen hin und her. Übersetzungen veränderten die Rotationsgeschwindigkeiten, und in die Antriebsräder waren Symbole eingraviert, von denen Marlow behauptete, sie besäßen große Macht.

Und während die Maschine immer größer und komplexer wurde, schluckte sie immer mehr Energie. Die Beleuchtung des Labors flackerte und erlosch schließlich. Doch es wurde noch mehr Energie benötigt. Marlow rief in der Not bei der Stadtverwaltung an und überredete die Leute, ihm eine weitere Hochenergieleitung zur Verfügung zu stellen.

»Ich verstehe nicht, wofür all die viele Energie gebraucht wird«, sagte Dax.

»Keine Sorge, das ist ein gutes Zeichen«, sagte Marlow. »Wenn es unerklärliche Diskrepanzen im Energiehaushalt gibt, ist das ein Beweis, daß wir uns auf dem richtigen Weg befinden.«

»Aber welches Ergebnis wollen wir überhaupt erzielen?«

»Das werden wir wissen, wenn es geschieht«, sagte Marlow. »Jetzt sollten wir uns wieder an die Arbeit machen.«

Die Stunden verschmolzen zu einer einzigen Stunde, die ewig zu dauern schien. Dax mußte alle Reserven ihrer Kraft und Entschlossenheit mobilisieren. Sie wunderte sich, wie der schmächtige Marlow in diesem Tempo weitermachen konnte. Sogar ihr gesunder Körper begann die Folgen einer so langen und intensiven gedanklichen und körperlichen Arbeit zu spüren. Und die Maschine wuchs.

Sie berauschten sich geradezu an ihrem Projekt. Marlow war der Meinung, daß sie auf diese Weise besser arbeiteten, daß die Erschöpfung eine bessere Voraussetzung für einen kreativen Wissenschaftler war als ein sorgfältig ausgetüftelter Plan. Ihre Erschöpfung war wie eine Droge, und Dax fühlte sich wie im Rauschzustand. Sie bewegte sich wie eine Schlafwandlerin, aber auch mit deren Sicherheit. Sie bestellten immer mehr Ausrüstungsgegenstände, und ihre Lieferanten, die vom Fieber angesteckt wurden, brachten ihnen alles Gewünschte in Rekordzeit. Bald hatten sie das gesamte Labor mit der Maschine ausgefüllt, und Marlow mußte das Projekt auf einen Nebenraum erweitern, der bald mit Energiekabeln und Akkumulatoren vollgestopft war.

Als sie fertig waren, hatte die Chaos-Maschine eine Höhe von fast zweieinhalb Metern erreicht. Sie war eine Anhäufung von unterschiedlichsten Bauteilen, manche aus Metall, andere aus Glas oder Kristall, die auf provisorische Weise zusammengeflickt waren. Sie sah wie das Kunstwerk eines Surrealisten aus. Irgendwo im Innern lief ein kleiner Motor mit einem leicht bedrohlich wirkenden Rattern, als wäre etwas Monströses zum Leben erweckt worden. Das Licht spiegelte sich auf den Oberflächen der Maschine. Es roch nach Ozon und etwas anderem, das Dax nicht sofort identifizieren konnte. Dann wurde Dax klar, daß es sie an den Geruch eines wilden Tieres erinnerte.

Auf einer Seite warf die Maschine einen monströsen Schatten, der scheinbar gar nicht zu ihr gehörte, sondern der Schatten von etwas war, das gar nicht existierte, gar nicht existieren konnte, aber trotzdem existierte. An manchen Stellen war das Ding klobig und eckig, anderswo dagegen elegant und phantastisch geschwungen, und wieder anderswo erhoben sich Beulen, als wollte sich ein Geschöpf aus der Maschine befreien, die es ungefragt geboren hatte.

Schließlich entschied Marlow, daß es nichts mehr gab, was sie an ihrer Arbeit noch verbessern konnten.

»Und jetzt?« fragte Dax.

»Jetzt«, sagte Marlow, »müssen wir die Maschine mit dem Problem füttern.«

»Wie?« wollte Dax wissen.

Marlow zuckte die Schultern. »Bedauerlicherweise können wir unser Vorhaben nicht buchstäblich verwirklichen. Wir können ihr keine direkte Frage stellen. Also müssen wir es mit einer ersten Annäherung versuchen und das Beste hoffen.«

»Warum können Sie das Problem nicht direkt angehen?« fragte Dax.

»Weil wir nicht in der Lage sind, es präzise zu formulieren. Außerdem würde die Maschine das Problem ohnehin völlig verdrehen. Deshalb bleibt uns nur die Möglichkeit einer ersten Annäherung.«

»Und wenn diese Annäherung falsch ist?« fragte Dax.

»Um so besser für uns!« sagte Marlow.

Als Marlow die Problemstellung eingab, reagierte die Maschine mit flimmernden Blitzen und metallischem Knirschen. Sie begann zu zittern und zu rütteln. Ein seltsames Geräusch machte sich bemerkbar.

»Was hat dieses Geräusch zu bedeuten?« fragte Dax.

Marlow lauschte eine Weile, dann sagte er: »Es ist eine alte Melodie. ›Siebzehn Jahr, blondes Haar‹, zumindest steht es so auf dem Bildschirm.«

»Wie kommt die Maschine dazu, ein Lied von der Erde zu spielen?« fragte Dax.

»Wenn wir das wüßten, wären wir ein ganzes Stück weiter«, sagte Marlow. »Hier kommt das Ergebnis.«

Die glänzenden Oberflächen der Chaos-Maschine vibrierten flimmernd, dann beruhigten sie sich. Auf einem Bildschirm wurde eine Meldung angezeigt.

»Was steht dort?« fragte Dax.

Marlow las den Text laut vor. »Sie werden Eridani 7 verlieren, wenn Sie nicht sofort widerrufen.«

»Wie kommt eine solche Meldung zustande?« fragte Dax.

»Wenn wir das wüßten, wären wir ein ganzes Stück weiter.«

»Hören Sie!« sagte Dax. »Da ist noch etwas.«

Marlow las vor: »Dies ist eine unberechtigte Kommunikation. Sie wurden gewarnt!« Er überlegte. »Wenn ich nur wüßte, was es mit Eridani 7 auf sich hat…«

»Das ist ein wichtiger Stern in unserer Föderation«, klärte Dax ihn auf.

»So etwas habe ich mir fast gedacht«, sagte Marlow. »Wir dürfen ihn auf keinen Fall verlieren!« Er veränderte schnell die Einstellungen der Kontrollen. Die Chaos-Maschine gab ein lautes Schrillen von sich und beruhigte sich dann wieder.

»So ist es schon besser«, sagte Marlow.

»Was macht die Maschine jetzt?« fragte Dax.

»Sie meldet, daß irgend etwas in der Materialisationskammer eingetroffen ist.«

»Von einer solchen Kammer haben Sie mir nichts erzählt«, sagte Dax.

»Ich hatte auch keine eingebaut. Die Maschine muß sie selbst geschaffen haben. Lassen Sie uns nachsehen, wo sie sein könnte.«

Sie durchsuchten das Labor und stießen in einer Ecke auf einen kleinen Schrank mit verschlossener Tür, durch deren Ritzen ein grünliches Gas drang.

»Glauben Sie, das könnte die Kammer sein?« fragte Dax.

»Ich weiß nicht, was es sonst sein sollte. Wir wollen einmal nachsehen, was eingetroffen ist.«

Marlow entriegelte die Tür und öffnete sie. Auf einem Stapel frisch gewaschener Hemden saß darin ein kleiner Humanoide, der aufblickte und im grellen Licht blinzelte.

»Was ist das?« fragte Marlow.

Dax wußte sofort, worum es sich handelte. »Changu!« rief sie.

»Wie bitte?« fragte Marlow. »Dieser Begriff ist mir unbekannt.«

»Es ist auch kein Begriff, sondern ein Name«, sagte Dax. »Das ist Changu, mein alter Lehrer in hyperdimensionaler Mathematik. Es ist schon viele Jahre her – Jahrhunderte, um genau zu sein –, seit ich ihn das letzte Mal gesehen habe. Wie geht es Ihnen, Changu?«

»Es ging mir wesentlich besser, bevor ich in diese Interferenz geraten bin.« Changu war offensichtlich empört darüber, aus seinem komfortablen Unterrichtszimmer auf einem Planeten im Bootes-Sektor gerissen worden zu sein.

»Es tut mir leid«, sagte Dax. »Ich hatte keine Ahnung, daß die Chaos-Maschine ausgerechnet Sie herholen würde.«

»Sie hätten eigentlich damit rechnen müssen«, sagte Changu. »Vor allem, wenn die Chaos-Maschine nicht mit einem bipolaren Maximalkontrollator ausgestattet ist.«

»So etwas haben wir noch nicht entwickelt«, sagte Marlow.

»Keine Sorge«, sagte Changu. »In ein paar Jahren werden Sie soweit sein.«

»Könnten Sie mir vielleicht einen Hinweis geben?« fragte Marlow. »Damit ich die Entwicklung beschleunigen kann?«

»Tut mir leid, das ist nicht erlaubt.« Changu wandte sich an Dax. »Dax, ich habe hier etwas, das Sie interessieren dürfte. Ich habe ihnen den Aufsatz eines vulkanischen Wissenschaftlers über die jüngsten Fortschritte in Derivationsgleichungen zehnten Grades mitgebracht. Sie können dieses Exemplar behalten.«

Marlow konnte damit überhaupt nichts anfangen. Dax jedoch war begeistert, ihren alten Lehrer wiederzusehen, und interessierte sich sehr für die neuesten Resultate vulkanischer Derivationen. Dax und Changu unterhielten sich ausführlich über dieses Thema und versuchten eine Methode zu finden, wie es sich auf ihr gegenwärtiges Problem anwenden ließ.

Sie sprachen lange miteinander. Schließlich bedachte Changu seine ehemalige Schülerin mit einem Tadel und verschwand dann plötzlich.

»Was ist passiert?« fragte Marlow.

»Changu hat mir vorgeworfen, daß ich ihn gerufen habe, um ein Problem zu lösen, mit dem ich eigentlich selbst hätte zurechtkommen müssen. Dann gab er mir einen Hinweis und verschwand.«

»Und was war das für ein Hinweis?« fragte Marlow.

»Er sagte: ›Ken ist die Antwort.‹«

»Und was soll das bedeuten?« wollte Marlow wissen.

»Ich denke, das dürfte nicht sehr schwierig herauszufinden sein«, meinte Dax. »Wir müssen einen Laertaner namens Ken finden. Und wir dürfen nicht vergessen, daß der Satz eigentlich ›Liebe ist die Antwort‹ heißt.«

»Das ist ja großartig«, sagte Marlow. »Ken ist unter den Kendos ein sehr häufiger Name. Wie wollen Sie die gesuchte Person in einer Bevölkerung von mehreren Millionen finden?«

»Das weiß ich nicht«, sagte Dax.

»Nun, vielleicht ist es doch nicht so aussichtslos«, sagte Marlow. »Sie könnten Kira zum Direktor schikken. Er ist der einzige, der alle Kens kennt und die Befugnis hat, Kens Adresse herauszugeben.«

»Ich weiß nicht, wo Kira ist«, sagte Dax. »Ich werde selbst gehen.«

Marlow nickte, doch er war besorgt. Er hatte den Eindruck, daß die Komplexitätstheorie und die Lampusanische Volkspartei es ihnen nicht einfach machen würden.

• 63 •

Dax hörte ein lautes Geräusch, das von draußen kam. »Was war das?« fragte sie.

Marlow trat an das Fenster seines Labors, blickte hinaus und stöhnte. »Ach, das hat uns gerade noch gefehlt!« sagte er.

Dax kam zum Fenster. Vor dem Gebäude hatte sich eine große Menge versammelt. Es waren mehrere hundert Personen, deren schäbige Kleidung sie als Lampusaner der untersten Klasse kennzeichnete. Sie schrien, schüttelten die Fäuste und schwenkten Schilder mit verschiedenen Sprüchen: WEG MIT DER FÖDERATION! KEINE ALIENS AUF UNSEREM PLANETEN! FINGER WEG VON UNSERER KOMPLEXITÄTSTHEORIE! SIEG DEN LAMPUSANERN!

»Wo kommen die plötzlich her?« fragte Dax.

»Dahinter steckt bestimmt die Lampusanische Volkspartei«, sagte Marlow. »Man hat diese Leute zweifellos bezahlt, damit sie uns Ärger machen. Sie sind zu allem bereit, um ihre illegale Theorie in die Tat umzusetzen und die Wahlen zu gewinnen.«

»Diese Leute sehen recht wütend aus«, sagte Dax.

Marlow nickte. »Man kann einen Lampusaner bis zur Mordlust treiben, wenn man ihm genügend bezahlt. Genau das scheint hier der Fall zu sein.«

»Sie verfügen nicht zufällig über einen Hinterausgang, oder?« fragte Dax.

»Zufällig gibt es wirklich einen. Aber ich hege die Befürchtung ...«

Marlow führte sie durch mehrere Zimmer und Gänge zur Rückseite des Hauses. Doch sie sahen sofort, daß auch dieser Ausgang besetzt war. Die Menge war nicht so groß wie am Vordereingang, aber nichtsdestotrotz bewaffnet und wütend.

Als sie von der Vorderseite ein dumpfes Dröhnen hörten, eilten sie zurück, um nachzusehen, was dort geschah. Die Lampusaner hatten einen Mast mit Kommunikationseinrichtungen aus dem Boden gerissen und setzten ihn nun als Rammbock ein. Ein Dutzend Leute hielt ihn auf jeder Seite fest, während sie mit einem tödlichen Rhythmus gegen die Tür stießen, die bereits nachzugeben begann.

»Das ist jetzt überhaupt nicht mehr lustig«, sagte Marlow. »Wir könnten leicht zu Tode kommen, wenn diese Barbaren so weitermachen. Ich schätze, wir sollten unseren Stolz vergessen und Hilfe herbeirufen.«

Dax nickte und ging schnell zu einer Kommunikationseinheit auf einem Sockel. Sie drückte ein paarmal auf die Einschalttaste, verzog das Gesicht und drehte sich um.

»Die Leitung ist tot.« Sie überlegte kurz. »Der Kommunikationsmast ...«

»Wahrscheinlich haben sie selbst gar nicht daran gedacht«, sagte Marlow. »Sie haben nur etwas gesehen, was sich als Rammbock benutzen läßt.«

»Vielleicht war es Synchronizität«, spekulierte Dax. »Oder einfach nur mehr Glück als Verstand.«

»Sie meinen die Komplexitätstheorie?« sagte Marlow. »Sie zeigt wieder einmal ihren verhängnisvollen Einfluß. Wissen Sie, jetzt wäre ein günstiger Augenblick für Ihre Freundin Major Kira, um unverhofft auf den Plan zu treten.«

Sie konnten hören, wie die Tür unter den ständigen Rammstößen allmählich nachgab.

»Doch unter den gegebenen Umständen«, sagte Marlow, »sollten wir vielleicht selber nach einer Lösung suchen. Schade, daß ich keine Waffen hier deponiert habe. Sie wären im Augenblick äußerst praktisch.«

»Was ist mit der Chaos-Maschine?« fragte Dax. »Könnten wir sie vielleicht auf irgendeine Weise einsetzen?«

»Das haben wir gerade getan. Und sie hat unser

Problem gelöst. Ken war die Antwort, erinnern Sie sich noch?«

»Natürlich erinnere ich mich«, sagte Dax. »Aber ich spreche von unserem gegenwärtigen Problem.« Sie deutete auf die Tür.

»Keine Chance«, sagte Marlow. »Die Chaos-Maschine löst mathematische Probleme. Sie kann keine wütende Menge vertreiben.«

»Nun, eine Menge ist doch auch ein mathematischer Begriff«, warf Dax ein.

Marlow dachte kurz nach. »Ja, ich denke, Sie könnten recht haben. Eine Menge, hmm. Lassen Sie mich einen Moment lang überlegen.«

»Nehmen Sie sich nicht zuviel Zeit«, sagte Dax.

»Ich hab's schon. Chaos-Maschine, kannst du mich hören?«

»Natürlich kann ich das«, sagte die Chaos-Maschine. »Ich bin vielleicht chaotisch, aber keineswegs taub.«

»Könntest du etwas gegen die Leute unternehmen, die gegen die Tür anrennen?«

»Was erwarten Sie von mir? Soll ich ihnen eine Moralpredigt halten? So etwas gehört nicht zu meinem Aufgabenbereich.«

Dax mischte sich ein. »Vor der Tür befinden sich Entitäten.«

»Entitäten verstehe ich«, sagte die Chaos-Maschine. »Aber könnten Sie vielleicht den Begriff ›Tür‹ für mich definieren?«

»Es ist eine Art Membran«, sagte Dax. »Eine Membran, auf die Druck ausgeübt wird.«

»Verstanden«, sagte die Chaos-Maschine.

»Es geht also um diese Entitäten auf der anderen Seite der Membran. Wäre es dir möglich, sie aus der gegenwärtigen Situation zu subtrahieren?«

»Ich kann nicht alle subtrahieren. Das ist unzulässig. Es muß mindestens eine übrigbleiben.«

»Also gut. Laß eine übrig. Eine kleine Entität.«

»Und was soll ich mit den anderen tun, nachdem ich sie subtrahiert habe?«

»Speichere sie irgendwo in digitaler Form ab«, sagte Dax. »Wir möchten sie später wieder addieren.«

»Verstanden«, sagte die Chaos-Maschine und nahm ihre unheimliche elektromechanische Arbeit wieder auf. Sie schüttelte und ruckelte, hüpfte und klapperte, knallte und klingelte, und bald waren von den Leuten vor dem Haus laute Schreie zu hören. Kurz darauf folgte Stille, die nur von einer einsamen jammernden Stimme unterbrochen wurde.

Als Dax zum Fenster ging, sah sie, daß die Menge, die den Kommunikationsmast gegen die Tür gerammt hatte, verschwunden war. Nur ein einziger, kleinwüchsiger Mann war noch übrig. Der Rest der Menge hatte sich zurückgezogen und wahrte nun einen respektvollen Abstand.

»Großartig!« sagte Dax. »Jetzt subtrahiere den Rest. Alle bis auf einen, versteht sich.«

»Es tut mir schrecklich leid«, sagte die Chaos-Maschine, »aber das kann ich nicht tun.«

»Warum nicht?«

»Weil sie nichts tun. Ich bin nicht darauf programmiert, Operationen mit Entitäten durchzuführen, die nicht in Bewegung sind.«

»Sie laufen aufgeregt herum«, sagte Dax.

»Schon. Aber das ist praktisch eine Bewegung auf der Stelle und hat nichts mit der Tatsache zu tun, daß die Menge sich insgesamt im Ruhezustand befindet.«

»Das ist eine recht eigensinnige Maschine«, sagte Dax.

»Ja, sie folgt ihrer eigenen Logik«, sagte Marlow etwas steif. »Aber trotzdem hat sie uns das Leben gerettet.«

»Aber trotzdem sitzen wir hier immer noch fest«, warf Dax ein.

»Jetzt wäre ein günstiger Augenblick für Major Kira…«, begann Marlow.

Genau in diesem Augenblick gab der Kommunikator auf Dax' Brust ein zirpendes Signal von sich.

Dax tippte auf den Kommunikator. »Ja?«

»Kira an Dax. Wie läuft es bei Ihnen?«

»Hören Sie zu«, sagte Dax. »Ich muß Ihnen einiges erzählen.«

• 64 •

Kira schaltete den Kommunikator aus und blickte sich um. Ihr erster Gedanke war gewesen, ihrer Kollegin zu Hilfe zu eilen. Doch Dax hatte ihr gesagt, daß es unnötig war, da sie die Situation unter Kontrolle hatte. Auch wenn die Chaos-Maschine nicht alles tat, um den Mob zu beseitigen, konnte man sich offenbar darauf verlassen, daß sie ihn wenigstens nicht ins Gebäude ließ. Dax hatte Kira gebeten, den Direktor für Kendo-Studien in der Stadt aufzusuchen. Marlows Meinung nach war er der richtige Mann, um herauszufinden, wer der gesuchte Kendo war, auf den der alte Changu angespielt hatte. Also nahm Kira sich ein Taxi und bat darum, zum Gebäude der Statistikbehörde in der Innenstadt gebracht zu werden, wo der Direktor mit hoher Wahrscheinlichkeit anzutreffen wäre.

Die Statistikbehörde war ein riesiges Marmorgebäude, dessen Fassade mit kunstvollen Skulpturen geschmückt war.

Kira fand einen Angestellten, der anscheinend nicht viel zu tun hatte, und sagte zu ihm: »Ich möchte gerne mit dem Direktor sprechen.«

Der Angestellte bedachte sie mit einem merkwürdigen Blick. »In wessen Auftrag kommen Sie?«

»Ich bin Offizier der Raumstation *Deep Space Nine*.«

Der Angestellte hatte bereits ihre Uniform gemustert, schien aber immer noch nicht überzeugt zu sein. »Können Sie sich irgendwie ausweisen?«

Kira zeigte ihm ihren Insignienkommunikator.

»Aber woher weiß ich, daß Sie ihn nicht von der wahren Major Kira gestohlen haben? Ich will Ihnen nichts unterstellen, verstehen Sie bitte. Aber ich muß alle Möglichkeiten in Betracht ziehen.«

Kira warf ihm einen gefährlichen Blick zu.

»Ich schätze, es ist alles in Ordnung«, sagte er und wich ein Stück vor ihr zurück.

»Das will ich hoffen!« sagte Kira. »Würden Sie mir jetzt bitte sagen, wo ich den Direktor finde? Es handelt sich um eine dringende Angelegenheit.«

»Ich würde Ihnen gerne behilflich sein«, sagte der Angestellte. »Aber das ist nicht ganz einfach. Er könnte sich an mehreren möglichen Orten innerhalb dieses Gebäudes aufhalten.«

»Können Sie ihn nicht anrufen oder ausrufen lassen?«

»Der Direktor reagiert niemals auf Anrufe.«

»Nun, dann sagen Sie mir einfach, wo er Ihrer Meinung nach sein könnte, und dann mache ich mich selbst auf die Suche.«

Der Angestellte beschrieb ihr drei Orte, die allesamt innerhalb des Gebäudes lagen, aber recht weit voneinander entfernt.

»Danke«, sagte Kira. Sie wollte bereits gehen, als sie sich noch einmal umdrehte. »Warum antwortet der Direktor nicht auf Anrufe?«

»Offenbar will er nicht, daß jeder weiß, wo er sich gerade aufhält.«

»Und warum will er das nicht?«

Der Angestellte blickte sich um, und da niemand in Hörweite war, sagte er: »Er fürchtet sich vor Attentätern.«

Kira hätte gern noch mehr erfahren, doch der Angestellte war der Ansicht, er hätte schon zuviel gesagt. »Ach, da ist ein Anruf für mich«, sagte er, obwohl Kira kein Signal gehört hatte. Der Mann eilte in ein Hinterzimmer. Kira zuckte die Schultern und begann mit ihrer Suche.

Zu Anfang schien es ein recht einfaches Unterfangen zu sein. Ihre erste Adresse war Zimmer 100 B im dritten Stock. Sie bestieg einen Turbolift und drückte auf den Knopf mit der Drei. Doch als sich die Tür öffnete, stellte sie fest, daß sie im fünften Stock gelandet war. Ein Schild an der Wand besagte: DER 3. STOCK WURDE VORÜBERGEHEND IN DEN 6. STOCK, ABTEILUNG A, VERLEGT.

Sie trat wieder in den Lift, entdeckte einen Knopf mit der Aufschrift 6A und drückte darauf. Der Lift brachte sie in den sechsten Stock, wo sie erfuhr, daß nur die Rolltreppen der B-Reihe in die Abteilung A des sechsten Stocks führten. Sie kehrte ins Erdgeschoß zurück, suchte die B-Rolltreppen und machte sich erneut auf den Weg nach oben.

Nach einigen weiteren Komplikationen erreichte sie schließlich die Abteilung A des sechsten Stocks und ging einen Korridor entlang, der sie eigentlich zum Zimmer 100 B führen sollte. Doch alle Zimmer wiesen hier 500er Nummern auf. Ein Schild an der Wand verkündete, daß vorübergehend alle Zimmer verlegt waren, und führte eine lange Liste auf. Kira stellte fest, daß Zimmer 100 B nun dem Zimmer 800 B in der Abteilung JJ entsprach.

Ihr wurde klar, daß die Numerierung der Stockwerke, Abteilungen und Zimmer absichtlich kompliziert und irrational gehalten war. Sie holte einen Datenblock aus ihrer Schultertasche. Während sie weiterging, machte sie sich Notizen über die räumliche Aufteilung des Gebäudes. Dies schien die einzige Möglichkeit zu sein, sich hier zurechtzufinden.

Sie kam an Wachleuten vorbei, die Waffen bereithielten und sich umsahen, obwohl sie gar nicht sicher zu sein schienen, wonach sie eigentlich suchten. Jedenfalls machten sie keine Anstalten, Kira den Weg zu versperren.

Kira eilte weiter, da die Zeit drängte. Sie dachte an Dax, die in Marlows Labor belagert wurde. Sie dachte an Commander Sisko, der den totalen Ausverkauf der Station zu verhindern versuchte. Sie dachte sogar kurz an Quark, der ein Spiel verlor, in das er sich von seiner eigenen Habgier hatte hineinziehen lassen. Währenddessen hastete Kira über Treppen und durch Korridore, kam an Türen vorbei, die offensichtlich ohne jedes System numeriert waren, und verlor Zeit bei der Suche nach einem Direktor, der anscheinend Wert darauf legte, unauffindbar zu bleiben. Immer wieder konsultierte sie ihren Datenblock, um irgendeine Methode im Zahlenwirrwarr zu entdekken.

Ihre penible Vorgehensweise zeigte erste Resultate. Als sie in die Abteilung B des sechsten Stocks zurückkehrte und den Korridor entlangging, stieß sie auf die Zimmer der 200er-Reihe. Aber war hier nicht erst vor wenigen Minuten die 400er-Reihe gewesen?

Alarmiert kehrte sie um, lief den Korridor zurück, bog um eine Ecke und dann noch eine, bis sie auf einen Mann traf, der gerade dabei war, die Zimmernummern auszuwechseln.

Als der Mann sie sah, wollte er davonlaufen. Doch Kira packte ihn am Kragen, bevor er ihr entkommen konnte.

Es war ein schlanker junger Mann, der nervös und mitgenommen wirkte.

»Was hat das zu bedeuten?« wollte Kira wissen. »Sie machen das absichtlich, stimmt's? Sie tauschen die Nummern aus, um mich zu verwirren.«

»Es ist keineswegs persönlich gemeint«, sagte der

Mann. »Es ist meine Aufgabe, die Besucher zu irritieren, bis die Wahlen vorbei sind.«

»Und was passiert danach?«

»Danach kehren wir wieder zu einem logischen System zurück, wenn der Direktor keine Angst vor Anschlägen mehr haben muß. Wenn Sie mich jetzt bitte loslassen würden ...«

Kira packte den Mann noch fester. »Ich bin ein Offizier von *DS Nine*. Wissen Sie, was das ist?«

»Natürlich«, sagte der Mann. »Sie sind unsere einzige Hoffnung, nachdem wir nun unter den Auswirkungen der Komplexitätstheorie leiden müssen.«

»Wir können nichts unternehmen, wenn Sie uns nicht helfen«, sagte Kira. »Ich muß unbedingt den Direktor finden.«

»Aber er hat die Anweisung gegeben, daß niemand seinen Aufenthaltsort bekanntgeben darf. Der Grund ist ...«

»Seine Angst vor Attentätern, ich weiß. Aber ich bin keine Attentäterin, und wenn ich ihn nicht finde, kann ich ihm auch nicht helfen.«

Der Mann überlegte kurz. »Ich denke, da ist etwas dran.«

»Werden Sie mir also helfen, ihn zu finden?«

»Ich? Dazu bin ich überhaupt nicht autorisiert!«

»Dann sorgen Sie ganz schnell dafür, daß Sie sich autorisieren! Wenn ich ihn nicht finde, werden die Lampusaner Erfolg haben.«

Der Mann dachte eine längere Zeit nach. Sein Gesicht verriet, welche Qualen ihm seine Unentschlossenheit bereitete. Schließlich sagte er: »Ich kann Ihnen nicht genau sagen, wo der Direktor ist. Aber ich kann Sie zu jemandem bringen, der es weiß.«

Das war immer noch besser als gar nichts. »Zeigen Sie mir den Weg!« sagte Kira.

Unter seiner Führung kam Kira viel schneller durch die Statistikbehörde. Es gab ein umfangreiches System von Turboliften, die hinter Türen mit der Aufschrift EINTRITT VERBOTEN! oder KEIN ZUGANG! versteckt waren. Auf diese Weise gelangten sie bald zu einer Tür, auf der WEGEN REPARATUR GESCHLOSSEN stand. Der Mann klopfte an. Eine Frauenstimme rief: »Ja, was gibt es?«

Der Mann öffnete die Tür und führte Kira in ein nett eingerichtetes Büro. Hinter einem breiten Schreibtisch saß eine fast ebenso breite Frau mit strenger Frisur und ebenso strengem Gesichtsausdruck.

»Entschuldigen Sie bitte vielmals«, sagte der Mann. »Das hier ist ein Offizier von *Deep Space Nine*. Sie muß dringend mit dem Direktor reden.«

»Tatsächlich?« sagte die Frau ungerührt. »Viele Leute wollen zum Direktor. Und die meisten haben irgendwo eine Waffe versteckt.«

»Müssen wir die Diskussion noch einmal von vorne beginnen?« fragte Kira.

»Sparen wir uns die Mühe«, sagte die Frau. »Wenn Sie tatsächlich eine Attentäterin sind, ist es nicht mein Problem, sondern das meines Gemahls.« Sie drehte sich um und rief in den Hintergrund des Büros: »He, Freff! Da ist jemand, der dich sprechen will!«

Hinter ihr öffnete sich eine Tür. Ein Mann mit großem, rotem Gesicht lugte heraus. »Aber ich habe doch eindeutige Anweisungen ...«

»Ich habe eine dringende Angelegenheit mit Ihnen zu besprechen«, sagte Kira. »Die Zukunft Ihres politischen Systems könnte davon abhängen, ob Sie mir helfen können oder nicht.«

»Nun, in diesem Fall«, sagte der Direktor, »sollten Sie wohl besser hereinkommen.«

Wie es ihre Art war, verzichtete Kira auf jegliche Formalitäten. »Ich suche nach einem Kendo namens Ken. Der einzige Hinweis auf ihn lautet: ›Ken ist die Antwort.‹ Wir glauben, daß unser Informant ein bestimmtes Individuum meint. Und wie es scheint, sind Sie die einzige Person, die uns bei der Suche nach ihm helfen kann.«

»Ken ist in unserem Volk ein recht häufiger Name«, sagte der Direktor. »Aber ich denke, ich weiß, auf wen Ihr Informant anspielt. Bedauerlicherweise kann ich Ihnen jedoch keine weitere Auskunft geben.«

»Warum nicht?«

»Die Lampusaner sind eine ständige Bedrohung für mich«, erklärte der Direktor. »Ich hoffe darauf, die Wahlen lebend zu überstehen, indem ich äußerst vorsichtig bin. Wenn die Lampusaner jedoch gewinnen und herausfinden, daß ich Informationen an Sie weitergegeben habe, die der Verhinderung ihres Wahlsieges dienen sollten, wäre mein Leben keinen gefälschten Goldbarren mehr wert.«

»Wenn Sie mir diese Information geben«, sagte Kira, »verhindern Sie damit, daß die Lampusaner an die Macht kommen.«

»Ich weiß. Aber das Risiko, daß Sie versagen, ist mir zu hoch ...«

»Wir werden nicht versagen!« entgegnete Kira.

»Wahrscheinlich nicht. Aber dessen kann ich mir nicht sicher sein. Und da es für mich keinen weiteren Anreiz gibt ... nun, Sie verstehen sicher mein Dilemma.«

»Was wäre ein weiterer Anreiz für Sie?« fragte Kira.

Der Direktor gab keine Antwort, sondern blickte sie nur abwartend an.

Kira beschloß, ihrer Intuition zu folgen. »Wie würde es Ihnen gefallen, zum Präsidenten von Laertes ernannt zu werden, nachdem die Kendos gewonnen haben?«

»Nun, das ist ein lohnenswertes Ziel«, sagte der Direktor. »Dafür wäre ich sogar bereit, ein gewisses Risiko einzugehen. Aber sind Sie sich wirklich sicher, daß Sie das arrangieren können?«

»Ich bin mir absolut sicher«, sagte Kira, als sie sich an das erinnerte, was Alleuvial zu ihr gesagt hatte. Wenn er ihr die Präsidentschaft angeboten hatte, würde er für ihren Wunschkandidaten sicherlich das gleiche tun können. »Also, was ist nun mit diesem Ken?«

»Es gibt nur einen Menschen auf ganz Laertes, den ihr Informant gemeint haben kann«, sagte der Direktor. »Er ist der führende Künstler unter den tanzenden Bildhauern in Sgheel. Ich werde Ihnen seine Adresse aufschreiben. Aber verraten Sie niemandem, woher Sie sie haben – jedenfalls nicht bevor wir die Wahl gewonnen haben.«

• 65 •

Kira nahm ein Taxi vom Stadtzentrum zum Künstlerviertel. Hier waren die Gebäude älter und drängten sich dichter aneinander. Und hier gab es viele Theater und eine große Auswahl von kleinen Restaurants. Als Kira ihr Ziel erreichte, zog gerade das Ende einer Parade mit Blaskapelle vorbei. Die schmalen, gewundenen Straßen wurden von Cafés gesäumt. Auf dem Gehweg stand ein Mann mit braunem Schlapphut, der einen Leierkasten drehte und einen Affen an einer Leine hielt. Kira hatte so etwas noch nie gesehen.

Sie war sich nicht sicher, ob sie hier richtig war. Sie fragte den Leierkastenmann: »Wo bin ich?«

»Sie befinden sich im Künstlerviertel«, antwortete der Mann. »Hier wohnen die Künstler.«

Kira wußte, daß die Regierung den qualifizierten Absolventen der Akademie der Schönen Künste ein staatlich garantiertes Grundgehalt zahlte. Damit konnten sie ihren Lebensunterhalt bestreiten und sich außerdem den Genuß von Wein, Weib, Gesang und anderen Dingen leisten, aus denen Künstler ihre Inspirationen bezogen. Im Künstlerviertel mußten sie keine Miete für ihre Unterkunft zahlen. Verhinderte Künstler aus dem ganzen Gamma-Quadranten zog es in Scharen hierher.

»Ich suche nach dem Atelier eines Bildhauers namens Ken«, sagte Kira.

»Sprechen Sie mit dem Affen«, sagte der Mann. »Er weiß alles über diese Gegend.«

Kira kam sich ziemlich dumm vor, als sie sich hinabbeugte und zum Affen sagte: »Hallo, können Sie mir bei meiner Suche behilflich sein?«

»Warum nicht?« sagte der Affe. »Ich bin staatlich geprüfter Reiseführer, der Ihnen zu allem etwas erzählen kann. Aber zuerst müssen Sie eine Silbermünze werfen.«

»Ich dachte, das tun nur Wahrsager.«

»Ich bin ein wahrsagender Affe.«

Kira suchte in ihrer Tasche, bis sie eine silberne Zehn-Dinar-Münze gefunden hatte. Sie warf sie in die Luft. Der Affe fing sie geschickt auf, biß hinein, spuckte darauf, rieb sie trocken und hielt sie hoch, damit sich das Sonnenlicht darin spiegelte. Dann war er zufrieden und steckte sie in einen kleinen Geldbeutel, den er an einer Schnur um den Hals trug.

»Nach wem suchen Sie?«

»Nach einem Künstler namens Ken.«

Der Affe kratzte sich am Kopf. »Kann es sein, daß Sie damit den berühmten Ken, den tanzenden Bildhauer, meinen?«

»Genau den«, sagte Kira.

»Ach, nein!« murrte der Affe. »Das ist wirklich zu einfach! Haben Sie keine schwierigere Aufgabe für mich?«

»Leider nicht«, sagte Kira. »Mehr will ich nicht wissen. Ich habe zwar die Adresse, aber die Straßenschilder sind hier etwas verwirrend.«

»Sehen Sie das Ziegelgebäude dort hinten an der Straße? Das mit den Balustraden und Strebebogen?«

»Es ist kaum zu übersehen«, sagte Kira.

»Das ist das Atelier, in dem der Meister persönlich komponiert. Stören Sie ihn nur, wenn es sich um etwas wirklich Wichtiges handelt.«

»Es geht um das Schicksal der gesamten Galaxis«, sagte Kira.

»Das müßte eigentlich seine Aufmerksamkeit erregen«, sagte der Affe. »Obwohl man sich bei Künstlern natürlich niemals sicher sein kann.«

Kira dankte dem Affen und dem Leierkastenmann und ging die Straße hinunter, bis sie auf die andere Seite wechselte und die Granitstufen des großen, alten Ziegelgebäudes mit den Strebebogen hinaufstieg.

Durch den Eingang trat sie in eine große kuppelförmige Halle. Eine doppelte Treppenflucht führte in die oberen Stockwerke hinauf. Leise Musik klang von dort herunter. Ein kleines Orchester schien Ballettmusik zu spielen. Kira ging über die Treppe nach oben und gelangte in einen langen Korridor, der mit Kerzenleuchtern erhellt war. Die Musik schien vom Ende dieses Korridors zu kommen. Kira ging weiter, indem sie der Musik folgte, und schließlich erreichte sie ein Zimmer am Ende des Ganges. Als sie eintrat, sah sie etwas, was sie noch niemals zuvor gesehen hatte.

An einer Seite befand sich ein kleines Orchester, dessen Mitglieder schwarze Anzüge trugen. In der Mitte des Raums, auf dem blankpolierten Parkettboden, tanzte ein Mann, der in ein hauchdünnes Gazegewand gekleidet war, um ein Objekt, das Kira zunächst nicht genau erkennen konnte.

Als sie näher kam, sah sie, daß es eine halb vollendete Statue war, die auf einem erhöhten Sockel stand und von der im oberen Teil noch das Innengerüst zu sehen war. Rings um die Skulptur waren Eimer angeordnet, in denen sich feuchter Ton in verschiedenen Farben und Konsistenzen befand. Der Künstler tanzte mit gemessenen Schritten, während er hier und dort eine Handvoll oder auch nur eine Prise Ton nahm und sie auf sein Kunstwerk warf. Das Orchester reagierte auf seinen Rhythmus und sein Tempo, als der Künstler jetzt immer wilder tanzte und eine dreidimensionale Variante der Kunst eines Jackson Pollock vollführte – nicht daß Kira gewußt hätte, wer Jackson Pollock war. Der Künstler tanzte und wirbelte, und das Orchester spielte immer schneller, während irgendwo eine große Kesselpauke geschlagen wurde. Die Schritte des Künstlers kamen immer schneller und leichter, Ton flog in vielfarbigen Klumpen durch die Luft und heftete sich auf wundersame Weise an das Gerüst der Skulptur. Das Ergebnis dieser zufälligen Effekte war so anmutig und kunstvoll, daß man sich kaum vorstellen konnte, wie es auf andere Weise zustande kommen sollte. Das Orchester arbeitete sich einem Höhepunkt entgegen, während die Füße des Tänzers flogen und einen wilden Rhythmus stampften. Dann warf er mit einer abschließenden Körperdrehung den letzten Tonklumpen, wich zurück, um sein Kunstwerk zu bewundern, und brach dann in einer graziösen Bewegung auf dem Boden zusammen.

»Ich bin gleich wieder da!« rief Ken, während er in einem Hinterzimmer verschwand. Kira hörte das gedämpfte Geräusch von fließendem Wasser, und nach einer Weile kam Ken wieder zum Vorschein. Er trug jetzt einen Bademantel, und sein Haar war noch naß von der Dusche.

»Was kann ich für Sie tun? Für welches Medium arbeiten Sie? Ich würde schätzen, daß Sie einer schreibenden Tätigkeit nachgehen, obwohl Ihr Kostüm etwas extravagant wirkt.«

»Ich habe überhaupt nichts mit den Medien zu tun«, sagte Kira.

»Nein? Aber die *Laertes-Woche* teilte mir mit, daß man Reporter schicken wollte, um über die Komposition meiner jüngsten Skulptur zu berichten. Zum Glück habe ich die Aktion komplett aufzeichnen lassen.« Er deutete auf eine Reihe von Kameralinsen in der Decke. Kira waren sie noch nicht aufgefallen. »Die Medien interessieren sich sehr für meine Arbeit. Was ihnen wohl dazwischengekommen sein mag?«

»In letzter Zeit hat es verschiedene Anomalien gegeben«, sagte Kira. »Vielleicht wurde die Presse von einem solchen Phänomen aufgehalten. Haben Sie davon gehört?«

»Ich glaube nicht«, sagte Ken und runzelte angestrengt die Stirn, als er sein Gedächtnis durchforstete. »Ich kümmere mich nicht um Neuigkeiten aus Politik, Wissenschaft oder dem Tagesgeschehen. Ich vermute doch, daß diese Anomalien keinen Einfluß auf die Kunstszene haben, oder?«

»Offenbar nicht«, sagte Kira. »Wenn sie allerdings anhalten, könnte jede Zivilisation vernichtet werden, was natürlich auch die Kunst betreffen würde.«

»Das wäre nicht sehr wünschenswert«, sagte Ken. »Planetare Zivilisationen kommen und gehen, doch die Kunst währt ewig. Aber Sie haben natürlich nicht ganz unrecht. Die Kunst würde in der Tat in eine schwere Krise geraten, wenn es keine Künstler und auch kein Publikum mehr gäbe.«

»Das wäre ein großes Problem«, sagte Kira. »Und damit dieser Fall nicht eintritt, bin ich zu Ihnen gekommen.«

»Das ist gut«, sagte Ken. »Haben Sie eine dieser Anomalien in meinem Atelier aufgespürt? Wie aufregend! Ich würde gerne eine solche Anomalie modellieren.«

»Das ist es nicht, warum ich gekommen bin«, sagte

Kira. »Ich brauche Ihre Hilfe. Ich vermute, daß Sie noch nie von einer Frau namens Allura gehört haben, die zur Zeit auf *DS Nine* spielt.«

»Ich glaube, von *DS Nine* habe ich schon gehört«, sagte Ken. »Es ist ein künstlicher Satellit, nicht wahr?«

»Nicht ganz. Eher eine Raumstation.«

»Nun, wir wollen uns nicht über Feinheiten streiten. Was ist nun mit dieser Station?«

»Eine Lampusanerin namens Allura hält sich dort auf. Beim Glücksspiel gewinnt sie mehr, als nach den Gesetzen der Wahrscheinlichkeit möglich sein dürfte. Sie spielt um die gesamte Station. Aber das ist nicht das einzige Problem. Ihre Gewinnserie wird von einer Reihe extrem unwahrscheinlicher Ereignisse begleitet, die wir Anomalien nennen und die eine Gefahr für die ganze bewohnte Galaxis darstellen. Alles hängt mit dieser Allura zusammen. Es ist äußerst wichtig, diese Frau irgendwie aufzuhalten.«

»Ja, das verstehe ich«, sagte Ken. »Aber warum kommen Sie dann zu mir? Wenn es sich, wie Sie sagen, um eine Lampusanerin handelt, kann man sich darauf verlassen, daß sie ihrem Tun von selbst Einhalt gebietet. Dazu haben die Lampusaner nämlich ein besonderes Talent. Wir sagen manchmal, daß sie sich die Füße abhacken, wenn sie sich die Schuhe ausziehen wollen. Geben Sie einem Lampusaner ein wenig Macht, und er wird zwangsläufig zu weit gehen und am Ende alles verloren haben.«

»Davon habe ich auch schon gehört. Aber es sieht ganz danach aus, daß es diesmal anders abläuft. Wenn Allura weiterhin im Glücksspiel gewinnt, wird gleichzeitig, wie es aussieht, die Lampusanische Volkspartei die bevorstehende planetenweite Wahl hier auf Laertes gewinnen.«

»Wirklich?« staunte Ken. »Das wäre katastrophal! Die Kendos erschrecken ihre Kinder mit Geschichten, wie schlimm es wäre, wenn die Lampusaner an die Macht kämen. Das darf nicht geschehen! Das wäre ein Widerspruch zum Naturgesetz, das die Lampusaner zu einem Volk von Verlierern bestimmt hat!«

»Aber genau das geschieht zur Zeit.«

Ken dachte darüber nach. Er wirkte verwirrt und verzweifelt. Schließlich sagte er: »Ich gehe einmal davon aus, daß Sie mir die Wahrheit erzählen, denn andernfalls würde ich mir eine unverzeihliche Zeitverschwendung erlauben. Wie soll ich Ihnen in diesem Fall behilflich sein?«

»Ich weiß es auch nicht genau«, sagte Kira. »Aber Ihr Name tauchte im Zusammenhang mit einer möglichen Lösung auf.«

»Aber was wollen Sie konkret von mir?«

»Ich möchte, daß Sie mit nach *DS Nine* kommen«, sagte Kira. »Sie sind im Augenblick unsere einzige Hoffnung. Ich weiß nicht genau, was ich von Ihnen erwarten soll. Aber wir erhielten die Botschaft, Sie seien die Antwort.«

»Wissen Sie«, sagte Ken, »genau das habe ich schon immer von mir gedacht. Daß ich derjenige bin, bei dem die Antwort liegt.«

»Dann kommen Sie mit mir!«

»Aber was wird in der Zwischenzeit aus meiner Kunst?«

»Packen Sie einen Skizzenblock ein«, sagte Kira. »Vielleicht gewinnen Sie durch die andere Umgebung völlig neue Inspirationen.«

»Ja, das ist eine gute Idee«, sagte Ken. »Außerdem könnte ich etwas Modellierton mitnehmen, falls ich irgendwelche Formen entdecke, die mich inspirieren.«

»Tun Sie das!«

»Also gut«, sagte Ken. »In zehn Minuten bin ich reisefertig. Würde es Ihnen etwas ausmachen, wenn wir mit meinem Schiff fliegen?«

»Überhaupt nichts«, sagte Kira. »Das kommt uns sogar sehr entgegen.«

• 66 •

Bashir gefiel es ganz und gar nicht, wie aalglatt Allura sich gab, als sie hörte, daß Kira und Dax zur Station zurückkehrten, und zwar gemeinsam mit einem Besucher von Laertes, der dort als großer Künstler gefeiert wurde.

»Wie heißt er?« wollte Allura wissen.

»Es ist ein ganz einfacher Name«, sagte Bashir, »so wie Steve oder Dan oder Ron. Aber er ist mir im Augenblick entfallen.«

»Vielleicht Ed?«

»Nein.«

»Oder Tom?«

»Nein, das auch nicht.«

»Können Sie es nicht irgendwie herausfinden?«

»Ich könnte natürlich Commander Sisko fragen«, sagte Bashir. »Aber er wird sich darüber wundern.«

»Fragen Sie ihn! Bitte! Bitte!«

»Ja, schon gut«, sagte Bashir. Er ärgerte sich über Allura. Trotzdem war sie wirklich sehr hübsch. Und immer noch äußerst begehrenswert. Obwohl ihm damit letztlich auch nicht geholfen war. Er wußte, daß sie ein großes Problem darstellte. Doch wenn er sie ansah, schien sein Gehirn jedesmal zu Honig zu zerfließen. Er wußte, daß es so nicht weitergehen konnte. Seine verrückte Leidenschaft, wie er sie bezeichnen würde – oder seine dumme Schwärmerei in Verbindung mit kindischer Sturheit, wie Odo sie diagnostiziert hatte –, trieb ihn und seine Freunde in den Ruin.

Er tippte auf seinen Kommunikator. »Commander Sisko?«

»Ja, Dr. Bashir?«

»Ich wollte mich nach dem Besucher von Laertes erkundigen.«

»Worum geht es?«

»Ist gesundheitlich alles mit ihm in Ordnung? Ich dachte, als Stationsarzt sollte ich vorsichtshalber einmal nachfragen.«

»Er ist völlig gesund.«

»Danke, Commander.«

»Gibt es noch etwas? Ich habe nämlich zu tun.«

»Selbstverständlich, Commander. Ach ja, wie ist eigentlich sein Name?«

»Ken«, sagte Sisko.

»Ist das sein Vor- oder sein Nachname?«

»Er hat nur diesen einen, soweit ich feststellen konnte.«

»Danke. Er soll ein Künstler sein, stimmt das?«

»Ja, ein tanzender Bildhauer, was immer das sein mag.«

»Das klingt in der Tat exotisch. Nichts für ungut, Commander. Vielen Dank.«

Nachdem Bashir die Verbindung unterbrochen hatte, erzählte er Allura, was er in Erfahrung gebracht hatte.

»Ken!« keuchte sie. »Der berühmte tanzende Bildhauer!«

»Ich wußte nicht, daß er so berühmt ist«, sagte Bashir.

»Auf Laertes ist er sehr berühmt.«

»Und was hat das alles zu bedeuten?« fragte Bashir.

»Das verstehen Sie nicht«, sagte Allura. »Es wird Zeit, daß Sie wieder an den Spieltisch zurückkehren. Was meinen Sie, ob Quark mich diesmal zuschauen läßt?«

»Ich könnte ihn ja einfach fragen«, sagte Bashir.

»Nein, ich werde Sie begleiten. Dann können wir ihn gemeinsam fragen. Ich muß diesen Ken unbedingt sehen.«

»Also, gehen wir!« sagte Bashir ungehalten und verließ die Suite, ohne darauf zu warten, daß Allura ihm folgte. Er hatte sehr schlechte Laune. Es war schon seltsam, was eine schöne Frau alles auslösen konnte.

• 67 •

Eine nette Station haben Sie hier, Commander«, sagte Ken.

»Danke«, sagte Sisko. »Ich habe sie auch sehr gemocht, als sie noch mir gehörte.«

Sie gingen gemeinsam über die Promenade zu Quarks Bar. Dax und Kira liefen ein paar Schritte hinter ihnen, um Sisko und Ken die Gelegenheit zu geben, sich miteinander bekannt zu machen.

»Mir ist zu Ohren gekommen, daß Sie offenbar vom Pech verfolgt werden«, sagte Ken. »Aus diesem Grund bin ich hier.«

»Wir wollen das Beste hoffen«, erwiderte Sisko.

»Aber was genau erhoffen Sie sich von mir?« fragte Ken.

»Wenn ich das wüßte!« sagte Sisko. »Ich dachte, Sie hätten vielleicht eine Idee.«

»Ich muß Sie leider enttäuschen. Obwohl ich Ihnen prinzipiell gerne helfen würde.«

»Sind Sie zufällig ein guter Glücksspieler?« erkundigte sich Sisko.

»Überhaupt nicht. Ich bin ein tanzender Bildhauer, kein Glücksspieler.«

An diesem Punkt mischte Dax sich ein, da Sisko offenbar nicht mehr weiterwußte. »Es ist vermutlich das beste, wenn wir Ken einfach mit der Situation konfrontieren und abwarten, was sich daraus entwickelt.«

Damit mußte Sisko sich zufriedengeben. Er hatte

die vergangenen Stunden deprimiert in seinem Quartier verbracht. Obwohl es gar nicht mehr seins war, nachdem Quark es vor einiger Zeit verspielt hatte. Doch der Meister des Spiels hatte ihm freundlicherweise erlaubt, es weiterhin zu benutzen, »bis wir einen Schlußstrich unter die Bilanz gezogen haben«, wie er sich ausdrückte. Also hatte Sisko sich auf die Bettkante gehockt und nachgedacht. Er hatte sich niemals vorstellen können, daß ihm so viel an dieser Station lag, bis er kurz davorstand, sie zu verlieren. Er wußte nicht, was Starfleet diesbezüglich unternehmen würde. Es würde natürlich eine offizielle Verhandlung geben. Mit etwas Glück kam er einigermaßen heil aus der Sache heraus. Schließlich war es nicht seine Schuld, daß die Station meistbietend versteigert wurde. Würde man ihn vielleicht wegen Untätigkeit zur Rechenschaft ziehen? Aber was hätte er unternehmen sollen?

Diese und andere düstere Gedanken wälzte er in seinem Kopf, als sie mit Ken zu Quarks Bar gingen. Die jüngste Entwicklung machte ihm auch keine große Hoffnung. Was sollte ein tanzender Bildhauer in ihrer Situation ausrichten, selbst wenn es sich um eine Berühmtheit handelte?

• 68 •

In Quarks Bar hatte sich eine große Menge versammelt. Quark hatte dafür gesorgt, daß er trotz seines Verlusts im Spiel gute Nebeneinkünfte erzielen konnte, indem er den Zuschauern der Zerstörung von *DS Nine* Sitzplätze verkaufte. Außerdem hatte er diesbezüglich Wetten angenommen und sichergestellt, daß er in jedem Fall Profit machte, ganz gleich, wie das Spiel gegen die Lampusanerin ausging. Das war natürlich kein Ausgleich für seine katastrophalen Verluste, zu denen nicht nur seine Bar und sein Spielkasino zählten, sondern die gesamte Station.

An diesem Abend fühlte er sich gut. Commander Sisko hatte ihm überraschend einhunderttausend Krediteinheiten vorgestreckt. Damit gewann er zumindest etwas Zeit.

»Heute abend«, sagte er zu Rom, »schließt du alle kleinen Gläser ein. Wir werden nur große Drinks servieren.«

»Sollen wir dafür mehr berechnen?« fragte Rom.

Quark grinste. Eine saudumme Frage! »Was würdest du denn vorschlagen?« fragte er zurück.

»Tja, ich denke, wir könnten schon mehr verlangen. Das Doppelte?«

»Ich dachte eher an das Zehnfache unserer normalen Preise«, sagte Quark. »Schließlich dürfte heute der letzte Spieltag sein. Nach diesem Abend bin ich vollständig und unwiderruflich abgebrannt.«

»Gibt es denn nichts mehr, worauf der Meister des Spiels dir Kredit geben könnte?«

»Nichts. Außerdem hat sich bereits eine Untersuchungskommission von Laertes angemeldet. Und ich verliere ja sowieso alles. Es wird Zeit, um es mit einem alten Ferengi-Sprichwort auszudrücken, daß wir wie die Gortz unsere Sachen packen und uns klammheimlich davonstehlen.«

Die Gortz waren ein Volk, das sich so erfolgreich aus dem Staub gemacht hatte, daß es seit mehreren Jahrhunderten von niemandem mehr gesehen worden war. Diese Geschichte wurde immer dann bemüht, wenn ein Ferengi eine unabdingbare Notwendigkeit unterstreichen wollte.

»Bruder«, sagte Rom, »ich glaube, ich könnte dir helfen.«

Quark blickte ihn völlig ruhig an. »Das bezweifle ich sehr. Aber sag mir, was du ausgebrütet hast.«

»Das hier.« Rom zog einen dicken Umschlag aus seiner Jackentasche und reichte ihn Quark.

Quark warf einen Blick hinein und sah ein Bündel aus Latinumstreifen. Er zählte sie schnell durch und stellte fest, daß sie eine beachtliche Summe ergaben.

»Woher hast du so viel Geld?«

»Mach dir darüber keine Gedanken, Bruder. Du hast gesagt, daß du Geld brauchst, um dein Spiel fortsetzen zu können. Und ich habe dir welches besorgt.«

»Du tust gut daran, deine Quellen geheimzuhalten«, sagte Quark. »Das ist eine sehr nützliche Summe, Bruder. Sie wird dafür sorgen, daß das Spiel nicht so schnell beendet ist. Vielleicht wendet sich dadurch sogar das Blatt, wer weiß? Und wenn nicht, werden wir ganz schnell verschwinden.«

»Wohin können wir nach einem solchen Debakel gehen?«

»Ein Ferengi kann überall Profit machen, wo Glücksspiele geduldet werden. Also überallhin.«

»Das ist gut zu wissen«, sagte Rom.

»Da kommen sie«, sagte Quark. »Vergiß nicht, was ich dir über die Gläser gesagt habe!«

Die Klappstühle waren aufgestellt und an einigen Stellen Spiegel angebracht worden, damit jeder das Geschehen verfolgen konnte. Mehrere hundert Personen drängten sich in dem kleinen Raum. Quark eilte zu Sisko und schüttelte ihm die Hand, als der Commander eintrat.

»Ich freue mich, Sie hier zu sehen, Commander! Und Dax und Kira sind auch da. Wie reizend! Und das ist Ihr Gast, wie ich vermute.«

»Ich bin Ken«, sagte Ken, als er Quark die Hand schüttelte.

»Es ist mir ein Vergnügen«, sagte Quark. »Ich habe für Sie alle gute Plätze reservieren lassen. Tut mir leid, daß es hier so voll ist. Alle wollten unbedingt das heutige Spiel sehen. Ach, da kommt ja Dr. Bashir, und wenn ich mich nicht irre, ist das Allura an seiner Seite!«

Allura sagte: »Ich weiß, daß Sie mir den Zutritt verboten haben, Quark, aber ich denke, daß Sie unter den gegebenen Umständen eine Ausnahme machen könnten.«

»Sie denken völlig richtig, meine Gute«, sagte Quark. »Es ist ja sowieso bald alles vorbei. Sie hätten es nicht besser machen können, wenn Sie selbst gespielt hätten. Vielleicht möchten Sie die letzten Runden ja persönlich übernehmen? Sie gegen mich! Was sagen Sie dazu?«

»Ich würde es vorziehen, wenn Julian weitermachen kann, jedenfalls für den Augenblick«, sagte Allura.

Bashirs Gesichtszüge waren angespannt, als er seinen ersten Einsatz machte. Allura saß neben ihm, aber sie hatte nur Augen für Ken. Der tanzende Bildhauer verfolgte das Spiel aufmerksam, doch einem unvoreingenommenen Beobachter konnte nicht entgehen, daß er sich Alluras Gegenwart bewußt war. Aber nur am Rande. Ken war wie ein Gott. Er strahlte die Lebenskraft eines Kendo aus. Bälle rollten und hüpften. Chips wurden über den Tisch geschoben. Zahlen blitzten auf dem Bildschirm auf. Dann wurde das Ergebnis angezeigt, und ein Raunen ging durch das Publikum.

»Unentschieden«, gab Quark bekannt.

»Commander«, flüsterte Kira und zupfte an Siskos Ärmel.

»Was gibt es?« sagte Sisko. »Es wird gerade spannend. Ich möchte mir das Spiel ansehen.«

»Jemand möchte Sie dringend sprechen.«

»Später.«

»Sir, es ist Captain Adams.«

Sisko seufzte hörbar. »Also gut, ich komme.«

• 69 •

»Schön, Sie zu sehen, Commander«, sagte Adams, als er von der Transporterplattform in der Zentrale trat.

»Was kann ich für Sie tun, Captain?«

»Ich ließ Sie aus folgendem Grund rufen«, erklärte Adams. »Wir sind zu allem bereit, und Starfleet hat uns Ihrem Kommando unterstellt. Wir wären in der Lage, das Schiff des Meisters des Spiels innerhalb einer halben Stunde zu überwältigen, wenn Sie den Befehl dazu geben. Dann könnten wir die Drohungen dieser Leute ignorieren.«

Sisko wurde durch etwas abgelenkt. Es war ein leichtes Flimmern in der Luft. Es verfestigte sich und materialisierte zu einer Person. Siskos erster Eindruck war, daß es sich um eine kleine Person handelte. Doch als er genauer hinsah, erkannte er, daß es ein Kind war, ein kleiner Junge.

»Was hat das zu bedeuten?« fragte Sisko.

»Moment mal!« mischte sich Kira ein. Sie hatte Sisko in die Zentrale begleitet. »Ich kenne ihn. Er arbeitet im Hauptsitz der Lampusanischen Volkspartei am Computer.«

»Sie haben gute Augen«, sagte der Junge. »Ich bin Timbo. Und ich bin gekommen, um Ihnen zu sagen: Lassen Sie die Finger vom Lauf der Dinge!«

»Gehe ich recht in der Annahme, daß Sie uns aufhalten wollen?« fragte Sisko.

»Nein. Aber ich will Ihnen sagen, daß Sie große Schwierigkeiten bekommen, wenn Sie auch nur den geringsten Einfluß auf den Gang der Ereignisse nehmen. Die Theorie ist jetzt in ein entscheidendes Stadium getreten. Sie hat sich so weit entwickelt, daß sie ein Quasi-Bewußtsein erlangt hat. Sie drängt danach, sich um jeden Preis zu verwirklichen, und wird keine Einmischungen dulden. Ich übernehme keine Verantwortung für das, was geschieht, wenn Sie sich ihrem Willen widersetzen.«

»Woher wollen Sie das wissen?« fragte Kira.

»Ich weiß es, weil ich der Chefmathematiker der Lampusanischen Volkspartei bin.«

»Das ist doch verrückt!« sagte Adams. »Ben, wollen Sie sich von einem Kind in Ihren Entscheidungen beeinflussen lassen?«

»Es wäre nicht das erste Mal«, sagte Sisko, als er sich an andere Gelegenheiten erinnerte.

»Was wollen Sie jetzt tun?« fragte Adams.

Sisko stand reglos da, während er sich seine nächsten Worte zurechtlegte. Bevor er sie aussprechen konnte, kam Dax in die Zentrale gestürmt.

»Benjamin! Es ist etwas passiert!«

»Was?« fragte Sisko. »Kommen Sie, Dax, heraus damit!«

»Nach der unentschiedenen Runde, nachdem Sie gegangen waren, ließ Quark das Spiel unterbrechen«, sagte Dax. »Und dann fragte er Ken, ob er gerne die Bank übernehmen würde. Ken machte den Eindruck, daß ihm nicht viel daran lag, aber er sagte, wenn Quark ihn darum bäte, wäre es ihm ein Vergnügen. Als Allura dies hörte, trat sie vor und sagte, daß sie unter diesen veränderten Umständen gerne persönlich gegen den großen Ken Andralor spielen wollte. Quark zog sich zurück, und in der nächsten Runde soll Ken das verwalten, was noch von der Station übrig ist, während Allura nun mit dem Geld spielt, das Bashir für sie gewonnen hat.«

»Gut«, sagte Sisko. »Und was ist dann geschehen?«

»Bis jetzt noch nichts.«

»In diesem Fall werde ich es mir persönlich ansehen«, sagte Sisko.

• 70 •

Als Sisko mit Adams in Quarks Spielkasino eintraf, sahen sie, wie Bashir mit hängenden Schultern und niedergeschlagener Miene im Publikum saß. Allura hatte seinen bisherigen Platz am Spieltisch eingenommen. Sie warf ihm nicht einen einzigen Blick zu.

Allura hatte an diesem Morgen ihre Kleidung mit besonderer Sorgfalt ausgesucht, als sie von Kens bevorstehender Ankunft erfahren hatte. Sie trug ein schimmerndes Gewand, das im Licht der Deckenbeleuchtung ständig die Farben wechselte. Eben noch glühte es grünlich, und jetzt strahlte es in warmem Orange. Ihr Haar war zu einem kunstvollen Wasserfall aus Ringellocken frisiert. Ihre Haltung war aufrecht, beinahe hochmütig. Ihren Gegner, der völlig ruhig dasaß, schien sie keines Blickes zu würdigen. Sein blondes Haar war straff zurückgekämmt und schimmerte ebenfalls im Licht. Die beiden befanden sich innerhalb eines abgegrenzten Bereiches – wie in einer Arena. Ringsum drängten sich die Zuschauer, mehrere hundert Leute, darunter fast das gesamte Personal von *DS Nine*. Aber es gab auch Beobachter von anderen Planeten: Vulkanier, arrogante Regulaner und die Vertreter anderer Gruppen, die erst vor kurzem Beziehungen mit der Föderation aufgenommen hatten. Leises Klirren von Gläsern und silbernem Besteck war von den Leuten zu hören, die das ›Andralor-Spezialmenü‹ bestellt hatten, das von Quark zu einem gigantischen Preis angeboten wurde. Dieser Abend würde für jeden, der dabeisein wollte, einen ziemlichen Batzen Geld kosten. Doch niemand störte sich daran, denn es war das herausragende Ereignis des Jahres – die letzten Minuten der Schlußrunde der »Galaktischen Andralor-Partie«.

Olix, der Ferengi-Priester, hatte sich ebenfalls zu dieser Entscheidungsschlacht eingefunden. Er saß in einer der hinteren Reihen, hatte seine Hände in die weiten Ärmel geschoben und eine leidenschaftslose Miene aufgesetzt.

Mehrere bekannte Persönlichkeiten waren vertreten. Die Nachricht von diesem Spiel hatte sich mit einem Vielfachen der Lichtgeschwindigkeit über die Galaxis verbreitet. Wenn Quark genügend Zeit geblieben wäre, um die Kampagne gründlich vorzubereiten, hätte er den Spiralnebel-Saal füllen können – wenn er ihn zu diesem Zweck bekommen hätte.

Quark stand neben dem Eingang und stellte voller Zufriedenheit fest, wie der Raum sich weiter füllte. Er war überglücklich. Er hatte nicht nur ein Ereignis inszeniert, um das ihn jeder Ferengi beneiden würde, er hatte es außerdem so eingerichtet, daß sämtliche Zuschauereinnahmen an ihn flossen. Durch seinen Verlust schuldete er der Station zwar ein Vermögen, aber diese kleine Goldmine würde ihm zumindest etwas Luft verschaffen. Das Leben war doch gar nicht so schlecht!

Als er sah, daß jetzt der günstigste Augenblick gekommen war, trat er vor.

»Ken«, sagte er. »Hiermit überantworte ich Ihnen die Ehre, für die Station *Deep Space Nine* zu spielen. Nehmen Sie diese schwere Aufgabe an?«

»Ich nehme sie an«, sagte Ken. »Darüber hinaus bin ich bereit, dieses Unternehmen mit meinen gesamten finanziellen Reserven zu unterstützen.«

»Ich bewundere Ihre Initiative«, sagte Quark. »Vor allem angesichts der Bedingungen unseres Vertrages, den Sie in der Eile vielleicht nicht gelesen haben. Deshalb möchte ich Sie darauf hinweisen, daß das Haus, in diesem Fall also ich, fünfzig Prozent Ihres Gewinns erhält, wenn es denn einen Gewinn gibt, während das Haus keine Verantwortung übernimmt, wenn Sie verlieren.«

»Ganz wie Sie meinen«, sagte Ken.

»Gut«, sagte Quark. »Wenn jetzt alle bereit sind, kann das Spiel beginnen.«

Auf Quarks Zeichen warf einer seiner Ferengi-Assistenten einen Andralor-Ball in die Luft. Es wurde totenstill, als Ken seinen ersten Einsatz machte.

»Was für eine läppische Summe«, schnaufte Allura. »Ich gehe mit und verdopple!«

Spannung vom ersten Augenblick an! Das war es, wofür das Publikum ein Vermögen bezahlt hatte.

Ken zeigte ein kurzes, blendendes Lächeln und schob seine Chips aufs Spielfeld. Die Andralor-Bälle wirbelten durch die Luft ...

Sisko konnte es nicht länger ertragen. Er sprang von seinem Sitz auf und kehrte in sein Quartier zurück.

• 71 •

Der Türsummer von Siskos Quartier meldete einen Besucher.

»Herein!« rief Sisko.

Die Tür öffnete sich, und Dax trat ein.

»Benjamin«, sagte sie, »was machst du hier? Warum bist du nicht im Kasino, um das Spiel zu verfolgen?«

»Offen gesagt«, sagte Sisko, »möchte ich gar nicht wissen, was geschieht.«

»Ich verstehe deine Gefühle«, sagte Dax.

Sie nahm in einem bequemen Sessel Platz. Sisko hörte ein schwaches Flüstern im stillen Raum.

»Was ist das?« fragte er.

»Ich verfolge das Spiel über meinen Kommunikator«, sagte Dax. »Ich habe dem Computer die Anweisung gegeben, mich auf dem laufenden zu halten.«

»Aha ...« Sisko stand auf, ging ein paar Schritte und setzte sich sofort wieder, als er durch Dax' geöffneten Kommunikator hörte, daß der Hintergrundlärm im Kasino anschwoll.

»Was ist jetzt passiert?«

»Ach, nur ein ungewöhnlich hoher Gewinn«, sagte Dax. »Das Publikum applaudiert.«

»Ich verstehe. Wer hat gewonnen?«

»Du willst es doch gar nicht wissen, oder?« sagte Dax mit einem hinterlistigen Grinsen.

»Doch, ich will es wissen! Sag mir schon, was geschehen ist.«

»Ken hat Alluras letzten Einsatz verdoppelt.«

»Und?«

»Er hat gewonnen.«

»Er hat gewonnen? Bist du sicher?«

»Ziemlich. Moment mal, es gibt eine Ankündigung ... Ja, Ken hat gerade die Energieversorgung zurückgewonnen. Und jetzt ... Ben, er hat sie dir geschenkt!«

»Meinst du, daß die Energieversorgung jetzt wieder uns gehört?«

»Genau das meine ich«, sagte Dax.

»Ich kann dir gar nicht sagen, wie ich mich darüber freue«, sagte Sisko. »Ich hätte nie gedacht, daß ich einmal ein so inniges Verhältnis zu unserer Energieversorgung entwickeln könnte! Und wenn Chief O'Brien davon hört ...«

»Er dürfte es längst wissen«, warf Dax ein. »Er sitzt genauso wie alle anderen in Quarks Kasino, um das Spiel zu verfolgen. Moment mal!«

Sisko wartete. Schließlich hielt er es nicht länger aus. »Was ist passiert?«

»Die Spieler sind immer noch dabei, ihre Einsätze zu machen«, sagte Dax. »Sie verdoppeln immer wieder und überbieten sich gegenseitig. Das könnte die Entscheidung bedeuten!« Dax hielt kurz inne. »Verdammt!«

»Was ist los?« fragte Sisko. »Nun sag schon!«

»Die Verbindung ist abgebrochen«, sagte Dax. Sie nahm den Kommunikator von der Uniform und hielt ihn ans Ohr. Dann klopfte sie mit dem Finger dagegen.

Sisko war aufgesprungen. »Komm mit!« sagte er zu Dax.

»Wohin willst du?« fragte sie unschuldig.

»Zu Quark! Ich halte das nicht mehr aus!«

• 72 •

Als Sisko das Spielkasino betrat, war er überrascht vom plötzlichen Applaus, mit dem er begrüßt wurde. Er blickte sich um, da er sicher war, daß er jemand anderem gelten mußte. Doch neben ihm stand nur Dax, die ebenfalls klatschte. Sein Instinkt riet ihm, schnellstmöglich von hier zu verschwinden. Er reagierte sehr empfindlich, wenn er das Gefühl hatte, seine Würde zu verlieren. Als der Applaus unverändert anhielt, war sein erster Gedanke: *Jemand hat sich einen Scherz erlaubt! Man macht sich über mich lustig!* Es konnte sich nur um einen dummen Streich handeln. Dann kam Quark zu ihm. Als Sisko das breite Grinsen des Ferengi sah, begann es in ihm zu kochen. Wenn dieser kleine Kerl glaubte, er könnte sich auf Siskos Kosten einen Scherz erlauben, dann mußte er sich auf ein Donnerwetter gefaßt machen!

Doch Quark griff nach seiner Hand und schüttelte sie. Adams war ebenfalls da und grinste. Andere folgten Quark, um ihm die Hand zu schütteln oder auf die Schulter zu klopfen. Sisko entspannte sich ein wenig, bis er ruhig fragen konnte: »Was ist hier los?«

»Der Beifall gilt Ihnen, Commander«, sagte Kira, die aus der Menge kam und seine Hand nahm.

»Aber weswegen?«

»Weil Sie standhaft geblieben sind. Weil Sie nicht in Panik gerieten und nicht zulassen wollten, daß Starfleet die Sache in die Hand nimmt. Weil Sie darauf vertrauten, daß sich dieses Problem ohne Gewalt und Blutvergießen lösen läßt.«

»Ich hatte kaum eine andere Wahl«, sagte Sisko.

»Sie hätten sich jederzeit anders entscheiden können«, sagte Kira.

»Aber ich verstehe nicht, was geschehen ist«, sagte Sisko. »Ich weiß nur, daß Allura kurz davor stand, die Station zu übernehmen.«

»Das ist jetzt vorbei«, sagte Kira. »Allura hat in Ken ihren Meister gefunden. Sie hat verloren!«

Dann trat Allura zusammen mit Ken vor. Sie hätten sich auch kaum getrennt bewegen können, da sie sich gegenseitig die Arme um die Hüften geschlungen hatten.

Sisko suchte nach Worten. »Wie es aussieht, haben Sie also doch verloren, Allura!« Ihm fiel nichts Besseres ein, was er zu ihr sagen konnte.

»Ich würde nicht behaupten, ich hätte verloren, während Ken gewonnen hat«, sagte Allura. »Sein Spiel hatte etwas so Meisterhaftes… Was blieb mir also anderes übrig?«

»Tja«, sagte Sisko. »Sie müssen sehr zufrieden mit Ihrer Leistung sein, Ken.«

»O ja, ich bin sehr glücklich über den Ausgang des Spiels«, sagte Ken. »Aber das wichtigste ist, daß ich dabei diese reizende Dame getroffen habe. Auch wenn sie nur eine Lampusanerin ist, bedeutet sie mir mehr als alles andere auf der Welt.« Er drückte Allura an sich. Sie zierte sich ein wenig, während er nur grinste. Sisko mußte sich zusammenreißen, um sich eine bissige Bemerkung zu verkneifen.

»Sie beide sind sich vorher niemals begegnet?« versuchte Sisko das Gespräch wieder in Gang zu bringen.

»Um ehrlich zu sein, ich bin eigentlich nie irgendwelchen Lampusanern begegnet«, sagte Ken. »Wir Kendos bleiben meistens unter uns. Wir blicken auf die Lampusaner herab, obwohl ich überhaupt nicht mehr verstehe, warum wir das tun, wenn ich mir diese Frau ansehe. Sie muß etwas ganz Besonderes sein.«

»Ken will mich unterrichten und zu einer tanzenden Korbflechterin machen!« sagte Allura.

»Dafür hat sie die perfekte Figur«, sagte Ken. »Sie wird meine Schülerin werden. Und – wenn sich meine Hoffnungen erfüllen – meine Frau.«

Bei dieser Ankündigung brandete erneut der Applaus auf. Sisko gratulierte den beiden Laertanern.

»Wie ist übrigens die Wahl auf Laertes ausgegangen?« fragte Sisko.

»Wir haben verloren, wie immer«, sagte Allura. Aber sie schien darüber nicht sehr betrübt zu sein.

Sisko konnte sich eine letzte Bemerkung nicht verkneifen, bevor sie gingen. »Ich schätze, für Ihre Lampusanische Volkspartei wird es ein schwerer Schlag sein, auf diese Weise zu verlieren.«

»Schon möglich«, sagte Allura. »Aber schließlich sind wir es gewohnt, die Verlierer zu sein. Doch vielleicht ändert sich das jetzt. Was meinst du, Ken?«

»Es würde mich nicht überraschen«, sagte Ken. »Es könnte durchaus sein, daß beide Seiten gewinnen.«

Und als Sisko später noch einmal darüber nachdachte, während er die Teams zusammenstellte, die mit den Aufräumarbeiten beginnen sollten, kam er zum Schluß, daß auch er nicht überrascht wäre.

• 73 •

Quark saß in seinem Büro und widmete sich der Lieblingsbeschäftigung eines Ferengi: Er zählte sein Geld. Es lag in großen Haufen auf seinem Schreibtisch. In Gold gepreßte Latinumbarren und eine Vielzahl anderer Währungen. Sein Bruder Rom saß in einer Ecke und wahrte die Etikette, indem er sich nicht in Griffweite des Geldes seines Bruders wagte. Außerdem nahm er die Pflichten eines jüngeren Ferengi-Bruders wahr: Er hörte sich Quarks Prahlereien an.

»Ich habe den Profit eingesackt!« sagte Quark gerade – vermutlich zum zwanzigsten Mal innerhalb der letzten halben Stunde. »Jeder hat gedacht, daß es unmöglich ist, aber ich habe es ihnen gezeigt! Durch meine Ausdauer und mein Vertrauen in den Vorteil des Hauses habe ich mich gegen diese Lampusanerin und ihre Lampusaner-Partei durchgesetzt! Ich habe unsere Station zurückgewonnen! Und das Geld, das Sisko mir geliehen hat, und das Geld, das du, Rom, mein hochgeschätzter jüngerer Bruder, mir vorgestreckt hast! Die Station gehört wieder ihren rechtmäßigen Eigentümern. Und ich bin reich, Rom, unermeßlich reich! Ich möchte dich nicht mit Zahlen langweilen, aber ich kann dir sagen, daß ich einen satten Gewinn eingestrichen habe. Und du wirst natürlich an meinem Ruhm teilhaben.«

»Das ist ein hervorragender Abschluß, Bruder«, sagte Rom. »Ich möchte dir unzählige Male gratulieren. Und ich freue mich, daß ich einen kleinen Anteil an deinem Triumph hatte.«

»Das freut auch mich, Rom«, sagte Quark. »Du hast wirklich eine großzügige Belohnung verdient, weil du die fünfzigtausend Krediteinheiten organisieren konntest, als die Lage etwas brenzlig wurde. Woher hattest du das Geld? Ich werde es unverzüglich zurückzahlen.«

»Das wäre wirklich sehr gut, Bruder«, sagte Rom. »Das Geld wurde durch Vermittlung des Priesters Olix vorgestreckt. Es kommt von den Charismatischen Vätern des Profites und Verlustes.«

»Das ist ungewöhnlich«, sagte Quark. »Unsere religiösen Orden beteiligen sich normalerweise nie an weltlichen Geschäften.«

»Diesmal haben sie es aber getan«, sagte Rom. »Natürlich nicht ohne Bedingungen.«

»Das war zu erwarten. Wie lauten sie?«

»Hier ist der Vertrag, den ich in deinem Namen unterzeichnet habe«, sagte Rom und reichte Quark ein Dokument.

Quark überflog es. Dann verschwand sein Lächeln, während sich seine Stirn in tiefe Falten legte. »Das ist doch bestimmt ein Irrtum! Ich meine diese Zahl da.«

»Nein, Bruder. Das ist genau die Zahl, mit der ich mich einverstanden erklärt habe.«

»Aber hier steht, daß die geliehene Summe mit zweihundert Prozent verzinst wird. Und zwar für jede verstrichene Stunde bis zur Rückzahlung!«

»Ich fand auch, daß das etwas happig ist«, sagte Rom. »Aber du hast gesagt, ich sollte alles tun, um das Geld aufzutreiben.«

»Du hast mich ruiniert! Nachdem ich den Kredit zurückgezahlt habe – was ich sofort tun muß, um weitere Zinsen zu vermeiden –, bleibt unter dem Strich kaum noch ein nennenswerter Profit. Rom, sie haben mich betrogen!«

Rom ließ den Kopf hängen. »Es tut mir leid … Ich dachte, du wolltest … Ich habe alles versucht …«

Quark riß sich zusammen. Er war natürlich nicht völlig ruiniert. Er hatte nur ein wenig übertrieben, um Rom ein schlechtes Gewissen zu machen. Auch nach Abzug seiner Schulden samt Zinsen bei den Charismatischen Vätern stand er immer noch ganz gut da. Aber es gab keinen Grund, warum Rom jemals davon erfahren mußte. Ein solches Wissen würde ihm womöglich zu Kopf steigen.

»Trotz allem hast du die richtige Entscheidung getroffen«, sagte Quark. »Und wenn man schon bei einem Geschäft über den Tisch gezogen wird, dann sollte es lieber durch unsere eigene Religion als durch irgendeinen Fremden geschehen. Es kann niemals verkehrt sein, sich gut mit der Religion zu stellen! Und was wäre dazu besser geeignet als die Zahlung einer großen Geldsumme?«

Also widmete Quark sich wieder der Tätigkeit des Geldzählens, während er das beruhigende Wissen genoß, daß er Gutes getan hatte, indem er einen guten Schnitt gemacht hatte. Schließlich war das einer der Grundsätze seiner Religion.

STAR TREK™

in der Reihe
HEYNE SCIENCE FICTION & FANTASY

STAR TREK: CLASSIC SERIE

Vonda N. McIntyre, Star Trek II: Der Zorn des Khan · 06/3971
Vonda N. McIntyre, Der Entropie-Effekt · 06/3988
Robert E. Vardeman, Das Klingonen-Gambit · 06/4035
Lee Correy, Hort des Lebens · 06/4083
Vonda N. McIntyre, Star Trek III: Auf der Suche nach Mr. Spock · 06/4181
S. M. Murdock, Das Netz der Romulaner · 06/4209
Sonni Cooper, Schwarzes Feuer · 06/4270
Robert E. Vardeman, Meuterei auf der Enterprise · 06/4285
Howard Weinstein, Die Macht der Krone · 06/4342
Sondra Marshak & Myrna Culbreath, Das Prometheus-Projekt · 06/4379
Sondra Marshak & Myrna Culbreath, Tödliches Dreieck · 06/4411
A. C. Crispin, Sohn der Vergangenheit · 06/4431
Diane Duane, Der verwundete Himmel · 06/4458
David Dvorkin, Die Trellisane-Konfrontation · 06/4474
Vonda N. McIntyre, Star Trek IV: Zurück in die Gegenwart · 06/4486
Greg Bear, Corona · 06/4499
John M. Ford, Der letzte Schachzug · 06/4528
Diane Duane, Der Feind – mein Verbündeter · 06/4535
Melinda Snodgrass, Die Tränen der Sänger · 06/4551
Jean Lorrah, Mord an der Vulkan Akademie · 06/4568
Janet Kagan, Uhuras Lied · 06/4605
Laurence Yep, Herr der Schatten · 06/4627
Barbara Hambly, Ishmael · 06/4662
J. M. Dillard, Star Trek V: Am Rande des Universums · 06/4682
Della van Hise, Zeit zu töten · 06/4698
Margaret Wander Bonanno, Geiseln für den Frieden · 06/4724
Majliss Larson, Das Faustpfand der Klingonen · 06/4741
J. M. Dillard, Bewußtseinsschatten · 06/4762
Brad Ferguson, Krise auf Centaurus · 06/4776
Diane Carey, Das Schlachtschiff · 06/4804
J. M. Dillard, Dämonen · 06/4819
Diane Duane, Spocks Welt · 06/4830
Diane Carey, Der Verräter · 06/4848
Gene DeWeese, Zwischen den Fronten · 06/4862
J. M. Dillard, Die verlorenen Jahre · 06/4869
Howard Weinstein, Akkalla · 06/4879
Carmen Carter, McCoys Träume · 06/4898
Diane Duane & Peter Norwood, Die Romulaner · 06/4907

STAR TREK™

John M. Ford, Was kostet dieser Planet? · 06/4922
J. M. Dillard, Blutdurst · 06/4929
Gene Roddenberry, Star Trek (I): Der Film · 06/4942
J. M. Dillard, Star Trek VI: Das unentdeckte Land · 06/4943
David Dvorkin, Die Zeitfalle · 06/4996
Barbara Paul, Das Drei-Minuten-Universum · 06/5005
Judith & Garfield Reeves-Stevens, Das Zentralgehirn · 06/5015
Gene DeWeese, Nexus · 06/5019
D. C. Fontana, Vulkans Ruhm · 06/5043
Judith & Garfield Reeves-Stevens, Die erste Direktive · 06/5051
Michael Jan Friedman, Das Doppelgänger-Komplott · 06/5067
Judy Klass, Der Boacozwischenfall · 06/5086
Julia Ecklar, Kobayashi Maru · 06/5103
Peter Norwood, Angriff auf Dekkanar · 06/5147
Carolyn Clowes, Das Pandora-Prinzip · 06/5167
Diana Duane, Die Befehle des Doktors · 06/5247
V. E. Mitchell, Der unsichtbare Gegner · 06/5248
Dana Kramer-Rolls, Der Prüfstein ihrer Vergangenheit · 06/5273
Michael Jan Friedman, Schatten auf der Sonne · 06/5179
Barbara Hambly, Der Kampf ums nackte Überleben · 06/5334
Brad Ferguson, Eine Flagge voller Sterne · 06/5349
Gene DeWeese, Die Kolonie der Abtrünnigen · 06/5375
Michael Jan Friedman, Späte Rache · 06/5412
Peter David, Der Riß im Kontinuum · 06/5464
Michael Jan Friedman, Gesichter aus Feuer · 06/5465
Peter David/Michael Jan Friedman/Robert Greenberger, Die Enterbten · 06/5466
L. A. Graf, Die Eisfalle · 06/5467
John Vornholt, Zuflucht · 06/5468
L. A. Graf, Der Saboteur · 06/5469
Melissa Crandall, Die Geisterstation · 06/5470
Mel Gilden, Die Raumschiff-Falle · 06/5471

STAR TREK: THE NEXT GENERATION
David Gerrold, Mission Farpoint · 06/4589
Gene DeWeese, Die Friedenswächter · 06/4646
Carmen Carter, Die Kinder von Hamlin · 06/4685
Jean Lorrah, Überlebende · 06/4705
Peter David, Planet der Waffen · 06/4733
Diane Carey, Gespensterschiff · 06/4757
Howard Weinstein, Macht Hunger · 06/4771
John Vornholt, Masken · 06/4787
David & Daniel Dvorkin, Die Ehre des Captain · 06/4793

STAR TREK™

Michael Jan Friedman, Ein Ruf in die Dunkelheit · 06/4814
Peter David, Eine Hölle namens Paradies · 06/4837
Jean Lorrah, Metamorphose · 06/4856
Keith Sharee, Gullivers Flüchtlinge · 06/4889
Carmen Carter u. a., Planet des Untergangs · 06/4899
A. C. Crispin, Die Augen der Betrachter · 06/4914
Howard Weinstein, Im Exil · 06/4937
Michael Jan Friedman, Das verschwundene Juwel · 06/4958
John Vornholt, Kontamination · 06/4986
Mel Gilden, Baldwins Entdeckungen · 06/5024
Peter David, Vendetta · 06/5057
Peter David, Eine Lektion in Liebe · 06/5077
Howard Weinstein, Die Macht der Former · 06/5096
Michael Jan Friedman, Wieder vereint · 06/5142
T. L. Mancour, Spartacus · 06/5158
Bill McCay/Eloise Flood, Ketten der Gewalt · 06/5242
V. E. Mitchell, Die Jarada · 06/5279
John Vornholt, Kriegstrommeln · 06/5312
Laurell K. Hamilton, Nacht über Oriana · 06/5342
David Bischoff, Die Epidemie · 06/5356
Diane Carey, Abstieg · 06/5416
Michael Jan Friedman, Relikte · 06/5419
Michael Jan Friedman, Die Verurteilung · 06/5444
Simon Hawke, Die Beute der Romulaner · 06/5413
Rebecca Neason, Der Kronprinz · 06/5414
John Peel, Drachenjäger · 06/5415
Diane Duane, Dunkler Spiegel · 06/5417
Susan Wright, Der Mörder des Sli · 06/5438

STAR TREK: DIE ANFÄNGE
Vonda N. McIntyre, Die erste Mission · 06/4619
Margaret Wander Bonanno, Fremde vom Himmel · 06/4669
Diane Carey, Die letzte Grenze · 06/4714

STAR TREK: DEEP SPACE NINE
J. M. Dillard, Botschafter · 06/5115
Peter David, Die Belagerung · 06/5129
K. W. Jeter, Die Station der Cardassianer · 06/5130
Sandy Schofield, Das große Spiel · 06/5187
Lois Tilton, Verrat · 06/5323
Diane Carey, Die Suche · 06/5432
Esther Friesner, Kriegskind · 06/5430
Melissa Scott, Der Pirat · 06/5434

STAR TREK™

Nathan Archer, Walhalla · 06/5512
Greg Cox/John Gregory Betancourt, Der Teufel im Himmel · 06/5513
Robert Sheckley, Das Spiel der Laertaner · 06/5514

STAR TREK: STARFLEET KADETTEN
John Vornholt, Generationen · 06/6501
Peter David, Worfs erstes Abenteuer · 06/6502
Peter David, Mission auf Dantar · 06/6503
Peter David, Überleben · 06/6504
Brad Strickland, Das Sternengespenst · 06/6505
Brad Strickland, In den Wüsten von Bajor · 06/6506
John Peel, Freiheitskämpfer · 06/6507
Mel Gilden & Ted Pedersen, Das Schoßtierchen · 06/6508
John Vornholt, Erobert die Flagge! · 06/6509
V. E. Mitchell, Die Atlantis Station · 06/6510
Michael Jan Friedman, Die verschwundene Besatzung · 06/6511
Michael Jan Friedman, Das Echsenvolk · 06/6512
Diane G. Gallagher, Arcade · 06/6513
John Peel, Ein Trip durch das Wurmloch · 06/6514

STAR TREK: VOYAGER
L. A. Graf, Der Beschützer · 06/5401
Peter David, Die Flucht · 06/5402
Nathan Archer, Ragnarök · 06/5403
Susan Wright, Verletzungen · 06/5404
John Betancourt, Der Arbuk-Zwischenfall · 06/5405

DAS STAR TREK-UNIVERSUM, 2 Bde.,
überarbeitete und aktualisierte Neuausgabe!
von *Ralph Sander* · 06/5150

DAS STAR TREK-UNIVERSUM, Ergänzungsband
von *Ralph Sander* · 06/5151
William Shatner/Chris Kreski, Star Trek Erinnerungen · 06/5188
William Shatner/Chris Kreski, Star Trek Erinnerungen: Die Filme · 06/5450

Phil Farrand, Cap'n Beckmessers Führer durch
STAR TREK – DIE NÄCHSTE GENERATION · 06/5199
Phil Farrand, Cap'n Beckmessers Führer durch
STAR TREK – DIE CLASSIC SERIE · 06/5451

Ralph Sander, Star Trek Timer 1997 · 06/1997

Diese Liste ist eine Bibliographie erschienener Titel
KEIN VERZEICHNIS LIEFERBARER BÜCHER!

FEDERATION CON
V
9. - 11. Mai 1997 / Maritim Hotel Bonn
Das Ereignis in Deutschland!!
Erlebt ein unvergeßliches Wochenende mit den Stars aus STAR TREK und BABYLON 5, Videos, Animationen, Autogrammstunden, Händler, Aktionsstände, Verlosung, Kunstausstellung, Space Disco u.v.a.m.
DIE STARS!!!
Ethan Philipps
(Neelix)
Roxann Biggs-Dawson
(B'Elana Torres)
Mira Furlan
(Delenn)
Michael Dorn
(Worf)
Nana Visitor
(Kira)
Fordert schnell unser kostenloses Infopaket an, bestehend aus FEDERATION CON 5 Info, Shopkatalog, STCE Clubinfo:
STCE
Postfach 22 01 11
86181 Augsburg
TEL: 0821/219 1936
FAX: 0821/219 1937